합리적 의심

REASONABLE DOUBT

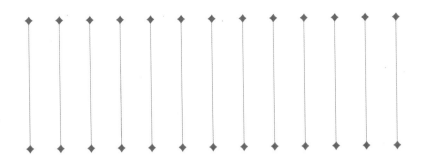

합리적 의심

도진기 장편소설

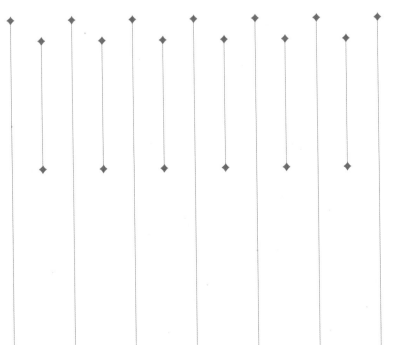

비채

판사의
하루

'어느 직업인의 하루'라는 주제로 글을 쓰기에 가장 막막한 직업 중 하나가 판사가 아닐까.

이런 경우를 한번 상상해보자. NASA가 중대발표를 했다. 외계인이 존재하며, 어느 틈엔가 지구에 숨어 들어 살고 있다는 것이다. 보통의 직장에서는 다음 날 출근하면 난리가 날 것이다. 일은 뒷전이고 삼삼오오 모여서 야단법석, 혹은 소곤소곤, 점심시간까지 이야기가 이어지고, 발표의 배경 분석과 온갖 짐작이 난무하리라. 어쩐지 돌아이가 많아졌더라, 혹시 너도 외계인 아냐? 호들갑도 떨며. 이 장면을 보고서 직장에서는 일해야지! 하며 화를 내야 할 것인가?

그러면 이곳은 어떨까. NASA의 중대발표가 있은 다음 날, 판사들은 정시에 출근한다. 각자 책상에 앉아 컴퓨터를 켠다. 화면과 사건 기록을 번갈아 보면서 다다다다 키보드를 두드린다. 그리고 점심시간이 된다. 합의부의 부장과 두 배석판사는 한데 모여 밥을 먹으러 나간다. 서로 말이 없다. 외계인은 이 세 사람 사이에는 암묵적으로 존재하지 않는 사건이다. 법원에서 반경 200미터 내에 위치한 적당한 한식집을 골라 들어간다. 음식점 선정은 부장이 하거나 부장이 일임한 우(右)배석판사가 한다. 침묵 속에 김치찌개든 낙지볶음이든 설렁탕이든 시켜놓고 적당히 자리를 잡는다. 세 사람은 각자 시선을 맞추지 않으려 애쓰며 두리번거린다. 괜히 식당 메뉴를 읽기도 한다. 그러다가 음식이 나오면 부장이 두어 숟가락 뜨다가 드디어 고개를 든다. 맞은편에 앉은 우배석판사에게 말한다.

"김 판사, 그 사건 판결문은 다 썼나?"

"예."

그러고는 다시 숟가락을 움직이기 시작한다.

만약에, 부장이 좀 열없는(적어도 법원 내부 기준으로는) 사람이어서 밥 먹던 도중에 "근데 말이야, NASA가 외계인이 있다고 했다며?" 허술하게 말을 꺼낸다면 맞은편에서 묵묵히 수저를 뜨던 배석판사 둘은 거의 동시에 나지막하게 대답한다.

"예."

"……."

그리고 세 사람은 다시 조용히 국그릇을 보며 수저를 뜬다.

이쯤 되면 판사 사회의 분위기가 어떤지 독자 여러분도 어느 정도 감을 잡으시리라 생각된다.

검사, 변호사는 과장되고 극적인 연출을 동반해 영화에 자주 등장하지만 판사를 주인공으로 해서는 드라마나 영화는 물론 소설도 나오기가 힘들다. 축구선수나 야구선수 이야기는 영화로 만들어지지만 심판을 주인공으로 한 영화가 거의 없었다는 걸 생각해보면 금세 이해가 된다(오로지 거실에서의 대화로만 이루어진 〈맨 프롬 어스(Man from Earth)〉 같은 작품은 나올 수 있을지 모르겠다). 영화와 마찬가지로, 현실에서도 하루의 일과라는 게 심하게 정적이다. 그저 고요한 물이 경사도가 얕은 지대를 천천히 흐르는 정도라고나 할까. 어쨌든 기회가 닿은 김에, 최대한 나 자신의 생활을 밀착해서 묘사해보기로 한다. 아, 한 가지 더 사소한 문제가 있다. 판사의 생활은 하루 단위가 아니라 일주일 단위로 흘러간다는 것이다. 그래서 어느 하루를 골라야 하는가 하는 문제가 있다. 무슨 말인가 하면, 많은 사람들의 오해와 달리, 재판은 매일 하는 것이 아니다. 보통은 일주일에 한 번 한다(형사재판은 서너 번 하는 경우도 있다). 그런 사실을 알려드리면, 아니, 그럼 나머지 날에는 노느냐고 반문하시는 분들이 많은데, 당연히 그렇지 않다. 재판 당일에 평균 3, 40건씩(민사합의

사건 기준) 진행되는 사건 기록을 미리 읽어야 한다. 첫 기일이 잡힌 신건은 기록 전부를 읽어야 하고, 속행 사건은 새로 접수된 준비서면과 자료들을 검토해야 한다. 그 양만 해도 수천 페이지는 훌쩍 넘는다. 그럼 재판 준비만 하면 되는가? 그렇지 않다. 그보다 더 심혈을 기울이는 부분이 바로 다음 재판에서 선고해야 할 사건들의 결론을 내리고 판결문을 작성하는 일이다. 재판 당일을 제외하면 일주일에 나흘간 시간을 잘게 쪼개어 이 작업을 해야 하는데, 역시 빠듯하다. 한두 시간 딴 일에 시간을 뺏기면 고스란히 그 시간만큼 야근을 해야 할 판이다. 사무실에서 혼자 일하고 있으니 한가로울 법도 한데 절대 한가롭지 않은 아이러니가 발생한다. 그래서 솔직히 말하면 누가 방문하는 일이나 전화통화, 심지어 법원장님의 부름이라든가 세미나, 법원 행사 같은 게 대단히 반갑지만은 않다. 텅 빈 사무실에서 혼자 서류와 씨름하다 보면 사람이 그립다가도, 누가 찾아와서 오 분만 지나면 어서 가주었으면 하고 속으로 안달한다. 사회적 동물이라는 인간이 이렇게 비사회화되는 게 과연 인간적인지 의문에 사로잡히는 순간이다.

판사의 하루라고 해서 사무실에 혼자 앉아 판례와 논문을 찾아보고 기록을 읽는 일을 써봤자 의미가 없다. 그래서 차라리 사소하지만 실체를 엿볼 수 있는 단편적인 부분들로 하루를 채워보기로 한다. 그것이 본 지면의 취지와도 맞지 않나 싶으니, 혹 '이게 뭐야!' 하는 생각이 들더라도 양해해주시기 바란다.

합의

살인, 강도와 같이 형이 무거운 사건은 판사 세 명—부장판사 한 명과 배석판사 두 명—이 합의부를 이루어 재판을 한다(배석판사는 부장판사의 오른편에 앉는 우배석판사와 왼편의 좌배석판사로 나뉘는데, 우배석이 더 선임이다). 합의부에서 재판을 제외하면 가장 중요한 부분은 '합의'일 것이다. 판결의 모든 것을 결정하는 회의라고 생각하면 된다. 서로의 의견교환을 통해서 사건의 결론에 접근해가며, 판결문을 쓰는 방향까지도 이때 정해진다. 합의하는 방법은 부마다 조금씩 다른데, 대체로는 주심판사가 브리핑을 한 다음 사실관계와 법리상의 쟁점에 관해 결론을 내리는 식이다. 의견이 일치하는 경우가 다수이나, 간혹 의견이 어긋날 때는 꽤 길어지기도 하고, 쟁점을 재정리한 후 2차, 3차에 걸쳐 합의하는 일도 허다하다. 합의부의 부장은 상식에 비추어 결론의 정당성을 재검토하는 역할이 크다.

외형적으로는 조용히 이야기를 나눌 뿐이지만 사건 당사자로서는 승패가 갈리는 순간이니, 만약 유리창을 통해 들여다본다면 어떤 격렬한 승부보다도 손에 땀을 쥐는 장면이 되지 않을까. 합의가 성립되면 주심판사가 판결문 초안을 작성하는데, 부장은 판결문을 수정하고, 마음에 들지 않으면 거의 새로 쓰기도 한다. 합의는 법률상 비공개로 되어 있으니, 판결문이야말로 재판부가 세상에 내놓는 유일하고도 최종적인 생산품(?)이다. 그래서 판결문 작성에 가장 많은 공을 들이는데, 업무의 효율은 여기에 달려 있다고 볼 수 있다.

호모에렉투스에서 호모사피엔스까지 백만 년이 걸렸다는데, 우리 배석판사들을 보면 현대인은 십오 년만에 진화하는가 싶다. 필자가 처음 판사로 발령받았던 때에 비해 다들 실력도 출중하고 성품도 훌륭하다. '요즘 젊은 사람들은……' 운운하지만 그런 말이야 로제타스톤에도 있다고 하니 클리셰에 불과하고, 필자

는 젊은 사람들이 대체로 예전 사람들보다 개량되었다고 믿는다. 아무리 잘못 뽑아도 신차가 중고차보다 낫지 않겠는가.

재판

재판 기일의 공방에 대해서 쓰는 건 진행 중인 사건의 내용을 공개하는 셈이 되어 적절하지 못한 것 같으니, 여기서는 법정에서 맞이하는 순간의 단편들을 잠시 소개하기로 한다.

원래 법정에는 늘 팽팽한 긴장감이 흐르고, 웃는다는 일은 생각할 수 없다. 형사사건은 말할 것도 없고, 민사사건에서도 절박한 당사자 사이에 진지한 승부가 펼쳐진다. 필자 또한

법정에서 웃고 싶었다거나 실제로 웃은 기억은 거의 없는데, 돌이켜보면 그럼에도 실소를 금치 못한 적이 몇 번 있었다.

고의적으로 사람을 차로 치었다는 혐의로 기소된 사건이었다. 차에 들이받힌 피해자가 몇 미터나 튕겨져 나갔다고 한다. 피고인의 변호사는 차에 치인 피해자를 증인으로 신청했다. 차에 치이고 법정에까지 소환된 피해자는 뚱한 표정으로 증인석에 앉았다. 피해자가 차에 치여서 넘어진 게 아니라는 점을 입증하려던 변호사는 증인에게 물었다.

"증인은 차에 치여서 튕겨져나간 것입니까? 아니면 스스로 날아간 것입니까?"

증인은 황당한 표정을 지었다. 법정 안의 아무도 웃지 않았다. 그게 더 웃겼다. 필자는 웃음이 터지는 것을 참기 위해 손톱으로 손가락을 아프도록 눌러야 했다.

또 한 가지 일이 생각난다. '게임1'을 수입해달라고 피고인에게 돈을 주었는데 그는 게임1과 유사하지만 다른 버전인 '게임2'를 수입해서 넘겨주었고, 그것이 사기라는 이유로 기소된 사건이었다. 피고인을 고소한 사람이 직접 법정에 출석했다. 발언 기회를 주었더니, 피고인이 사기를 쳤다며 흥분하는 것이었다. 필자가 물었다.

"그런데, 그 게임1과 게임2가 그렇게 다른 겁니까?"

"물론이죠."

"버전이 좀 다를 뿐 거의 유사한 게임이라면서요?"

"쉽게 생각하면 이렇습니다. 영화 〈뽕1〉과 〈뽕2〉는 제목이 같지만, 〈뽕1〉은 걸작이고 〈뽕2〉는 〈뽕1〉의 이름만 빌린 저질 영화입니다. 그것과 마찬가지입니다."[1]

법정 안의 아무도 웃지 않았다. 하지만 이번에도 필자는 손톱으로 손가락을 눌러야 했다.

1) 〈뽕〉 시리즈는 1980년대 빅히트한 에로영화다.

원래 판사는 물가 상승으로 인한 민생고와 같은 거시적인 문제의 해결과는 직접적으로 관련이 없다. 다만, 극단적인 상황에 처한 '개인'의 고통을 덜어줄 수는 있다. 판사로서 가장 보람을 느낄 때는 역시 그런 묵은 괴로움이나 억울함을 풀어주는 판결을 했다는 생각이 들 때이다. 세상에는 증거를 갖춘 악인도 없지는 않다. 혹은 어떤 법의 구멍에 빠져 끝없이 괴롭힘을 당할 수도 있다. 이런 경우 '해오던 대로만' 재판을 하면 미제사건은 하나 줄어들지 모르지만 아무것도 해결되지 않는다.

남편 사후 시댁과의 사이에 부동산 분쟁이 벌어져 수년 동안 원을 풀지 못하던 중년의 여성이 있었다. 그분은 다소 개성이 강한 탓인지 그간 몇 건의 소송에서도 진지한 처우를 받지 못한 것 같았다. 필자도 사건을 넘겨받은 후 처음에는 법정에서 자꾸만 흥분하는 그분에게 거부감을 가졌지만, 선입견을 버리고 법리를 검토한 끝에 여성에게 승소판결을 내렸다. 그분은 울면서 법정을 나갔고, 나중에 평생의 한이 풀렸다며 필자에게 절절한 감사 편지를 보내왔다. 그 편지는 아직도 간직하고 있다.

수백 명 할머니를 상대로 수십억대의 사기를 쳐 동네를 초토화시켜

놓고도 검거된 후 한 푼도 내놓지 않은 사기 피고인이 있었다. 버려진 쌀을 주워 밥을 해 먹으며 알뜰하게 모은 돈을 몽땅 날린 할머니 중 한 분은 자살을 택하기도 했다. 사기죄의 법정최고형 10년에서 1년 모자란 징역 9년을 선고했다. 할머니들께 돈을 돌려드리고 항소심에서 감형받으라는 권고와 함께. 법정에 모인 할머니들은 반분이나마 풀린다며 큰 박수를 쳤다. 상대방의 과실로 다리를 절단당하고도 배상받지 못한 채 생활고에 시달리며 몇 년이나 소송을 해오던 여성은 필자가 사건을 이어받은 후 곧 거액의 배상 판결을 하자 오열하며 몇 번이나 인사를 했다. 목발을 짚고 절뚝거리며 법정을 나서던 모습이 아직도 눈에 선하다.

물론 그분들이 울고 감사를 표했으니 필자의 판결이 옳았다는 얘기는 아니다. 결국 보람이란 스스로 평가하는 만족감이다. 어떤 금전적인 보상으로도 대체할 수 없는 부분이다. 안정된 직장 안에서 사건과 인간관계의 컨베이어 벨트를 돌리는 정도로 판사로서 탈 없이 살 수도 있겠지만, 본인이 하기에 따라서는 나이가 들어도 조금은 더 높은 가치에 눈을 두고 살 수 있는 것, 그 점이 이 직업의 최대 매력인 듯하다.

하지만, 응급실에 실려온 히틀러를 진료하는 의사의 심정이 되는 때도 가끔은 있다……. 그럴 때마다 결론과 절차 사이에서 고민하게 된다.

결론과 절차

판사 생활을 하면서 두 가지의 상반된 생각이 '아주 작은 폭'을 그리며 진자처럼 운동을 해왔다. 그 하나는, 법률은 획일적으로 적용되어야 하지만 개인적으로는 마치 실존적 결단을 내리듯 법의 경계선을 조금 무너뜨리더라도 결론의 정당성을 추구하고 싶다는 생각이다. 다른 하나는, 올바른 결론을 재판에서 찾아낸다는 일은 궁극적으로는 불가능하고 판사가 할 수 있는 일은 외피적인 사실에 법률을 정확하게 적용하는 일이 최대한이지 않은가, 도달할 수 없는 '진실'에 손을 뻗기보다는 법 시스템 안에서 톱니바퀴처럼 재깍재깍 돌아가기만 해도 역할을 다하는 것은 아닐까, 판사가 그 이상을 달성하려 하는 게 또 다른 오만 아닌가 하는 생각이다. 그러다가도 역시, '법대로만'보다는 어떻게든 '올바른 결론'을 바라는 게 우리 사회의 정서가 아니겠는가 하는 생각이 또다시 찾아든다.

형사단독 재판을 할 때의 사건을

예로 들 수 있겠다. 사업체 몇 개를 경영하는 사람이었는데 근로자들의 임금을 체불하여 근로기준법 위반으로 법정에 섰다. 그런데, 범죄전력을 보니 근로기준법 위반으로 십여 회나 벌금을 받았다. 이전 판결문을 읽어보면 경영하던 업체의 근로자들의 임금을 몽땅 체불하고도 근로기준법 위반죄로 고작 200만 원, 300만 원 정도의 벌금을 내고는 그만이었다. 임금체불은 대부분 벌금형에 그친다는 법률 실무를 잘 알고 악용한 케이스였다. 근로자들의 월급을 주는 대신 벌금 몇 백만 원 내는 게 훨씬 이익이기는 하다. 몇 줄의 전과기록만 감수하면 된다. 이번 사건에서도 임금체불로 고소한 근로자는 다섯 명뿐이었지만 정식 고소를 않은 채 월급을 못 받았다며 하소연하는 청소부 아주머니들을 비롯한 직원들의 탄원서가 많이 접수되어 있었다. 그분들은 법정에도 출석해 뒤편에 서서 근심어린 얼굴로 재판을 지켜보고 있었다. 첫 기일에 다소 딱딱하게 말했다. 이번에는 임금을 갚지 않으면 벌금형이 아니라 징역형을 각오하라고. 다음 기일, 이 사업주는 곧바로 고소인 다섯 명의 임금을 다 갚고 자신만만하게 법정에 나왔다. (근로기준법 임금체불 사건은 재판 도중에라

도 임금을 다 갚고 합의서를 내면 벌금형은커녕 아예 공소기각으로 끝난다.) 필자는 다시 말했다. "임금을 다 갚았으니 공소기각은 맞지만 그것을 '언제' 결정할지는 내 마음입니다. 고소를 하지 않은 청소부 아주머니를 비롯한 다른 직원들의 월급도 모두 갚기를 권합니다. 그때까지는 판결을 내리지 않고 매 기일 소환하겠습니다." 그 사람은 벌레 씹은 얼굴로 돌아갔다. 하지만 결국 다음 기일에 청소부 아주머니를 포함한 모든 직원들의 임금을 갚았다며 확인서를 냈고 공소기각 판결을 받았다. 그 뒤로 고의적으로 임금을 떼먹는 나쁜 전략을 수정했는지 어떤지는 알 수 없다. '어둠의 판사'스러운 이런 재판은 절차상으로는 무리가 있다. 반면에 비양심적인 경영자에게 뼈 빠지게 일한 대가를 떼인 청소부 아주머니들에게는 법리를 떠나 적절한 재판이었을지 모른다.

(후략)

PART 1

합 리

1
2019년 1월 30일

1월 아침의 칼바람이 뺨을 때린다. 대기는 얼음처럼 맑고, 내려 앉은 하늘은 납빛이다. 나는 외투 깃에 목을 묻으며 총총걸음으로 현관을 통과했다. 회색빛 법원 청사가 오늘따라 낯설다. 어젯밤 잠을 뒤척이다 퀭해진 눈 탓일까. 하긴, 그렇지 않아도 이 건물은 적응이 안 된다. 일하고 일상을 보내는 곳이지만 친근한 느낌이 없다. 목에 힘을 잔뜩 준 고집쟁이 같다. '오는 건 맘대로야. 하지만 잘해줄 거란 기댄 하지 마.' 나쁜 놈은 아니지만 그렇다고 정은 가지 않는…….

출근 경로는 여느 때와 다름없다. 교대역 11번 출구로 나와 언덕길 2분. 현관을 지나 로비의 스크린도어를 통과한 다음 엘리베이터를 탄다. 17층에 내려 복도를 걸어 맨 끝에 자리한 내 사무실로 향한다. 나는 아직도 이 건물의 전체 구조를 머릿속에 그리지 못한다. 그저 내가 가는 루트만 외울 뿐. 미로 같은 동선을 따라 사무실 문 앞에 도착할 때까지 누군가와 마주쳐 인사하는 일은 없다. 이래서야 출근길이 땅속을 잠행하는 두더지의 암중모색이나 다를 바

없다.

사람을 마주치지 않아 다행이라는 마음도 조금은 있다. 동료들과의 아침 인사는 어색하다. 일에 짓눌린 서로의 납빛 얼굴을 아침부터 보는 일이 썩 반갑지만은 않다.

그래도 일단 사무실에 도착하면 분위기는 일변한다. 내 공간에 안착했다는 느낌 때문이겠지만, 부속실 한수영 씨가 만들어내는 안온한 분위기 덕분이기도 하다. 사무실 입구는 반기듯 이미 활짝 열려 있고, 은은한 커피 향과 클래식 음악이 흘러나오고 있다.

수영은 오늘도 일찌감치 출근한 모양이다. 그녀는 30대 초반이라는 나이에 걸맞지 않게 클래식을 좋아한다. 덕분에 문외한인 나도 아침나절 잠깐이나마 고급스러운 분위기에 사로잡힌다. 수영은 짬이 날 때마다 수필집이나 소설책을 들고 있다. 갸름한 얼굴로 비스듬하게 책을 내려다보는 모습에서 조형미가 느껴지기도 한다. 적어도 나보다 책을 훨씬 많이 읽는 건 분명하다. 업무도 완벽. 일 년간 타이핑한 서류에서 단 하나의 오탈자도 없었다. 심지가 깊어 보이는데, 그렇다고 어두운 성격은 아니다.

"수영 씨, 안녕?"

판사실 근무 여직원을 주임이라 부른 지 오래되었지만, 난 아직도 '씨'라고 부르는 쪽이 좋다.

"부장님, 안녕하세요?"

수영은 말끝을 올리며 밝게 웃어준다.

표면상으로는 여느 때와 다름없는 아침이다. 하지만 오늘은 스멀스멀 기어오르는 불길한 느낌에 마음이 초조해진다. 내면의 긴장감을 들키지 않도록 표정에 주의하며 안으로 걸음을 옮겼다.

17

왼편은 배석판사 두 사람이 근무하는 방이다. 닫혀 있는 걸 보니 적어도 한 사람은 출근해 있는 모양이다. 나는 '부장판사실' 명판이 붙어 있는 오른편 사무실 문을 밀었다.

라디에이터로 데워진 공기가 후끈했다. 수영이 물을 채워놓은 가습기가 새하얀 김을 뿜어낸다. 외투와 상의를 벗어 옷걸이에 걸쳐놓고, 슬리퍼로 갈아신은 다음 의자에 앉아 컴퓨터 전원을 눌렀다.

부팅이 되는 동안 똑똑, 하며 문 두드리는 소리가 들리고 수영이 들어왔다. 김이 모락모락 나는 녹차를 책상 모퉁이에 놓는다. 내가 출근할 시간에 맞춰 준비해놓았던 모양이다. 난 애써 웃어 보였다.

수영이 조용히 닫고 나간 문에 잠깐 시선을 주며 생각했다.

만약 수영이 아내였다면.

요즘 들어 그런 생각을 종종 한다. 물론 단순한 상상일 뿐이다. 내 인생은 더 좋았을 것이다. 아내는 이루 말할 수 없이 화를 잘 냈고, 매사에 불평이 가득한 여자였다. 수영보다 열 배는 많이 가졌지만 불만도 열 배는 가졌다. 그리고 사 년 전 돌연 죽었다. 심장에 문제가 있었다는 의사의 말에 따라 사후는 쉽게 정리되었다. 평소에 성질을 부려대던 걸 보면 혈관에 무리가 갔을 법도 하지만……

머리를 흔들어 쓸데없는 상념을 지웠다. 하지만 이어 불가항력적으로 피어오르는 또 다른 상념에 사로잡혔다. 어쩌면 내가 이 조직에 적합한 사람이 아닐지 모른다는 생각. 손님인 느낌. 내 오랜 의심이 사실로 증명된 것 같은 기분도 든다. 다시 머리를 흔들었다. 어차피 나는 수만 명의 법조 종사자를 먹여 살리는 이 서초동에 생계를 의탁해야 할 신세다. 이제 와서 적성이 다 뭔가.

책상에는 동아일보와 경향신문이 놓여 있다. 소위 '보수신문'과 '진보신문'을 공평하게 한 부씩 받아보는 게 요즘 판사실의 유행이다. 양쪽의 이야기를 다 들어야 한다는 명분이지만, 실은 이 사람은 치우쳐 있지 않다는 이미지를 대외적으로 주는 효과도 있다. 나는 어느 쪽이든 정치면은 뭉텅이로 넘겨버리고 문화면이나 건강 관련 기사를 유심히 읽곤 한다. 찻잔을 기울이며 위에 놓인 동아일보를 집어들었다. 사회면을 펼쳤다.

어떤 '헤드라인'이 시선을 확 끌었다. 뺑소니 사건 기사였다. 서둘러 기사를 읽었다.

……남양주경찰서에 따르면 29일 오전 1시 24분께 양정역 인근 한적한 도로가에서 머리를 크게 다친 채 쓰러져 있던 김모 씨(여, 32)가 발견됐다. 김 씨는 심폐소생술을 받으며 인근병원으로 옮겨졌지만 끝내 숨졌다……

숨졌다.

신문지 양 끝을 거머쥔 손에 나도 모르게 힘이 들어갔다. 가늘고 긴 한숨이 나왔다.

나는 천천히 신문을 내려놓았다. 문득 고개를 들어 맞은편 벽에 걸린 거울을 보았다.

모래주머니를 씹은 듯 곤혹스런 표정의 중년 남자가 거기 있었다. 낯설었다.

똑똑.

수영이 들어와 우편물 몇 가지를 책상 위에 놓았다. '현민우 부장판사' 앞으로 우편물은 거의 매일 날아오지만 심금을 울리는 편

19

지 같은 것은 없고, 그저 변호사 개업인사장과 법률신문, 동창회비 납부고지서 따위의 지루한 종이들뿐이다.

난 수영에게 또 웃어 보였다. 조금 전보다 어색하단 걸 스스로도 느낄 수 있었다.

수영이 문을 닫고 나간 후 난 원래의 표정으로 돌아갔다.

기사를 좀 더 읽어보았다.

……경찰은 김 씨가 뺑소니 차량에 치여 숨진 것으로 보고, 가해차량으로 추정되는 흰색 승용차를 쫓고 있다고 밝혔다. 하지만 CCTV가 없는 한적한 도로가인 데다 목격자도 없어 난항이 예상된다. 김 씨를 친 차량이 흰색 승용차라는 사실도 현장에 떨어진 차량의 잔해물로 추측한 것에 불과한 데다……

신문을 내려놓고 의자에 몸을 묻었다.

내 시선은 막 부팅을 마친 컴퓨터 모니터를 향했다. 하지만 초점을 맺지 못하고 윈도우 바탕화면 어디쯤을 걷돌았다.

이것도 하나의 결말일까.

어제의 죽음과 이 모든 일의 처음에 '그 사건'이 있었다.

세간을 떠들썩하게 만든 '젤리 살인사건'.

일 년 전 내가 재판한 사건이었다.

2

2018년 3월

　사건의 배당은 컴퓨터를 이용해 무작위로 이루어진다. 즉 전적으로 운이다. 어느 쪽의 결론이든 반대쪽으로부터의 격렬한 비난이 예정되어 있는 정치적인 사건이 판사 대부분이 기피하는 종류라면, 숫자가 빽빽이 들어찬 수사 기록이 사람 키를 넘겨버리기도 하는 경제사범 사건은 아마 판사 모두가 기피하는 종류일 것이다. 예전에는, 모 부장판사가 모 사건을 배당받게 해달라고 수석부장한테 부탁했다더라 하는 소문도 있었지만 지금은 상상도 할 수 없는 일이다. 판결에 반대하는 측이 행사하는 유무형의 힘에 따라 판사직에 심대한 타격을 입는 일도 있고 보면, 어떤 사건을 맡느냐 하는 건 소위 '관운'에 포함될지 모른다.

　소위 '젤리 살인사건'의 피고인과 내가 사건 당사자와 판사로 만난 것도 물론 우연이었다. 하지만, 그 이후의 전개를 보면 어떤 필연, 혹은 악연 같은 것이 끼어들지 않았나 싶다.

　정확히 말하면 '내가' 그 사건을 배당받은 것도 아니다. 인사이동으로 형사부를 맡고 보니 그 사건이 이미 있었을 뿐. 전 재판부가 심리하던 사건을 이어받은 것이다.

사건 기록은 이미 뚱뚱할 대로 뚱뚱해져 있었다. 검찰의 증거는 제출이 끝났고, 증인 신문 절차만 남아 있었다. 서증, 물증 조사를 끝낸 후 증인 신문이 있고, 마지막 증인 신문일이 곧 결심 공판일이 되는 경우가 통상적이다. 한 번 혹은 길어야 두 번의 공판이면 결론이 날 만큼 재판이 무르익은 상태였다. 공판 기일도 이미 전 재판부가 잡아놓았다.

사건 내용이야 나도 구경꾼 선에서라면 알 만큼 알고 있었다. 한때 신문 사회면을 뒤덮었으며 인기 시사프로그램에서 취재, 방영한 후 '젤리 살인사건'이 '네이버'와 '다음' 실시간 검색어 1위에 오르기도 했다. 그만큼 여론의 관심이 뜨거웠다.

사건의 요지는 이랬다.

20대 초반의 남성이 열 살 가까이 연상인 여자친구와 함께 모텔에 투숙했다. 새벽 시간, 돌연 모텔 프런트에 여자친구가 사색이 되어 달려왔다. 남자친구가 젤리를 먹다가 목에 걸려 숨을 못 쉰다며 소리쳤다. 남자는 급히 병원으로 이송되었지만 끝내 사망하고 말았다. 질식사였다. 남자의 가족들은 슬픔 속에 장례를 마치고 시신을 화장했다.

그런데 얼마 후 반전이 일어난다. 사십구재를 앞둔 어느 날, 가족에게 한 장의 서류가 날아온 것이다. 남자가 가입한 3억 원짜리 사망보험증서. 수익자는 엉뚱하게도 여자친구였다. 의혹을 느낀 남자의 가족은 수사를 요청했다. 경찰은 젤리가 목에 걸려 죽은 게 아니라는 결론을 내렸다. 여자친구가 보험금을 노리고 남자친구의

숨을 틀어막아 죽였다는 것이었다. 여자친구는 살인죄로 구속기소
되었다.

한 TV 시사프로그램에서 이 사건을 취재했고, 살인사건으로 단
정하는 뉘앙스로 방영했다. 여론이 들끓었다. 이 사건에는 즉각
'젤리 살인사건'이라는 별명이 붙었다. 생각해보면 엉뚱한 명칭이
다. 젤리가 목에 걸려 죽었다는 건 여자의 주장에 불과했고, 기소
내용은 여자가 남자의 코와 입을 틀어막아 질식시켰다는 것이었기
때문이다. 사건에 붙은 별명 탓에 여자가 커다란 젤리로 남자친구
의 목구멍을 막아 살해했다고 오해하는 사람도 많았지만, 그래서
더 사건이 유명해진 면도 있었다. 이리하여 이미 여론 재판이 이루
어진 상태에서 재판은 시작되었다.

내가 이 사건을 유독 의식했던 건 아니다. 정치적인 사건도 아니
고, 골머리를 앓아야 하는 거악 경제사범도 아니다. 여론의 주목을
받는 사건인 만큼 재판 진행이 조심스럽겠지만, 절차에 어긋남이
없도록 주의하면 될 일이다. 판사는 결론보다 절차를 잘못했을 때
욕을 먹는다. 형사소송법을 꼬박꼬박 지켜주고 피고인 측에도 공
평하게 기회를 주었다는 외피만 갖추어지면 판사는 어떠한 공격으
로부터도 안전한 것이다.

아무튼 '젤리 살인사건'은 내가 넘겨받은 오십여 건의 사건 중
한 건에 불과했다. 게다가 당시에는 사건보다 일종의 '세팅 작업'
에 신경 써야 했다. 새 구성원과 인사를 나누고 사건 현황을 파악
하고 재판부 운영 방향을 수립하느라 어수선한 시기였다.

인사이동 후 첫날, 두 명의 배석판사를 내 방으로 불러 티타임을

가졌다.

올해 우배석은 6년차인 정남희 판사였다. 이미 삼 년 전 내가 서울남부지법에서 민사합의부를 맡았을 때 좌배석을 맡은 인연이 있다. 수수한 인상의 36세 여성으로, 그사이 결혼을 해 분위기가 많이 달라져 있었다. 수수함에 털털함이 더해졌다고 할까. 그때에도 워낙 일을 잘했고, 사이도 좋았기 때문에 안심이었다. 부장과 배석이 이렇게 다시 만나는 경우는 드물지만, 인사배치를 하다 보면 불가피한 경우도 생긴다. 내 입장에서는 다행이었다. 실력과 성격 모두 검증되어 있다. 이쪽은 일단 믿고 맡겨도 될 것 같았다.

좌배석인 민지욱 판사에 대해서는 판단을 유보했다. 아직 2년차인 데다, 지난해에는 민사합의부에서 근무했다고 하니 형사합의부는 처음이다. 보통 키지만 마른 탓에 왜소해 보였다. 검은색 뿔테 안경이 답답한 인상을 주었고, 각진 턱이 고집을 드러냈다. 31세의 싱글. 민지욱 판사와는 지난해까지 같은 법원 내에 있었으면서도 거의 초면이었다. 보통의 직장이라면 있을 수 없는 일이겠지만, 판사 수만 삼백 명이 넘고, 층마다 스크린도어로 철옹성이 세워진 서울중앙지방법원에서는 흔한 일이다. 게다가 판사들은 아마 한국의 직업인 중 가장 개인주의적인 성향이 강하리라.

수영이 타준 따뜻한 커피를 앞에 두고 정남희는 여유로운 표정이었다. 반면 민지욱은 조금 과하다 싶을 만큼 딱딱하게 앉아 있었다. 커피잔에 손을 뻗지도 않았다. 이번 부장은 어떤 인간일까, 속으로 재는 중일 테지. 하지만 곧 이 사람은 전혀 깐깐한 인물이 아니며, 깡마른 체형에 흰 얼굴 위로 안경을 덮어 쓴 메마른 인상과는 달리 인간미가 풍부하다는 사실을 알고 편안해지지 않을까. 물론 나의 희망사항이다. 어쩌면 나도 소위 '벙커부장'으로 분류되어 있는지도 모른다. 업무적으로나 생활 측면에서 배석판사들을 괴롭히는 부장을 골프장 벙커에 비유해 부르는, 그다지 명예롭지 못한 호칭이다. 나는 그렇지 않다고 생각하지만 알 수 없는 일이다. 바람난 여자의 남편이 그렇듯 벙커부장은 항상 소문이 다 돈 다음 마지막에야 알게 되니까.

나 역시 짐짓 여유로운 표정을 짓는 한편 배석판사들, 특히 처음 같이 일하게 된 민지욱의 성향을 가늠하고 있었다. 실은 '벙커배석'이란 말도 있다. 판결문 작성이 늦고 근무가 제멋대로여서 부장을 애먹이는 배석판사를 일컫는 말이다. 비교적 최근에 생긴 말인데, 말이 현실을 반영하는 거라고 보면 실제로 그런 배석판사들이 속속 등장하고 있다는 얘기일 것이다. 다행히 그때까지 만난 적은 없었다.

벙커배석까진 아니더라도 예전과는 부장과 배석의 관계가 많이 달라졌다. 부장이 퇴근해야 집에 가고, 회식에는 천재지변이 있어도 참석하던 예전과 달리 요즘에는 업무만 제대로 하면 사생활은 자유다. 회식하자는데 배석이 뺀질거리면서 요리조리 빠진다고 툴툴거리는 부장들도 있지만 내 생각은 다르다. 조직에 묻혀 개인을 희생하던 예전이 비정상이었고, 이제는 조금씩 정상으로 회귀하는 거 아닌가. 이렇게 생각하는 점만 봐도 난 역시 벙커부장은 아니…… 아니, 이런 식의 자만은 곤란하다. 배석판사의 불만을 보면서 예전엔 몇 배나 심했는데 뭘 그런 걸 갖고, 하며 나도 모르게 생각하는 때가 있으니까.

대개는 경력이 오래된 배석을 만나면 부장은 안도의 한숨을 쉬고, 상대적으로 경력이 일천한 배석을 만나면 부장은 '진짜' 한숨을 쉰다. 이번 일 년은 힘들겠구나 하고. 일단 재판부 구성은 나쁘지 않은 것 같았다.

"일주일에 선고는 몇 건쯤 하면 좋을까?"

부장이 마음대로 선고를 잡기도 하지만, 나는 민주적이라는 인상을 주고 싶었다. 또 이때의 대답에 따라서 배석의 성향을 가늠할 수도 있을 터였다. 처음부터 일을 적게 하려고 빼는가, 아니면 의욕을 보이는가.

"우리 부 미제는 총 쉰두 건이고요, 한 달 평균 접수가 열다섯 건 안팎이라고 하니까, 주심별 선고 건수는 일주일에 두세 건 정도 잡으시면 유지는 될 것 같아요."

정남희 판사는 상냥하게 말하면서도 적시적소에 자기 의견을 피력했다. 과하지도 않고 부족하지도 않은, 딱 합리적인 선의 답변.

"그래요. 그 정도로 합시다."

"네, 부장님."

정남희 판사가 싹싹하게 대답했다. 민지욱 판사는 통 말이 없었다. 태도는 정중했지만 시선을 아래로 내리깔고 별 반응이 없어 상대를 불안하게 했다. 어찌 보면 긴장한 탓인지도 모른다.

"민 판사는 이번이 형사재판 처음이지?"

"네."

한마디 대답만이 돌아왔다. 아무래도 민 판사의 경직을 풀어주려면 당분간 신경 써야 할 것 같았다. 털털한 척 발연기라도 해야 할까.

"알겠지만 서울중앙은 형사재판 부담이 워낙 커. 일주일에 최소

나흘을 재판하고 나머지 하루에 판결문을 쓰고 다른 업무도 봐야 하니까 조금의 여유도 없을 거야. 그래도 난 다른 재판부하고 사건 떼기 경쟁하면서 배석을 쪼아댈 생각은 없는 사람이니까, 힘들면 언제든 말해요. 건강 상해가면서 무리한다고 좋은 재판 하는 게 아니거든. 체력이 달리면 재판 퀄리티도 떨어지는 법이지."

경쟁보다는 여유를 선언한 내 말에 두 사람의 표정에서 긴장한 기색이 조금은 엷어진 듯했다. 물론 내 말을 다 믿지야 않을 것이다.

"정 판사는 두 번째 같이 일하게 됐네. 내가 지겹지 않아? 나야 좋지만."

자리를 정리하러 던진 농담에 정남희 판사가 생긋 웃으며 대답했다.

"천만에요. 부장님하고 또 만나서 너무 안심돼요. 형사 3부로 발령 났다니까 다들 부장님 좋으시다고 부러워해요."

역시 노련했다. 헛말이지만 기분이 나쁠 리 없었다.

이때만 해도 젤리 살인사건은 우리가 맡은 오십여 건에 묻혀 테이블 위로 말 한마디 오가지 않았다.

그날 저녁에는 법원장 주최하에 형사부장들의 저녁 모임이 있었다. 교대역 근처 중국집에서 코스 요리를 먹고 근처 지하 바로 자리를 옮겨서 술잔을 기울였다. 2차 자리에서는 몇몇 인물의 주도로 발렌타인 17년산을 폭탄주로 만들어 먹는 만용을 부리기도 했다. 처음 보는 부장들도 여럿 섞여 있는데, 그중 상당수는 작년에도 서울중앙지법이라는 한 건물에서 같이 근무한 사람임을 감안하면 판사 사회의 폐쇄성이 어느 정도인지 짐작가리라.

실없는 농담, 객담으로 시간이 흘러갔다. 술잔을 마주치며 앞으로 자주 만납시다 이구동성 말하지만 내일 아침이 되면 날아갈 이야기들이다. 연일 야근을 했는데, 주말에 나와서 일했는데 어쩌고 하는 식으로, 앓는 소리를 빙자한 자기자랑도 있다. 자리를 주최한 법원장에 대한 칭송도 빠지지 않는다. 이런 걸 우리는 '용비어천가'라고 부른다.

절반쯤은 공식적인 이런 모임일수록 온갖 잡담이 난무하는 와중에도 거의 나오지 않는 화제가 있다. 바로 사건 이야기이다. 전관예우라는 폐습이 강하던 십여 년 전만 해도 형사재판부는 변호사 개업 직전의 판사들에게 인기가 높았다. 하지만 이제는 기피 대상이 되었다. 더욱이 서울중앙지방법원 형사재판부라면 치를 떠는 판사도 많다. 서울중앙은 현재 한국에서 어떤 의미로든 가장 첨예한 사건들의 집합처다. 이런 사건일수록 자칫하면 일만 고되고 욕은 욕대로 얻어먹는다. 서울중앙의 형사부장은 그간의 판결 성향, 평판 등을 고려해서 적어도 튀는 판결을 하지 않을 만한 사람들로 구성한다는 소문이 있다. 어떻든 부장들 각자 정치적인 사건, 경제사범, 언론에 화제가 된 사건 등 머리를 짓누르는 사건 한두 건은 갖고 있는 것이다. 중년의 모임 치고 오히려 가볍다고 할 만한 술자리 분위기는 잠시나마 알코올에 젖어 그 무게를 털어보려는 심사에서일 것이다. 법원장은 법원장대로 개별사건을 언급했다가는 불필요한 오해를 낳을 수도 있으니 철저히 조심한다. 젤리 살인사건이 화제로 떠오르는 일 또한 전혀 없었다.

3

　회식이 있던 그날은 꽤 늦게 귀가했다. 수정방과 발렌타인을 섞어 마신 뒤라 현관문을 여는 순간 벌써 머리가 지끈지끈 아파왔다. 친구들과의 술자리와 달리 법원의 회식이 끝나면 늘 기분이 칙칙해진다. 이유는 정확히 모르겠지만, 무겁지 않은 술자리 분위기에도 불구하고 아마도 업무의 연장이란 의식이 있어서인 것 같다.

　"왔어?"

　현관 옆 공부방에서 다훈이가 튀어나왔다. 공부하다 나왔는지 손에는 볼펜을 쥐었고, 얼굴에는 반가움이 묻어 있다. 귀가하는 아빠를 반기는 몇 안 되는 고등학교 1학년일 것이다.

　난 다훈이의 머리를 마구 헤집었다.

　"우엑, 술 냄새."

　다훈이는 손바닥을 펴서 코앞에서 흔들었다.

　"술 안 마셨다."

　"거짓말하지 마."

　"일하다 왔다."

"술 냄새 풀풀 나는데?"

"술 냄새 나는 물이다."

"헐!"

다훈이는 입술을 실룩거리고는 자기 방으로 들어가버렸다. 아빠의 말도 안 되는 장난에 호응해주는 다훈이가 좋았다. 운동을 좋아하고, 표정도 밝다. 지나치게 순진한 성격은 좀 걱정된다. 깡마른 체형에 새하얀 얼굴은 사람들한테 호감과 동시에 나약한 인상을 줄 것이다. 그 점이 마음에 걸렸다. 세상이 약자, 혹은 약해 보이는 자를 상대로 얼마나 무자비한지를 잘 알기 때문이다. 지금은 내가 곁에 있지만, 언젠가 내가 없어진다면?

초등학교 6학년 때 엄마를 잃었지만 여전히 순진하고 밝은 다훈이의 성격은 기적이라 할 만했다. 천성 탓도 있을 거고, 내 덕분도 조금은 있지 않나 싶었다. 난 집에 오면 다훈이의 친구였다. 친구인 척하는 아빠가 아니라 정말 친구. 초등학교 5학년 때까진 내가 퇴근하면 다훈이가 가장 먼저 하는 말이 그거였다.

"안경 벗어."

그럼 나도 그렇게 말했다.

"안경 벗어. 오늘은 혼내주겠어."

이어 나는 브록 레스너, 다훈이는 존 시나가 그려진 티셔츠를 입고 침대 위로 밀어 넘어뜨리기 레슬링 시합을 벌였다. 넘어지고 나면 다리 꺾기로 들어간다. 그러면 나는 적당히 버티다가 항복했다. 그게 우리의 놀이 수순이었다. 처음에는 기를 살려주느라 져주었는데, 어느 순간부터 정말로 힘에 부쳤다.

아내가 죽은 후 다훈이는 나한테 남은 유일한 가족이 되었다. 그로부터 시간이 얼마쯤 흐른 뒤 주변에서는 여자를 소개해주기 시작했다. 잘되지 않았다. 내 쪽이 적극적이지 않아 흐지부지된 경우가 많았다. '네가 무슨 도인이냐'며 나무라는 이도 있었다. 설마. 여자에 무관심함을 자랑으로 삼는 허세는 내게 없다. 실은 그사이 혼자만의 생활이 주는 강렬한 자유에 젖어 있었다. 남들이 이야기하듯 '노후대책'으로 아내가 있어야 한다는 생각도 하지 않았다. 다훈이하고 유달리 사이가 좋았다는 이유도 있었다. 지난해 말에는 휴가를 내서 다훈이와 같이 동남아 최고봉이라는 말레이시아 키나발루를 등정하기도 했다.

다훈이는 어렸을 때 판사가 꿈이라고 했다. 아빠가 멋있어 보였는지도 모르겠다. 하긴 개그맨이나 배우도 꿈 중의 하나였으니 큰 의미는 없었던 것 같다. 어쨌든 본인이 그 길을 원한다면 인정해주어야겠지만 판사의 꿈은 금세 바뀌었으니 천만다행이라는 마음이었다. 다훈이는 〈해리 포터〉 시리즈와 〈다이버전트〉 시리즈를 여러 번 읽더니 어느 순간 꿈이 판타지소설 작가로 바뀌어 있었다. 다훈이의 기질에는 그게 더 어울린다는 생각이다. 물론 절대 더 되기가 쉽지는 않겠지만.

다훈이가 판사의 꿈을 접었다는 말에 반가운 마음이 들었던 건, 이 길이 그렇게 즐겁지 않았던 내 경험 때문이기도 했다.

"판사가 이렇게 따분해?"

다훈이가 어느 날 잡지를 내려놓으며 실망하는 표정을 지었다. 그 잡지에는 당시 민사합의부장을 하고 있던 내가 판사 일에 관해 쓴 글이 실려 있었다. 직업인의 애환에 관한 글을 시리즈로 싣던 모 월간지의 청탁으로 쓴 〈판사의 하루〉라는 글이었는데, 나도 모르게 무거운 분위기로 흐르고 만 것 같다. 그게 다훈이의 판사에의 관심을 조금은 더 잃게 만들었을 것이다. 집에선 늘 재미있는 아빠의 모습만 보았으니 직장 일이 필시 재밌으리라 생각했던 것 같다. 그렇지 않다는 걸 알고는 낙담한 것이다. 정적이고 지루한 직업을 군이 택할 아이가 몇이나 될까. 그 나이에는 무엇보다 재미가 우선이지 않은가. 하지만 나름대로는 덜 지루하게 비춰지도록 쓴 글이었는데…….

4

젤리 살인사건의 공판 기일은 재판부가 구성된 지 3주 후 금요일 오전 10시였다.

심리를 거의 끝내 공판은 막바지를 향해 달려가고 있었다. 경력이 상대적으로 짧은 민지욱 판사가 주심이어서 약간의 불안감이 있었지만, 능력에 대한 기본적인 신뢰가 있었다.

나는 물론 정남희, 민지욱 판사도 사건 내용을 알고 있었다. 하지만 정식으로 합의에 들어가기 전까지는 사건의 실체 판단이나 결론에 관해 거론하지 않는다는 판사 사회의 불문율에 따라 난 그동안 점심시간이나 휴식시간에도 이 사건을 입 밖에 내지 않았다. 정남희, 민지욱 판사도 마찬가지였다.

말은 꺼내지 않았지만 이미 피고인 김유선에 대한 이미지는 나빠질 대로 나빠져 있었다. 사건을 맡기 전 신문에서 그를 범인으로 단정하고 질타하는 수많은 기사를 읽은 탓이었다. 하지만 사람의 인생을 '태어났다, 살았다, 죽었다'로 요약할 수 없듯이 신문에 난 몇 줄의 기사만으로는 일의 내막을 알 수 없다. 사건 기록은 수십,

수백 배나 두껍다. 공판에서 직접 사람을 만나보면 기사의 행간으로 읽을 수 없는 구구한 사정과 복잡한 동기가 있어 몰래 울컥해지는 사건도 있는 법이다. 실제의 인생, 실제의 사건은 사건 기록보다 또 수십 배는 두꺼울 것이다. 그리고 법정에서 드러난 것과는 많이 다를 것이다.

민사소송도 마찬가지다. 원고의 소장을 읽어보면 피고는 천하의 잡놈이지만, 피고의 답변서를 읽어보면 원고가 교활한 사기꾼이라는 생각이 드는 때도 있다. 한쪽 말만 듣고 어설프게 덩달아 흥분했다간 낭패를 보기 십상이다. 그런 재판의 속성을 알다 보니 어느새 어떤 문제든 한쪽의 주장만으로 열광하거나 분노하지 않는 차가운 습성이 몸에 배어버렸다.

여론이 너무 한 방향으로 몰리면 거의 본능적으로 경계심이 인다. 신문에 난 사건을 직접 담당해보면 알려진 것과 실상이 많이 다르다는 걸 알게 된다. 나 역시 몇 번인가 언론에 알려진 사건을 다루면서 그 맨얼굴을 들여다본 경험이 있다.

예컨대 번개탄을 피워 자살한 배우와 그의 개그우먼 아내 이야기가 그랬다. 소문이 난무하고 온갖 의혹이 제기되었지만 철저한 금융추적과 대면조사를 거쳤음에도 허무할 정도로 별것이 없었다. 분명하게 남은 건 아내에 대한 애틋한 마음이 담긴 유서뿐. 그런데 그 배우가 다른 여성 배우의 사체를 빌렸다는 등 헛소문이 일고 훗날 그 배우까지 자살하고 다른 가족이 연쇄 자살하는 등 비극이 일파만파로 이어졌으니, 세상의 소문이란 게 얼마나 무섭고 무책임한지.

그런 경험들이 몇 번씩은 있기에 인구에 회자되는 장안의 화젯

거리나 호사가의 술안주가 될 법한 일들도 판사들 사이에서는 오히려 함구에 가까운 금기 사항이 되곤 한다. 만약 가벼이 그 화제를 떠올리며 시시덕거리는 사람이 있다면, 아무도 소리 내어 반박하지는 않지만, 저 사람 좀 경박하다는 인상을 주고 마는 것이다. 의심증은 직업병처럼 따라붙는다.

다시 젤리 사건으로 돌아와보면, 신문 기사에는 죄다 정황증거뿐이었다. 피고인 김유선이 좋은 사람인가 나쁜 사람인가에 관해서라면 어떤 결론을 내리기에 충분할지 모르지만, 그녀가 살인을 했는지에 관해서라면 그것만으로는 글쎄, 인 것이다. 편견을 내려놓고 바닥부터 사건을 보아야 했다. 나는 공판을 앞두고 기록을 샅샅이 훑기 시작했다.

검찰이 제출한 증거는 진단서, 사망진단서, 구급활동일지, 진료소견서, 간호기록지, 응급임상사본, 은행거래내역, 보험청약서, 보험계약변경서, 입출금내역, 사고현장사진, 통화내역, 통화역발신추적, 모텔객실사진, 감정의뢰회보 등이었다. 꽤 많은 증거가 제출되었음에도 정작 지문이나 DNA, CCTV 같은 직접증거는 전혀 없었다. 흉기도 특정되어 있지 못했다. 다 변죽을 울리는 자료뿐, '죽음의 순간'에 무슨 일이 있었나를 말해주는 증거가 없었던 것이다.

관련자들의 진술조서가 대부분 빠져 있었는데, 피고인 측이 동의하지 않아서였다. '진술조서'는 증거법상 다소 특이한 위치에 있다. 피고인이 증거동의를 해야 비로소 증거능력이 부여되고 재판에서 증거로 쓸 수 있다. 어디서 어떻게 작성되었는지 알 길 없는 서면을 통해 목격자의 진술을 간접적으로 듣는 건 왜곡이 있을 수 있기에 피고인의 동의를 요건으로 한 것이다. 범행을 부인하는 사건의 경우에 피고인은 대개 피해자나 목격자의 불리한 진술에는 부동의해버린다. 그런데 그게 반드시 유리하지만은 않다. 목격자가 법정에 나와 생생하고 구체적으로 증언을 하면 범행이 더 분명해지고 악성이 부각되는 경우가 많기 때문이다. 어쨌든 젤리 살인사건도 다른 부인사건과 마찬가지로 대부분 동의를 하지 않아 주요 진술서는 거의 법정에 제출되지 못했다. 이 경우는 진술자가 직접 법정에 나와 증언을 해야 증거능력이 있게 된다. 서면으로는 미심쩍지만 대명천지 공개된 법정에서 하는 진술이라면 믿을 수 있다는 이유에서다. 그런 탓에 김유선이 그날 밤 투숙했던 모텔 종업원부터 응급실 당직 의사, 보험모집인, 김유선의 다른 남자친구 등이 증인으로 채택되어 있었다.

재판일 오전 10시 조금 전, 검은 법복을 차려입고 수영의 배웅을 받으며 배석판사 두 사람과 판사실을 나섰다. 법정용 엘리베이터를 타고 내려가는 동안 대화는 딱 한마디였다.

"오늘 공판이 그거지? 젤리 살인사건."

"네."

이것이 서먹한 분위기를 깨려는 내 뻔한 질문에 대한 두 사람 반응의 전부였다. 하긴 그 이상의 대화가 오가기도 힘들다. 뭐라도 더 말했다간 사건에 대한 편견을 드러낼 수 있으니까.

법정 문을 열었다.

방청객들이 주섬주섬 일어났다. 나는 계단을 세 칸 올라가 법대 가운데 자리 앞에 잠시 섰다. 재판장 중에는 곧장 자신의 자리에 앉아버리는 사람도 있는데 나는 항상 시간을 둔다. 우리 법정 판사 출입문은 법대 뒤 오른편에 달려 있는데, 내가 먼저 자리에 앉아버리면 뒤따르는 배석판사 중 내 왼편에 앉는 좌배석판사는 항상 허겁지겁 자기 자리로 뛰어가듯 하는 걸음이 되든지 아니면 두 사람이 앉은 후 뒤늦게 자리를 잡게 되어 모양이 우스워지는 것이다. 그런 장면이 없도록 하려는 내 나름의 배려였다.

자리에 앉은 후 법정을 잠시 둘러보았다. 방청석은 갓 뜯은 담뱃갑처럼 꽉 차 있고, 앞줄에는 노트북 컴퓨터를 펼쳐 든 기자들이 도사리고 앉아 있었다. 공기가 팽팽했다. 내 말과 행동의 무게는 몇 배나 증폭되어 전달될 것이다. 의미 없이 뱉은 말이 유죄의, 혹은 무죄의 신호로 해석될지 모른다. 비록 재판이 일찍 끝난다 하더라도 이런 긴장 속에 하루를 보내면 파김치가 될 수밖에 없다. 세간의 이목이 집중된 만큼 피로도는 시간마다 가중된다.

법대에서 보아 오른쪽인 검사석에는 수사검사가 공판복을 걸치고 직접 나와 앉아 있었다. 30대 후반인 그는 법정에서는 이루 말할 수 없이 냉정하지만 법정 밖에서는 털털한 이웃집 사람이었다. 사실 그것도 재판부가 구성된 후 검사가 인사를 와서 잠깐 본 인상일 뿐이었다. 공판검사와 자주 식사를 하는 재판부도 있다. 아무래도 업무상 원활한 협조가 필요하니 그런 모양이다. 하지만 나는 피했다. 검사는 어쨌든 재판 당사자다. 재판 당사자와 자주 만나고 식사를 하는 건 부적절하다는 게 내 생각이었다. 왼편 변호인석에는 마흔을 갓 넘긴 듯한 변호사가 굳은 표정으로 서류를 내려다보고 있었다. 지난해 민사재판을 맡는 동안 법정에서 한 번도 본 일이 없었는데, 아마 형사재판을 주로 수임하는 모양이다. 그 옆 피고인석은 아직 비어 있다.

나는 사건번호를 부른 다음 말했다.

"피고인 김유선, 들어오세요."

잠시 후, 옆문이 열리며 교도관들의 사이에 끼어 푸른 수의를 입은 김유선이 들어왔다. 법대를 향해 인사를 꾸벅하고는 어기적거리는 걸음으로 변호사 옆자리에 앉았다.

5

　김유선의 얼굴을 직접 본 건 그날이 처음이었다. 긴 머리칼이 절 반쯤 비스듬하게 이마를 가렸다. 신문 기사와 사건 기록이 만들어 낸 선입견 속의 모습과는 좀 달랐다. 눈매가 좀 올라갔고, 광대뼈 가 불거져 있는 것 말고는 흔한 인상이었다. 열 살 가까이 어린 남 자친구를 사귀었으니 외모만으로는 잴 수 없는 매력이 있는 모양 이다. 그 매력은 위험한 종류겠지. 그렇다 해도 겉으로는 팜므파탈 의 이미지를 찾아보기 힘들었다. 그녀의 얼굴만 보고서 어떤 위험 을 감지할 남자는 많지 않을 성싶었다. 어쩌면 오히려 이렇게 평범 해 보이는 이가 사악한 마음을 품으면 경계심이 무장해제된 상대 는 도저히 감당할 수 없을지 모른다.

　피고인이 본인임을 확인하는 인정신문 절차가 진행되었다. 이름 은요, 주민등록번호는요. 내 질문에 김유선은 고개를 들고 또박또 박 대답했다. 주소를 묻자 고개를 획 들며 "도로명 주소를 대야 돼 요?" 하고 되물을 때는 너무나 말투가 일상적이어서 되바라진 느 낌마저 들었다. 말할 때 입이 파충류처럼 크게 벌어졌고, 목소리는 카랑카랑했다. 무심하고 당당하기까지 한 태도였다. 떳떳하다는 인상을 주려던 거였다면 일단은 역효과가 난 것 같았다.

이어 검사와 변호사에 의해 이미 진행되었던 변론이 축약된 형태로 반복되었다. 재판부가 바뀌면 그냥 이전 재판을 이어받아 중간부터 진행하는 게 아니라, '변론의 갱신'이라는 이 절차를 거치게 된다. 새로 바뀐 판사를 향해 기존의 변론과정을 요약해서 발언하는 것인데, 서면보다 진술에 기초해 재판해야 한다는 직접주의 원칙상 마련된 절차다. 간략한 변론이 되풀이되면서 밝혀진 사실은 그때까지의 언론보도와 크게 다르지 않았다.

김유선이 남자친구인 이준호와 모텔에 투숙한 후 타월 같은 것으로 그의 입과 코를 눌러 질식시켜 살해했다는 것이 검찰의 공소사실이고, 이준호가 술에 취한 상태에서 단단한 컵 젤리를 삼키다가 목에 걸려 질식사했다는 게 피고인 측 주장이었다.

여기까지는 기록을 통해 이미 파악한 내용이라 다소 지루한 과정이었다. 이제부터 재판이 앞으로 나아가야 했다. 이날의 중요 이벤트는 증인신문이었다. 변론갱신 절차를 마친 다음 선언했다.

"그럼 다음으로, 증인신문을 시작하겠습니다."

모두 검찰 측이 신청한 증인이었다. 부족한 직접증거를 증인으로 만회하겠다는 듯, 검사의 꽉 다문 입매에서 결연한 태도가 엿보였다.

"증인 김영대 씨, 나오세요."

내가 부르자, 방청석에서 키가 껑충한 20대 후반의 남자가 일어섰다. 김유선과 이준호가 그날 밤 투숙했던 모텔의 종업원이었다. 그는 껄렁한 걸음걸이로 증인석으로 다가와 섰고, 선서 후 증인석에 앉았다. 검사는 자기 책상을 빠져나와 굳이 증인석 옆으로 가서 묻기 시작했다. 검사석에 앉아서 증인신문사항을 낭독하듯 질문하는 게 보통인데, 굳이 증인석 옆으로 간 건 증인의 입에 거는 기대감이 그만큼 크다는 뜻이었으리라.

어딘지 나른해 보이기까지 하는 김영대의 태도에서 오히려 거짓의 기미를 찾아보기 힘들었다. 그의 증언을 요약하면 이러했다.

5월 19일 밤 11시 반쯤, 김유선은 차를 모텔 주차장에 대고 방을 하나 예약해달라고 하고는 다시 나갔다. 그러고는 새벽 3시에 이준호와 같이 모텔로 와 체크인을 했고, 김영대는 803호 키를 건넸다. '이때 이준호가 얼마나 취해 보였는가'를 두고 검사와 변호인 간에 날선 공방이 벌어졌다. 피해자가 술에 많이 취하면 취할수록 반항이 힘들게 되고 김유선이 그를 질식시켜 살해했을 가능성이 높아진다. 덜 취해 보였다면 그 반대의 상황이다. 검사 입장에선 이준호가 취해야 하고, 변호인 입장에선 이준호가 멀쩡해야 하는 것이다.

"그때 보니까…… 여자는 덜 취한 것 같았고, 남자 쪽이 많이 취해 보였어요."

"왜 그렇게 생각했죠?"

"체크인을 여자가 했는데요, 남자는 카운터에 비스듬하게 기대서 있기만 했어요. 똑바로 서 있기 힘들어 보였습니다. 걸음도 비틀거렸고요."

검찰 측에 다소 유리한 이 증언은 뒤이은 변호사의 반대신문에서 곧바로 제동이 걸렸다.

"하지만 남자 혼자서 엘리베이터까지 걸어갔죠?"

김영대는 그랬다고 했다. 그렇다면 애매하다. '이준호가 입을 눌러 막아도 반항을 못할 만큼 만취했다'라고 하기 어려워진다.

이준호가 검은 봉지를 들고 있었는데, 술과 안주를 사온 것 같았다고 했다. 이 점은 인근 편의점 주인의 진술과 일치한다. 그 시각 전에 김유선은 모텔 부근 편의점에서 소주와 맥주, 그리고 컵 젤리 다섯 개, 새우깡을 한 봉지 산 것이 확인되었다.

새벽 4시 20분경, 김유선이 모텔 인터폰으로 프런트에 다급하게 연락을 해왔다. 남자친구가 젤리를 먹다가 목에 걸려 숨을 못 쉬니 119에 신고해달라는 거였다. 김영대는 급히 119에 전화를 했고, 잠시 후 새파랗게 질린 김유선이 맨발로 프런트에 내려왔다. 119에 신고했는지를 물었고, 이어 자신을 도와달라고 해 김영대는 김유선과 같이 엘리베이터를 타고 803호로 갔다. 당시 이준호는 방문 쪽에 누워 있었다고 했다. 머리를 문 쪽으로 두고 양팔은 아래로 뻗은 채였다. 싸우거나 괴로워 몸부림친 것 같은 모습은 아니었고, 그냥 가만히 누워 자는 것처럼 보였다는 게 그가 받은 인상이었다.

"남자의 얼굴에 상처 같은 것은 없었습니까."

검사가 물었다. 지나치듯 물었지만 중요한 질문이었다. 수건 따위로 질식해 죽을 만큼 얼굴을 눌렀다면 흔적이 남을 가능성이 높다. 반면에 피고인의 반박처럼 혼자 젤리를 먹다가 질식사했다면 얼굴에 상처 따위는 없을 것이다. 김영대의 대답은 이랬다.

"자세히는 못 봤는데요……. 아마 없었던 것 같습니다."

김영대의 증언은 미세하게 피고인 측에 유리하다고 해야 할 것 같다.

당시 술과 음료수 병, 안주, 컵 젤리 같은 것들은 약 2미터 안쪽에 얌전하게 놓인 채였다고 했다. 김유선이 심폐소생술을 하듯 이준호의 가슴을 몇 번 눌렀고, 목에 손가락을 넣어 뭔가를 빼려는 행동도 보였다고 했다. 하지만, 무언가를 꺼낸 걸 목격하지는 못했다.

이어 김영대가 김유선의 도움으로 이준호를 들쳐 업고 부근에 있는 한마음병원 쪽으로 뛰어갔다. 이때도 김유선은 맨발이었다고 했다. 4시 30분경, 가는 도중에 119 구조대원을 만났다. 구조대원이 현장에서 심폐소생술을 실시했지만 효과가 없자 병원으로 이송했다. 이준호가 병원에 도착한 시각은 4시 34분이었다.

다음으로 증언대에 오른 사람은 장희곤이라는 젊은 의사였다. 이준호가 이송되었을 당시 한마음병원 응급실에서 근무하던 사람이었다.

그는 마치 눈감고도 외우는 주문처럼 술술 기초적인 사실관계를 이야기했다. 아마도 경찰에서 여러 번 진술을 되풀이한 때문일 것이다. 이준호가 이송되어 온 시각은 새벽 4시 34분. 당시 의식이 없는 상태였다. 장희곤이 응급 처치를 해 오전 4시 40분에 맥박이 돌아왔지만 여전히 자가 호흡은 하지 못했다. "처음 실려왔을 때 외상은 없었나요?" 하는 질문에, 없었던 것으로 기억한다고 답했다. 얼굴에도 눈에 띄는 상처가 없었던 것 같다고 했다. 그러면서도 "그땐 외상을 주의 깊게 살피진 않았습니다" 하고 단서를 달았다.

다음 날 이준호는 중환자실로 옮겨졌고, 사경을 헤매다가 보름 후 사망했다. 그사이 이준호는 한 번도 의식을 회복하지 못했다.

사인은 의학적으로 '무산소성 뇌병증 및 심인성쇼크에 의한 다발성장기부전, 급성신부전'이라는데, 한마디로 심폐기능이 정지했단 얘기다. 그리고 그 원인은 질식이라는 판단이었다.

질식으로 판단하고 기도삽관을 실시해 기도 검사를 했지만 깨끗했고, 젤리 같은 이물질은 발견하지 못했다고 했다. 장희곤은 검사의 권유로 질식에 대한 기본적인 의학 지식을 펼쳐놓았는데, 나 같은 문외한이 사건을 쉽게 이해하는 데에 큰 도움이 되었으니, 검사가 이런 것을 노린 것이리라.

"질식으로 인한 사망은 크게 기도폐색, 비구폐색, 경부압박으로 나눌 수 있습니다. 기도폐색은 식사 도중 음식물을 잘못 흡입해서 일어나는 사고사 같은 경운데, 기도가 막히거나 고도로 흡착돼서 일어나는 사망입니다. 반면에 비구폐색은 입과 코가 막혀 죽는 것인데, 주로 어떤 물건으로 입을 틀어막아 살해하는 경우에 일어납니다. 경부압박은 쉽게 말해 목이 졸려 죽는 걸 말합니다."

일단 경부압박은 이 사건에서는 논외로 두어야 할 것 같다. 비구폐색이냐, 기도폐색이냐. 그것이 문제였다.

검사가 기소한 내용은 김유선이 수건 같은 것으로 이준호의 코와 입을 막아 살해했다는 것이니 비구폐색에 해당한다. 피고인 김유선의 주장은 이준호가 젤리를 먹다가 목에 걸려 죽었다는 것이니 기도폐색에 해당한다. 이준호의 질식사가 비구폐색으로 인한 것이냐, 기도폐색으로 인한 것이냐 하는 판정에 따라 이 사건의 결론 즉 김유선의 운명이 갈린다고 보아도 무방했다. 의사로서의 소견을 묻는 검사의 질문에 장희곤은 자신은 진료만 담당했기에 사인까지는 답변할 수 없다고 잘라 말했다.

그의 망설임도 이해는 갔다. 이준호가 살해당했을지도 모른다는 의혹은 사건이 발생하고도 한참 후, 김유선이 보험금을 수령했다는 사실을 알게 된 후에야 제기된 것이었다. 그땐 이미 이준호의 사체는 부검도 없이 화장되어버린 뒤였다. 그래서 사체부검결과라는, 이 사건에서 특히 필요불가결한 증거 없이 재판이 진행되는 것이었다. 살인인지 아닌지를 염두에 두고 유심히 들여다보지 않은 의사에게 사후적인 기억과 답변을 강요할 수는 없다.

변호사의 반대신문에서 중요한 질문이 있었다.

"증인은 이준호 소견서에 '젤리 같은 이물질을 발견하여 제거했다'고 썼죠?"

갑작스럽게 법정에 긴장이 찾아왔다. 그것이 사실이라면 젤리를 먹다가 목에 걸려 죽었다고 주장하는 피고인에게 결정적으로 유리하게 된다. 그러나 장희곤의 증언은 어쩌면 피고인에게 오히려 불리한 답변이었다.

"아, 그게⋯⋯."

장희곤은 우물쭈물하다가 결심한 듯 말했다.

"제 실수였습니다. 당시에 김유선 씨가 옆에서 그런 말을 하는 통에 저도 적당히 추측해서 썼던 거였습니다. 젤리 같은 건 아니었습니다."

변호사는 아쉬웠는지 또 물었다.

"이준호 씨의 몸에서 이물질을 제거했다고 경찰에서 진술하지 않았습니까? 어디 보자⋯⋯."

변호사는 서류 한 장을 들더니 읽었다.

"지름 약 1센티미터 정도 크기의 이물질이 있었다고 진술한 걸로 되어 있는데요?"

"그건 섬유소화된 혈액이었습니다. 젤리는 아니었습니다."

의사는 단정적으로 말했다. 변호사는 무언가 더 물으려다가 실망한 표정으로 신문을 마쳤다. 이런 경우 전문가들은 자신의 판단을 결코 양보하지 않는다는 경험에 생각이 미쳤으리라. 나는 어쩐지 안심한 기분이었다. 이준호의 목에서 젤리가 발견되지 않았기를 바라고 있었던가?

의사는 홀가분한 표정으로 증언대를 떠났다. 그로서도 곤욕스러웠을 것이다. 유족의 의혹 제기로 수사가 개시된 때만 해도 벌써 이준호의 죽음으로부터 오십 일 후였다. 기억을 되살리기에는 너무 늦었다.

어쨌든 검사와 변호사 어느 쪽도 의사의 증언에서 비구폐색의 가능성을 못박거나 지우지 못했으니, 비긴 셈이었다.

다음 증인은 덩치가 크고 인상이 순박한 20대 후반의 남자였다. 김한별이라는 이름이었고, 김유선이 사귀고 있던 남자들 중 한 명이었다.

그는 김유선과는 사건 이 년 전부터, 그러니까 김유선이 이준호와 만나기 일 년 전부터 연인 관계였다고 했다. 물론 김유선이 이준호와 동시에 사귀고 있다는 사실은 전혀 모르고 있었다. 검사는 뜬금없이 그의 가정형편을 물었고, 김한별은 그저 보통의 가정이며, 부모님 모두 있다고 했다. 김한별은 김유선이 급히 가족의 병원비가 필요하다고 해 은행에서 대출까지 받아 5천만 원 정도를 빌려줬다. 김유선이 평소 워낙 집안이 잘산다고 자랑했고, 온갖 명품으로 치장을 하고 다녔기에 돈을 금세 갚을 거라고 믿었다는 거였다. 하지만 김유선은 정작 빌린 돈으로 렉서스 차량을 구입했다.

검사는 내친김에, "피고인 김유선은 다른 남자한테도 돈을 빌렸고, 식당 주인, 네일숍 사장 등으로부터도 돈을 빌려 생활해왔는데 그런 건 알고 있습니까?"라고 물었는데, 변호인의 이의로 이 질문은 삭제되었다. 하지만 질문 자체로 김유선의 인상을 흐리게 하기에는 충분했다.

김유선은 돈을 갚는다 갚는다 하면서 시간만 끌었고, 김한별은 대출금 이자 때문에 힘들어서 작년부터 심하게 독촉했다고 했다. 그러자 김유선이 사건 얼마 전부터 태도를 바꾸어 '조금만 기다려라, 돈이 나올 데가 있다'고 했다. 막대한 보험금을 거머쥐게 된 이 사건과 연결시켜 생각하면 짙은 의심을 드리우는 말이었다.

"그러다 지난해 9월, 김유선이 돈을 돌려주었습니다. 늦게 갚아 미안하다며 김유선이 경비를 대서 같이 해외여행도 갔고요."

김한별이 말했고, 이에 검사가 물었다.

"그 돈의 출처는 이준호의 보험금이었는데, 알고 계셨습니까?"

방청석 뒤편에서 깊은 탄식이 들렸다. 이준호의 유족 중 한 사람인 듯했다. 김한별은 당황하며 그런 돈인 줄은 전혀 몰랐다고 거듭 강조했다. 그것이 증언의 마지막이었다.

김한별에 이어 증인석에 선 임형우 또한 김유선과 사귀는 사이였다. 그 역시 김유선이 다른 남자들을 만나는 건 몰랐고, 김한별과 마찬가지로 김유선에게 2천만 원을 빌려주었다고 했다. 이사를 가야 하는데 일시적으로 자금이 막혀서라는 이유였다. 렉서스 타는 여자가 2천만 원 안 갚겠나 싶어 무리를 해서 빌려주었다는 거였다. 작년 초부터 돈을 갚으라고 강하게 독촉했는데, 역시 김유선은 곧 돈이 생길 데가 있으니까 기다리라고 큰소리쳤다. 돈을 갚은 것도, 그 시기도 김한별과 같았다. 지난해 9월. 이준호의 사망보험금을 거머쥔 직후다.

김한별과 임형우의 증인신문이 끝나고 가장 먼저 받은 느낌은 허탈감이었다. 저렇게 나름 똑부러지는 남자들도 김유선한테 걸리니 거미줄에 걸려 바둥거리는 불나방에 지나지 않았다. 어쩌면 그것도 생존능력의 일종일 테지. 사람을 낚는 재능을 겨루는 경기장이라면 김유선은 챔피언, 나는 후보 축에도 못 낄 것이다. 다만 인간이 이룬 사회라는 좀 색다른 곳에서 도덕이라는 잣대를 들이댄 결과 나는 겨우 가입을 허락받아 말석이나마 차지했고 김유선은 아웃 판정을 받은 것뿐이다. 나라는 생명체가 정글이 아니라 인간 사회에 태어난 게 얼마나 다행인가 하는 뜬금없는 생각이 들었다.

오전 증인신문이 모두 끝났다. 시계를 보니 12시를 조금 넘었다. 나는 휴정을 선언했다.

지하에 있는 구내식당에 내려가서 배석판사들과 점심을 먹었다. 사건에 관한 이야기는 아무도 꺼내지 않았다. 오전 재판을 거치면서 저마다 머릿속에 심증이 형성되었겠지만, 앞에서 말했듯 정식 합의에 이르기도 전에 사건 이야기를 하는 건 판사들의 금기이다. 싹싹한 정남희 판사도, 딱딱한 민지욱 판사도 입을 열지 않았다. 사실, 부장인 내 입장이 가장 조심스러웠다. 사건 심리 중간에 이런저런 이야기를 꺼냈다간 배석판사에게 부장의 결론을 은근히 강요한다는 오해를 살 수도 있었다.

십 분 만에 끝난 식사였다. 산책 삼아 법원 건물을 한 바퀴 돌고는 다시 사무실로 올라와 각자의 방으로 틀어박혀버렸다.

재판은 오후 2시에 속행되었다. 오후 공판의 첫 증인은 김행순이었다. 안경을 쓴, 자그마하지만 다부진 체격의 중년 여성이었다. 보험모집인이었고, 김유선으로부터 직접 이준호 명의의 보험을 가입받은 사람이었다. 김유선하고는 예전부터 보험 몇 건을 계약하면서 친해지게 된 사이라고 했다. 그녀의 증언은 이랬다.

지난해 4월 중순 김유선이 남자친구 명의로 보험을 들어주고 싶다고 문의해왔다. 남자친구 쪽 집안에 암 환자가 몇 명 있어 가족력이 걱정된다면서 암보험을 하나 들어주고 싶다는 거였다. 그래서 적당한 상품 몇 개를 보여줬고, 그중에 김유선이 고른 걸 택해서 가입서류를 주었다. 사망보험금 3억 원에, 암 진단비 2천만 원, 월 보험료 15만 원짜리였다.

"그건 좀 이상한데요. 암을 걱정했다면서 암 진단비는 달랑 2천만 원이고 사망보험금이 3억 원이나 됩니까?"

"김유선 씨 본인이 그렇게 원한 걸 어떡해요?"

검사의 질문에 김행순은 발끈했다.

가입 당시 이준호와 만나거나 통화한 사실은 없었고 오로지 김유선하고만 이야기하고 계약했다고 진술했다. 김유선이 계약 서류를 들고 가 이준호의 도장을 받아오는 식으로 진행했다. 한번은 김유선과 이준호가 전화 통화하는 걸 들은 적이 있는데, 이준호가 김유선을 보험수익자로 지정하려 하는 것 같았다고 했다.

원래 보험수익자, 그러니까 보험금을 타는 사람은 이준호의 상속인이었는데, 중간에 변경되었다. 계약하고서 얼마 뒤에 김유선으로부터 연락이 왔는데, 이준호가 보험수익자를 자기로 바꾸려 한다는 거였다. 그래서 수익자변경 서류를 줘서 이준호의 도장을 받아 처리했다.

그게 5월 12일, 사건이 일어나기 딱 일주일 전이다. 오비이락도 이런 오비이락이 없다. 오비이락이라면 말이다.

이준호가 죽고, 김유선은 6월 13일에 보험금을 청구했다. 그리고 7월 23일에 보험금 3억 원이 새로 만든 김유선의 통장으로 입금되었다. 5월 21일, 즉 이준호 사건이 있은 지 이틀 후에 개설된 통장이었다. 보험료는 마지막 5월분까지 제대로 납입되었는데, 마지막 보험료는 이준호가 식물인간이 되고 열흘 뒤 김유선이 입금한 것이었다.

듣고 있으려니 기분이 안 좋아졌다. 남자친구가 비명횡사할 판국에 그의 보험료를 날짜에 맞춰 대신 납입할 만큼 김유선이란 여자가 성실하게 살아온 것 같진 않은데?

김유선에게 불리한 정황이 더 나왔다. 이준호가 병원에 있을 때 김유선은 김행순한테 연락해서 자기가 보험금을 받을 수 있는지, 받는다면 액수가 얼마인지, 같은 것을 자세하게 물었다고 한다.

변호사가 반대신문을 통해 보험료의 구성에 관해 물었다.

"월 보험료 15만 원 중에 사망보험 몫으로 납입된 금액은 얼마였나요?"

"1만 6천 원 정도였어요."

"1만 6천 원밖에 안 되었습니까?"

변호사는 짐짓 놀라는 척 '밖에'를 강조하고는 이어 물었다.

"그런 15만 원에서 1만 6천 원만 빼고 나머지는 전부 암 보장에

납입되는 몫이었군요."

"네. 그런 셈이죠."

변호사는 그 답변에 만족한 것 같았지만, 보험에 관한 증언 중에
그나마 김유선한테 유리하게 해석될 수 있는 한마디에 불과했다.

김행순이 증인석을 떠나고 마지막으로 증언대에 선 사람은 이준
호의 누나였다.

"이소윤 씨."

내가 부르자 법정 밖에서 대기하고 있던 이소윤이 법정경위의
안내를 받으며 법정 안으로 들어왔다. 방청석에 앉아 있던 노인이
근심 어린 얼굴로 이소윤을 지켜보았다. 이준호 남매의 할머니인
모양이었다. 이소윤은 다소곳한 걸음걸이로 증인석에 와 앉았다.

법대에서는 증인석이 정면으로 보인다. 고개를 약간 숙인 그녀
는 20대 여성답지 않게 낯빛에 그늘이 드리워져 있었다. 동생의 죽
음과 재판이 가져다준 스트레스 때문일 것이다. 블라우스에 바지
를 입은 수수한 차림이었고, 일그러진 곳 없이 동그스름하고 예쁜
얼굴에 순해 보이는 인상이었다.

검사가 일어서더니 그녀에게 몇 걸음 다가가 물었다.

"증인은 이준호 씨의 누나죠?"

"네."

"먼저 가족관계에 관해 좀 말씀해주시겠습니까?"

"할머니하고 저, 준호 이렇게 셋이서 살고 있었어요."

"가정형편이 어려우셨겠군요."

"아무래도…… 저도 준호도 돈을 벌긴 했지만 아르바이트라서
요. 일정하지도 않고."

"피고인에게는 가장 만만하기도 했겠군요."

"재판장님!"

변호사가 일어나 이의를 제기했고, 난 받아들였다. 하지만 검사는 그걸로 만족한 듯 보였다. 검사가 김유선과 사귀었던 다른 남자들의 가정형편을 물은 데는 이유가 있었던 것이다. 그녀가 동시에 사귄 세 명의 남자 중 할머니, 누나와 함께 의지할 데 없이 힘겹게 사는 이준호가 가장 만만한 범행 대상이었을 것이다. 그런 인상을 주려 한 것이다. 검사는 노련했고, 변호사는 눈치가 빨랐다. 이런 종류의, 암시에 가까운 정황의 입증은 종종 직접증거 못지않은 위력을 발휘한다. 잽을 연거푸 맞다 보면 자기도 모르는 새 뇌수까지 흔들리는 법이다.

"피고인과 이준호 씨가 사귀는 동안 어땠습니까? 구체적으로 진술을 부탁드립니다."

이소윤은 침을 꿀꺽 한 번 삼키고 말을 시작했다.

"김유선하고 준호는 사건 한 일 년 전부터 만났어요. 옥수동 언덕에 있는 저희 집 앞에서 만나 몇 번 인사를 했고, 밥을 같이 먹기도 했어요. 여자 나이가 좀 많아서 이상하다 싶었지만, 준호가 한창 사람을 만날 때니 그때만 해도 별로 이상한 생각이 없었어요. 근데 눈치를 보니 좀 많이 싸우는 것 같더라고요. 준호가 너무 힘들어했어요. 김유선 때문에 밤잠 못 자고 고민도 많이 했고요. 광적으로 통제가 심하고, 휴대전화도 맘대로 검사하고, 다른 사람과 만나지도 못하게 했대요. 우리한테는 자기가 굉장히 부잣집 딸인 것처럼 행세했어요. 나중에 김유선의 집을 찾아가봤더니, 반지하 빌라에 월세로 살고 있대요. 그 월세도 밀려 있었고요. 가난하다는 게 문제가 아니에요. 가정형편은 저희도 못지않게 어려우니까요. 하지만 남자친구에게 새빨간 거짓말을 한 게 나쁘잖아요?

어느 날인가는 동생이 불에 댄 것처럼 시뻘건 얼굴로 집에 온 거예요. 김유선한테 뺨을 맞았대요. 전 화가 나서 당장 헤어지라고 했는데, 준호가 못 헤어지더라고요. 다음 날 김유선이 와서 손이 발이 되도록 싹싹 빌었대요. 결국 마음이 약한 준호가 용서하고 또 만나고. 그래도 그런 일이 있었을 때 진작 저런 사람인 줄 알아보고 끝냈어야 했는데…….."

"사건이 일어나기 전에는 어땠습니까?"

"사건이 있기 넉 달 전부터 준호는 알바를 하면서 웹디자인 학원에 다니기 시작했어요. 그때부터 좀 생기가 도는 것 같았어요. 몸은 힘들어도 자기 꿈을 이루려고 한발씩 나아간다는 마음이었겠죠. 김유선 때문에 못 만났던 사람도 많이 만났고. 근데 그 탓에 김유선 하고는 또 트러블이 생긴 모양이더라구요. 그러다 결국 크게 싸웠대요.

어느 날인가 준호가 집에 와서는 김유선하고 헤어졌다고 말했어요. 이제부턴 학원도 열심히 다니고 사람들도 더 만나고, 그렇게 열심히 살 거라고. 저도 정말 잘됐다면서 달래줬어요. 그런데 어느 틈엔가 또 김유선이 다시 만나자고 살살 꾄 모양이더라고요. 준호는 피하려고 했고…… 그러던 중에 이 일이 일어났던 거예요."

"헤어지려는 이준호 씨를 피고인은 어떤 이유에선지 무리해서 계속 만나려 했다, 이거군요."

변호사가 일어섰다.

"재판장님. 검사는 자신의 의견을 증인에게 묻고 있습니다."

나는 이의를 받아들였다. 검사는 알겠습니다, 하고는 몸을 휙 돌려 이소윤에게 다시 물었다.

"평소 동생의 주량은 얼마 정도 됩니까?"

"소주 한 병쯤 될 거예요."

검사는 조그맣고 길쭉한 종이를 한 장 집어 들었다. 슬쩍 나를 보라는 듯 말했다.

"이건 이미 이 법정에 증거로 제출된 술집 영수증의 원본입니다. 그날 이준호 씨와 피고인은 맥주 2천 시시와 소주 세 병을 마신 걸로 되어 있습니다."

검사는 몸을 돌려 이소윤을 향해 물었다.

"이 정도 양을 두 사람이 나누어 마셨다면, 산술적으로 그 절반만 마셨다 해도 이준호 씨는 꽤 취했겠지요?"

"평소 주량을 훨씬 넘는 양이에요."

검사는 또 길쭉한 종이 한 장을 들어 보였다.

"역시 증거로 제출된 바 있는 편의점 영수증입니다. 그날 밤 모텔에 가기 전, 소주 한 병과 맥주 두 병, 그리고 젤리 몇 개를 산 걸로 되어 있습니다. 이미 맥주 2천 시시와 소주 세 병을 나눠 마신 상태였습니다. 모텔 방에 들어가 이만큼의 술을 또 나눠 마셨으면 이준호 씨의 주량으로는 완전히 정신을 잃을 정도가 되지 않겠습니까?"

"이의 있습니다!"

변호사가 일어서며 강경한 어조로 말했다.

"증인의 추측을 무리하게 묻고 있습니다. 이건 신문이 아닙니다."

"검사님, 그 질문은 않는 것으로 하시죠."

내가 이의를 받아들여 제지했다. 하지만 검사의 의도는 이미 달성되었다. 이준호는 그 당시 코와 입을 틀어막아 쉽사리 살해할 수 있을 만큼 무기력한 상태였다는 심증이 무럭무럭 만들어지고 있었다.

"사건이 있던 날 밤, 증인은 어떻게 사고를 알고 병원에 가셨죠?"

검사가 차분하게 물었다.

"김유선한테서 전화를 받았어요. 동생이 술을 먹다가 젤리가 목에 걸렸다, 응급실에 실려와 있다고요. 자다가 깜짝 놀랐어요. 택시를 잡아 타고 급히 병원에 달려갔죠."

이소윤의 목소리에서 크나큰 회한이 묻어났다.

"이준호 씨가 평소에 젤리를 좋아했나요?"

"전. 혀. 요."

이소윤이 딱딱 끊듯이 내뱉었다.

"준호는 치아 상태가 아주 좋지 않았어요. 다발성 치아우식증인가 하는 거라는데, 윗니는 거의 빠졌고, 아랫니는 가운데 네 개 정도만 정상일 뿐 나머지는 거의 닳아 없어진 상태였거든요. 그 일 년 전 치과 진료를 받았을 때, 단걸 더 먹거나 해서 충치가 생기면 큰일 난다며 의사 선생님이 겁을 잔뜩 줬었어요. 그래서 설탕 종류는 조금도 입에 안 대는 아이였어요. 근데 젤리 같은 걸 먹을 리가 없어요. 의사 선생님 말이 아니더라도 젤리 같은 건 원래 좋아하지도 않았고, 먹지도 않았어요."

"더구나 술안주로 젤리를 샀다곤 생각할 수 없겠군요."

변호사가 무언가 이의를 제기하려는데 이소윤이 물론이죠, 하고 단호하게 대답해버렸다. 변호사는 입을 벙긋하려다 다물고 말았다. 검사가 물었다.

"병원에 달려갔을 때, 동생의 상태는 어떻던가요?"

"……참혹했어요. 온몸에 무슨 선 같은 게 연결되어 있었고, 의식은 없는 채로 몸에서 경련이 일고 있었어요. 전 울다가 그제야 할머니한테 연락했어요. 할머니가 오신 다음에 같이 의사 선생님을 만났어요. 뇌가 이미 반 이상 죽었고, 질식한 지 너무 오래되어서 살아날 확률은 2퍼센트도 되지 않는다더군요. 마음의 준비를 하라고요. 그대로 보름간 그 상태로…… 우리한테 마지막 인사 한번 못 하고 그대로 저세상으로 가버린 거예요……."

마지막에는 끝내 울음이 섞였다. 법정이 숙연한 침묵에 휩싸였다. 검사는 그 침묵이 법정 안 모두에게 스며들기를 조금 기다린 후 말했다.

"보험금에 관해 몇 가지 여쭤보겠습니다."

이소윤은 조용히 고개를 들고 질문을 기다렸다.

"이준호 씨가 그런 보험에 가입한 사실을 알고 계셨습니까?"

이소윤은 목소리를 가다듬고 말했다.

"언젠가 한번 준호가 말한 적이 있긴 했어요. 김유선이 보험을 들어준다고. 두 사람이 탄 차에 제가 동승했다가 김유선이 준호한테 보험가입청약서를 주는 걸 본 적도 있었어요."

이소윤은 사건에 불리할 수도 있는 이야기들을 솔직하게 털어놓고 있었다. 기억을 더듬을 때면 이맛살에 주름이 잡힌다. 계산 없이 성실하게 증언하려고 애쓰는 모습이 역력하다. 바탕이 선해서 이기도 했겠지만, 아마도 어떤 왜곡이나 과장 없는 '사실'만으로도 김유선을 법의 심판대에 보내기에 충분하다고 확신해서였을 것이다.

"그럼 증인은 보험 가입 사실을 알고 계셨던 거네요?"

"확실하게 알았던 건 아니에요. 그냥 그렇게 듣고 보았다는 것뿐이죠. 준호가 보험 가입했단 말을 직접 한 적은 없었어요. 그러다가 준호가 병원에 있는 동안에 보험모집인이라는 사람한테서 연락이 왔어요. 그땐 뭐가 뭔지 몰라서 김유선한테 물어봤죠. 동생이 보험을 들었다는데 뭐냐고요."

"그랬더니요?"

"가입해놓은 게 있긴 한데, 보험료를 내지 않아서 실효처리되었다고 그러더군요."

"실효되었다? 그럼 완전히 거짓말을 한 거네요."

검사는 굳이 놀라는 척하면서 김유선을 돌아보았다. 다른 이들도 그를 따라 비난의 시선을 보내라는 암시를 주려는 것 같았다. 이소윤이 계속 말했다.

"그렇죠. 하지만 그땐 따질 수도 없고 해서 그냥 넘어갔어요. 그저 좀 미심쩍게 생각만 하고 있었죠. 근데, 김유선이 또 며칠 후에 이렇게 말하는 거예요. 동생이 실은 5천만 원짜리 보험에 들었는데, 임시적으로 보험모집인을 보험금 수령자로 해놨으니 이걸 바꿔야 한다, 모집인을 통해서 저를 보험금 수익자로 바꾸어주겠다고요."

"그래서 어떻게 되었습니까?"

"그때도 별다른 의심을 갖지 못했어요. 저를 수익자로 하겠다는 말에 그저 김유선이 우리 대신 번거로운 절차를 대신해주려나 보다, 그렇게만 생각했어요. 우릴 배려해주고 있다고 착각한 거였죠. 동생이 죽은 지 이틀 후에 화장했어요. 좋은 데 가라고 빌었죠. 그런데 사십구재를 앞둔 날에 보험증서가 집으로 날아왔어요. 그때 놀랐던 게, 보험금을 받는 사람이 엉뚱하게도 김유선인 거예요. 게다가 5천만 원이라던 보험금이 3억 원이나 되고요. 너무 이상했어요. 가족을 끔찍이 생각하는 동생이었어요. 그런데 보험금 수령자를 여자친구로 했다는 게 믿기지 않았어요. 더구나 준호는 김유선하고 헤어지려 하고 있었거든요. 그런데 왜 보험금을 김유선 앞으로 해놓겠어요?"

"그래서요?"

"김유선한테 전화해서 물어보았어요. 5천만 원이라더니 왜 3억이냐, 왜 수익자가 다르냐. 그랬더니 모집인이 보험금을 마음대로 올린 것 같다며 횡설수설했고, 이런저런 말로 끌다가 전화를 끊더라구요. 그다음엔 아예 연락이 안 됐어요. 수상했어요. 동생의 죽음이 사고가 아닐 것 같다는 의심이 버럭 들었어요. 그래서 경찰에 수사를 의뢰한 거구요."

"그땐 이미 동생이 죽은 지 오십 일이나 지나버렸던 거군요."

"네……."

"그리고 동생이 죽었을 땐 아무런 의심도 가지지 못해서 부검도 없이 화장해버렸고요."

"네……. 제가 너무 어리석었어요. 사람을 너무 믿어서……."

이소윤은 눈을 살포시 감았다가 떴다. 그녀 탓을 할 수는 없었다. 그녀 말대로 사람을 믿었을 뿐이다. 그건 잘못이 아니다. 하지만 안타깝기가 한이 없었다. 부검만 했더라면 김유선이 지금 여기서 뻣뻣하게 고개를 들고 젤리 이야기를 할 여지가 아예 없었을지도 모르는데.

"피고인이 보험금을 받아서 다른 빚을 갚거나 한 사실도 그땐 몰랐군요."

"전혀요. 그땐 알 수가 없었어요. 나중에 안 거지만, 그 돈으로 빚을 갚았을 뿐 아니라, 다른 남자하고 푸켓 여행도 갔다 왔더라구요. 호스트바 같은 데서 술 마시고, 차도 바꿨어요. 사람의 탈을 쓰고 어떻게 그럴 수가 있는지……."

김유선은 자신의 악을 증언하는 이소윤을 보고 있지 않았지만 여전히 고개를 뻣뻣이 들고 있었다. 자신은 무고하다는 무언의 항변을 보여주려는, 혹은 연출하려는 몸짓일 것이다.

변호사가 반대신문을 하기 위해 일어섰다. 이소윤의 눈빛이 적대적으로 변했다.

"사건이 있던 5월 19일 밤, 증인은 이준호 씨로부터 연락을 받았지요?"

"네. 새벽 1시 좀 넘어서였어요. 준호한테서 전화가 왔었어요. 지금 김유선하고 같이 있는데, 나와서 같이 한잔하자고요."

그녀가 분명 갖고 있을 변호사에 대한 적대감과는 달리 말투는 예의 바르고 차분했다. 문득 동생도 그녀와 성정이 크게 다르지 않았을 거라는 생각이 들었다.

"이준호 씨가 같이 술 마시자면서 직접 전화했군요. 그건 이준호 씨와 김유선과 사이가 나쁘지 않았다는 거 아닙니까?"

변호사의 다소 도발적인 질문이었다. 이소윤은 여전히 침착했다.

"전 그 전화가 의외였어요. 아직도 둘이 만나느냐고 동생을 나무랐어요."

"증인은 왜 나가지 않았습니까?"

"자고 있다가 전화를 받은 데다 몸도 안 좋고 해서 못 나가겠다고 했어요. 지금도 뼛속 깊이 후회해요. 그때 나가기만 했어도 동생은 죽지 않았을 텐데, 하고요⋯⋯."

변호사도 여기서 더 나아가지는 않았다. 유족을 더 괴롭혀봐야 좋은 인상을 못 주리라는 판단을 한 것 같다.

"병원에 달려갔을 때 이준호 씨의 얼굴은 어땠습니까? 상처가 있던가요?"

"아뇨⋯⋯ 그렇지는 않았어요. 하지만 워낙 경황해서 자세히 보진 못했던 것 같아요."

이소윤의 순진한 성품이 드러나는 말이었다. 얼굴의 상처를 보았다고 거짓 증언이라도 할 법한데 보지 못했다고 솔직히 대답하고 있었다.

이소윤이 무언가 생각난 듯 말했다.

"아, 준호가 병원에 있는 동안 입 주변에 붉은 자국이 보이긴 했어요."

변호사가 즉각 반발하듯 말했다.

"하지만 한마음병원 담당의사의 소견으로는 몸이 붓는 과정에서 일시적으로 나타나는 것이며, 몸 상태에 따라 달라질 수 있는 거라고 답했다는데요, 그렇지 않습니까?"

"의사 선생님이 저한테 그렇게 말씀하셨다고요? 그런 기억은 없어요."

"의사가 경찰에서 그렇게 진술한 걸로 되어 있습니다."

"그런 건 모르겠어요. 어쨌든 준호 입가가 불그스름했던 건 확실해요."

이소윤은 조금 힘을 주어 말했다.

"그게 좀 이상해서 전신의 피부 상태를 살펴보기도 했거든요."

"하지만 다른 이상은 찾지 못하셨죠?"

"그렇긴 해요……."

"알겠습니다."

이소윤이 무언가를 더 말하려 입술을 열었지만 변호사가 말을 막다시피 해버렸다. 증인의 입장이 확고한 경우에는 반대신문을 한답시고 물고 늘어져봤자 오히려 증언의 신빙성만 높여줄 때가 많다. 변호사는 질문을 바꾸었다.

"응급실에서 증인을 만난 피고인 김유선은 대성통곡했지요?"

"……그랬어요."

"병실에서 피고인은 이준호 씨 치료가 국내에서 힘들면 외국에 데리고 가서라도 꼭 고치겠다면서 마구 울었고, 증인은 그 모습을 보고 오히려 피고인을 다독여주기까지 했죠?"

이소윤은 고개를 퍼뜩 들었다.

"하지만 모두 연극이었어요. 깜박 속았던 거죠."

"연극이었다고요?"

변호사는 잠깐 쉬었다가 물었다.

"증인은 지금 나이가 어떻게 되시죠?"

"네? ……스물일곱 살이에요."

"사회생활도 하셨죠?"

"네…… 회사도 다녔고, 아르바이트도 해요."

"그런 증인이, 그게 만약 연극에 불과했다면 못 알아봤겠습니까? 더구나 같은 여자입니다. 여자가 진짜로 우는지 가짜로 우는지 정도는 알지 않습니까?"

"김유선은 보통 여자가 아니에요. 변호사님이 생각하시는 수준을 훨씬 넘어 있다구요. 준호하고 사귈 때 일을 돌이켜 생각해보면 그래요. 그렇게 그 아이를 힘들게 하면서도 끝내 떠나지 못하게 했고, 결국 이런 일까지 벌였잖아요. 그때도 준호가 떠나려고 하면 항상 무릎을 꿇고 울고불고 매달렸대요. 준호는 그때마다 진심으로 잘못을 빈다고 착각해서 넘어갔고요. 그러다 이 지경까지 온 거예요. 무엇보다 그 뒤에 김유선이 보여준 행동을 보세요. 몰래 보험금을 타내서는 남자들하고 놀러 다니면서 펑펑 다 써버리고. 그렇담 그 눈물이 연극이 아니고 뭐겠어요?"

"보험금을 받아 써버렸다는 이유로 슬퍼하던 모습도 진심이 아니었을 거라고 단정하신다는 거군요. 하지만 연인의 죽음과는 별개로 단지 사후에 돈이 욕심났을 뿐일 수도 있지 않겠습니까?"

어느새 증인신문의 틀을 벗어나 있었다. 변호사는 증인신문이 아니라 변론을 하고 있었다. 보다 못해 내가 제지했다.

"변호사님. 증인에게는 사실에 관한 질문만 하시죠."

"알겠습니다. 더 질문할 건 없습니다."

하지만 변호사는 말이 덜 끝난 듯한 얼굴이었다. 변호사가 자리에 앉았고, 이소윤은 붉어진 얼굴로 조용히 일어서서 방청석의 할머니 옆자리로 돌아갔다.

이소윤의 증언이 마지막이었다. 다음 기일에 의사와 법의학자

몇 명의 증언을 듣기로 예정하고, 이날 공판은 끝이 났다.

법정 뒤편 법관용 복도로 걸어 나가는 동안 마음속에 분노가 솟았다. 신문 기사로 인한 선입견을 배제하고 사건을 보려고 했건만, 정작 심리해보니 신문에 난 패악상은 새 발의 피 아닌가.

김유선은 죽은 이준호와 사귀면서 다른 남자 두 명을 더 사귀고 있었고, 그 남자들 명의로 은행에서 돈을 빌려 생활해왔다. 빚 독촉에 시달리던 그녀는 어떤 계획을 세우게 되었고, 타깃은 가장 만만한 이준호였다. 그와 싸운 직후, 헤어지려는 이준호를 붙잡고 다시 만나자고 설득하고는 바로 보험에 가입시켰다. 그 한 달 후 보험수익자를 뜬금없이 자신으로 바꾸었고, 그로부터 딱 일주일 후 이준호가 젤리를 먹다가 죽었다고 '주장하는' 이 미심쩍은 사고가 일어났다. 결국 가족도 아닌 김유선이 거액의 생명보험금을 손에 쥐었다.

증거재판주의가 확립된 근대 형사법 이전의 시대였다면 바로 치도곤을 맞고 형장의 이슬로 사라질 일이었다. 물론 현대 사법 아래에서도 그가 유죄라면 상응하는 처벌을 받아야 한다. 문제는 증거, 증거인데…… 하지만 증거를 떠나서라도, 보험수익자를 여자친구로 변경한 후 일주일 만에 20대 초반의 건강한 남자가 사고사할 확률은 얼마나 될까? 그것이 과연 지문이나 DNA, 흉기 같은 직접적인 증거보다 범죄를 입증할 힘이 적다고 할 수 있을까?

양옆에 붙어 걷고 있는 정남희 판사와 민지욱 판사의 표정을 보았다.

내 기분 탓일까, 그들도 다소 상기되어 있는 것 같았다. 상식을 가진 사람이라면 지금 김유선에게 좋은 감정을 가질 리 만무할 것이다. 그리고 김유선과의 만남에서 어떤 인과로 희생된 이준호의 비참한 운명에 대해서도 안타까운 마음이 생기지 않을 리 없다. 그것이 김유선의 유무죄와는 관계가 없다 하더라도.

6

다음 공판일까지의 3주 동안 나의 표면적인 생활은 여느 때와 다름없이 흘러갔다. 일주일에 나흘은 공판에 들어가서 하루 종일 재판을 진행했고, 남은 시간에는 사건 기록을 읽고 배석판사들이 써온 판결문 초고를 손봤으며, 그 밖에 자잘한 결정을 내렸다. 일주일에 하루 정도는 저녁식사나 술자리가 있었는데, 꼬박꼬박 참석했다. 사람이 그리워서라기보다는 한 끼를 해결하기 위한 목적이 컸다. 다훈이는 학원에 가서 주로 밤늦게 들어왔기에 일찍 집에 들어가는 날에는 배달음식을 거실에 차려놓고 AV 기기로 혼자 영화를 보거나 유튜브에서 음악 영상을 뒤적였다. 판사 사회의 취미 파벌로 최대라고 할 수 있는 골프를 치지 않는 건 전적으로 내 게으름 탓이었다. 서울 근교의 골프장이라도 아침에 티업하려면 새벽 5시에는 일어나야 하는데 도무지 그 고통을 극복할 수 없었다. 어느 순간 골프채를 남한테 줘버리고 그룹에서 빠져나왔다. 대신 느지막이 일어나서 다훈이하고 등산이나 사이클 여행을 떠나거나 맛있는 걸 먹으러 나갔다. 삼 년 전부터는 사진 촬영을 시작했는데, 취미로는 이쪽이 더 맞았다. 출사 나가는 동호회에 몇 번 끼어 산과 들을 쏘다녔고, 조그만 공간을 빌려 봄 전시회도 한번 열었다. 아무래도 신체활동량은 좀 적다는 느낌이라 언젠가 시간이 나면 사교댄스를 한번 배워볼까 생각했다.

어쩌면 이 모든 취미활동은 결국 '잊기 위한 것'인지도 모른다. 판사 업무의 특성상 사건 내용이 머리를 잡고 통 놓아주지 않는 경우가 많다. 대부분은 해오던 대로 처리하면 되는 전형적인 사건들이지만 꼭 몇 건이 문제다. 판사를 이십 년 가까이 했으니 접해보지 못한 유형의 사건이 없을 법도 한데, 참으로 놀랍게도 낯선 사건이 꾸역꾸역 등장한다. 그날그날의 결정으로 끝내고 퇴근하면 머리에서 사건이 휘발해버리는 신청부(가압류, 가처분 등을 다루는 부서)가 차라리 편하다며 선호하는 판사들도 이해가 된다.

그 정도는 아니라 하더라도 이쪽이다 저쪽이다 단정할 만한 증거가 부족한 사건은 늘 있다. 도무지 판단이 서지 않을 때 '에라, 아무거나 맞아라' 하고 운에 맡겨버리고 싶지만, 재판이 이겨도 그만 져도 그만인 단순 확률게임일 수는 없다. 모든 판사가 지칠 때까지 고뇌한다고 말할 수는 없지만, 최소한의 직업적인 양심에 걸리는 것이다. 외부의 시선 또한 갈수록 엄격해지고 있다. 그러니 사건 생각에 잠을 설치고 하룻밤 새에도 결론이 여러 번 바뀌는 것이다.

젤리 살인사건도 그런 종류의, 머리를 부여잡고 놓아주지 않는 사건이었다.

우리 재판부에서 젤리 살인사건을 소재로 한 대화는 거의 오가지 않았다. '거의'라는 표현을 쓴 것은 아예 말을 삼간 것이 아니라, '그 사건 보도가 이렇게 났던데'라든가 '이준호가 참 불쌍하게 됐어요'라든가 하는, 감상 위주의 코멘트는 있었기 때문이다. 하지만 그건 결론과는 상관없는, 곁도는 이야기에 불과했다.

겉으로 드러내는 무관심과 내심은 좀 달랐다. 쉴 없이 돌아가는 오십여 건의 미제사건 중에서도 유독 이 사건이 문득문득 떠올랐다. 패인 곳을 따라 꾸역꾸역 흘러가는 물처럼, 부쩍 신경이 쓰이는 마음의 행로를 막을 수 없었다. 신문에 대문짝만 하게 나서가 아니었다. 지레짐작했던 것보다 더 판단하기 어려운 사건이라는 생각이 들었기 때문이다. 이준호의 짧은 생이 안타까웠다. 그의 죽음이 사고가 아니라 범죄라면 더 그렇다. 과연 이 재판이 한 젊은 청춘의 비통한 죽음을 두고 어떤 해답을 내줄 수 있을까. 그리고 우리는 어떤 결론에 도달하게 될까.

두 배석판사는 예의 바른 사람들이지만 그건 어디까지나 생활에 한해서다. 판단을 예의상 양보한다는 건 있을 수 없는 일이다. 재판부 내에서 부장이 권위를 가지는 건 부장이 근거 있는 말을 하는 한에서다. 자존심 하나로 지탱하는 판사라는 종족을 단지 부장이라는 지위만으로 휘두를 수 있을 리 만무하다. 오로지 논리와 합리로 설득해야 한다. 사건 파악도 안 된 주제에 엉뚱한 소리나 하고 앉아 있으면 그날로 부장이고 뭐고 마음 깊은 곳에서 멸시당한다.

내 결론을 무턱대고 밀어붙일 수는 없었다. 3인 합의부의 배석판사 또한 똑같은 무게의 1표를 가진 판사이기 때문이다. 법이 그렇게 되어 있고, 판사는 법 앞에서 가장 약하다. 물론 세 사람이 이루는 캐릭터의 역학관계에 따라 재판부마다 조금씩 돌아가는 얼개가 다르긴 하다. 성질이 더럽고 카리스마 있는 부장이라면 좀 더 독선적으로 결론을 내린다. 하지만 나는 그런 캐릭터가 못 되었다.

늘 밝은 정남희 판사와 일관되게 어두운 민지욱 판사. 그 표정들 뒤에서 두 사람이 이 젤리 살인사건을 두고 어떤 생각을 하고 있는지 궁금해지기 시작했다.

7

재판을 일주일 앞둔 오후, 잠깐 배석판사실에 건너갔다. 원래 조그만 부속실만 사이에 둔 배석판사실이지만, 웬만한 일이 아니면 가지 않는다. 바쁜 업무 중에 괜히 부장이 들어가면 일의 흐름을 끊고 민폐를 끼치는 게 아닌가 싶었다. 또 내 배석판사 시절을 생각해봐도 부장이 방에 들어오는 게 썩 반갑지 않았다. 배석에게 실수를 지적할 일이 있으면 반드시 내 방으로 불러서 한다. 다른 판사가 있는 곳에서는 자존심에 상처를 입힐 수 있기 때문이다.

그래서 바로 2미터 떨어진 배석판사실로 직접 찾아가는 일이 서울에서 대전 가는 거리쯤으로 여겨지는 것인데, 이날은 점심 후 나른해질 무렵에 정남희 판사가 좋은 커피 원두가 들어왔다며 날 초대한 것이었다.

"향이 좋은데요."

부속실 수영이 정남희 판사의 커피 원두를 갈아 세 잔을 만들어 가져다주고 나갔다.

"우와, 맛이 독특한데."

내가 한번 홀짝인 다음 감탄했다. 풍미가 강하면서도 거부감 없이 혀끝에 닿았다. 그 모든 감각이 기분 좋게 전해졌다.

"게이샤라는 커피예요."

"게이샤? 일본 거야?"

"아뇨. 파나마 건데요, 세계 3대 커피 중 하나래요."

정남희 판사는 실로 취향이 다양한 사람이다. 덕분에 내가 잘 모르는 젊은 사람들의 세계도 어깨너머로 배우곤 한다.

민지욱 판사는 아무 말 없이 그 비싸다는 게이샤 커피를 향을 음미고 뭐고 할 것도 없이 세 모금 만에 다 비웠다. 나이는 정남희 판사보다 어리면서도 이럴 때 보면 심성이 나보다 더 늙은 듯하다.

커피 향이 올라와 노곤해지는 김에 슬쩍 젤리 살인사건 이야기를 꺼내보았다.

"이준호는 참 안됐던데."

"그렇죠. 너무 일찍 죽었어요. 스물 겨우 넘긴 나이에."

정남희 판사는 무미건조한, 하나마나한 대답을 했다.

"우리한텐 막내동생 아니면 조카뻘이잖아."

민지욱한테 말을 걸어보았다. 민지욱은 네, 하고는 입을 닫았다. 역시 감정을 드러내고 나오는 이는 없었다.

불문율을 깨려는 내 시도는 무위로 돌아갈 것을 일찌감치 깨달았다. 아마 더 물어봐야 어떤 쪽의 심증을 갖고 있는지는 알 수 없으리라.

"……아, 커피 맛 참 좋네."

난 더 이상의 직접적인 물음을 포기했다.

멋쩍게 일어서서 양쪽 벽에 늘어선 두 사람의 책장을 느긋하게 둘러보았다. 재판부가 구성된 지 한 달이 다 된 그 무렵까지도 두 사람이 업무 외적으로 어떤 사람인지, 어떤 것에 관심이 있는지조차 알지 못했다. 인터넷 서점마다 작가의 서재를 들여다보는 코너가 있듯, 책장을 보면 어느 정도 그 사람의 성향이 파악되기도 한다.

정남희 판사의 책장에는 빼곡한 법서 사이로 간간이 소설책이 꽂혀 있었다. 정유정, 야마사키 도요코, 에쿠니 가오리 같은 주로 여성 작가의 책이었다. 《페미니즘의 도전》, 《미국 페미니즘의 신경향》이라는 제목의 책도 있다. 그 틈에 판사들의 책장에는 의식적으로라도 진열을 피하는, 정치성향이 강한 책들도 뜻밖에 몇 권 끼어 있었다.

종잡을 수 없는 타입이다. 정남희 판사는 내면적으로 주의주장이 강한, 어떤 방향이든 'ISM'을 가진 사람이 아닐까, 하는 생각이 문득 들었다. 미처 느끼지 못했지만, 본인이 드러내지 않아서일 수도 있다. 자신의 이념을 숨길 이유는 없지만 원만한 조직 생활이라는 편의도 무시하지 못한다. 법원이란 일체의 이념 편향에 대해 신경을 곤두세우는 곳이다. 저 사람은 어떤 '필터'를 갖고 있다는 인식을 주면 본인도 곤란하다. 그런 때문인지 여성 판사들은 여성성이 개입된 사건에서 편파적이라는 평판을 들을까 신경 쓰는 경향도 있다. 이를테면, 성폭력 사건이나 이혼 소송에서 '역시 여자라서 편드는군' 하는 식으로 받아들여지지 않도록 조심하는 것이다. 그래서 오히려 성폭력 사건에서 관대한 의견을 내거나, 이혼 문제에서 남편 쪽 입장을 이해해주는 경향을 보이기도 한다. 정 판사도 업무에서는 객관성을 유지하려 하겠지만, 생활인으로서는 다른 면

모가 있을지 알 수 없는 일이다. 정남희라면 송곳을 주머니에 표나지 않게 숨기고도 남을 사람이다.

민지욱 판사의 책장에는 오로지 법서뿐이었다. 우리나라 출판물로 채우다 못해 미국 판례집, 일본어 법률서적도 있다. 평생을 법률만 파고 살아온 대법관의 책장이 이럴까. 거무죽죽한 표지가 늘어선 모습은 내가 봐도 갑갑할 지경이었다.

책장 위 선반에 있는 조그만 패널이 시선을 끌었다. 조그만 매화 그림이 있고, 옆에 글귀가 있었다.

매일생한불매향(梅一生寒不賣香)

매화는 일생을 추위 속에 살지만 향기를 팔지 않는다.

난 속으로 웃었다. 평소 보인 민지욱의 성향과 딱 들어맞는 글귀였다. 자존심과 고집덩어리 벽창호. 그렇게 생각하고 보니 내가 평소에 민 판사에 대해 가지는 감정이 그리 우호적인 쪽은 아닌 것 같다.

문득 두 사람의 성향이 이 애매한 사건의 결론에 어떤 영향을 미치게 될까, 하는 궁금증이 일었다. 물론 판사는 법에 따라 재판해야 한다. 하지만 개인의 개성이나 가치관이 판결에 반영되지 않는다고는 할 수 없다. 비교적 자유분방하고 새로운 것을 받아들이는데에 열린 정남희 판사는 사회문제나 여성문제에도 관심이 많은 것 같다. 하지만 그렇다고 해서 이 사건에 영향이 있을 것 같지는 않다. 젤리 살인사건은 사회악 종류는 아니고, 성별이 인과에 영향을 미친 사건도 아니다.

주심인 민지욱 판사는 마치 사회생활에는 전혀 관심이 없는 사람처럼 보이기도 했다. 땅에 단단히 박힌 돌부리처럼 완고한 고집이 간간이 엿보여 우려되기도 했다. 언제든 그 고집이 외부의 힘과 만나 돌출될 때가 오지 않을까.

그때는 곧 다가왔다. 민지욱의 두드러진 개성이 나를 비롯한 모두에게 각인된 조그만 사건이 그쯤 있었다.

그날로부터 사흘 후였다.

오후 3시를 좀 넘었을까, 책상 위 전화벨이 울렸다. 서류에 코를 박은 상태로 무심코 수화기에 손을 뻗었다.

"수석부장입니다."

형사수석부장판사 채시중이었다. 특유의 점잖은 목소리가 이날따라 끈적끈적하게 귀를 파고들었다. 좋지 않은 예감이 들었다.

서울중앙지방법원의 수석부장은 고등부장판사급이 맡는데, 법원장과 함께 부장 이하 판사들의 평가와 인사, 보직을 사실상 좌우하고 있어 사건 외적으로 막대한 영향력을 갖는다. 이런 고위층의 눈에 자주 띄려 애쓰는 해바라기 캐릭터도 있지만, 딱히 눈에 띄지 않기를 원하는 이들도 있다. 격려, 통제 다 싫으니 그저 귀찮게 하지 말고 재판이나 하게 내버려두라는 심정인 것이다. 나 또한 후자쪽이었다. 어차피 나는 자주 만난다고 해서 점수를 딸 수 있는 캐릭터가 아니다. 법원장이나 수석부장 같은 사람들이 인기 있기란 세금이 인기 있게 되는 만큼 어려울 것이다. 그런데 이들은 또 관리자로서의 입장이 있으니 줄기차게 전화를 하고 메일을 보내고 회의에 소집한다. 하긴 부장 또한 배석판사에게 그런 존재이리라.

그래도 나는 배석판사에게 최대한 안 보이려 조심하기라도 하지 않는가. 수석부장의 목소리가 머릿속 푸념을 밀어냈다.

"잠깐 제 방으로 좀 오실까요?"

어딘지 말투에 싫은 기색이 있었다. 좋지 않은 일임을 직감했다. 서둘러 웃옷을 챙겨 입고 방을 나섰다.

사무실 소파에 앉아 있는 그의 인상은 역시 잔뜩 찌푸려져 있었다. 미간에 차 있는 건 분명 수심이라든가, 우려라든가 아니면 분노 같은 종류의 감정이었다. 나는 인사를 하고 맞은편 소파에 앉았다.

여직원이 따끈한 차를 가져다주고 문을 닫고 나가는 동안 그가 가벼운 날씨 이야기를 건넸지만 그가 정말로 날씨 이야기를 하고 싶어하는 게 아니란 건 우리 둘 다 너무나 잘 안다.

방문이 닫히자마자 채시중이 마치 기다리기 힘들었다는 듯 대뜸 말했다

"민지욱 판사는 어때요?"

"네?"

그의 돌연한 질문에 내가 눈을 치떴다.

"그러니까 업무적으로나 평소 생활면에서 말입니다."

"업무……나 생활…… 다 훌륭합니다."

이번에는 채시중이 눈을 치떴다. 그가 원하는 답변이 아니었던 모양이다.

"훌륭하다고요?"

"……네. 그렇습니다만."

채시중은 벌레 씹은 표정이다. 나는 조심스레 물었다.

"왜 그러시죠? 민 판사한테 무슨 문제가 있습니까?"

"아뇨, 일반론적으로다가……."

채시중은 이마의 땀을 닦으며 우물쭈물했다. 아무래도 민 판사가 훌륭하다는 내 평가가 지나치게 단정적이었던 듯했다. 문제의식을 공유하고 있지 못한 터라 화제가 이어지기 힘들었다. 채시중이 변명하듯 말했다.

"혹시 좀 외곬인 사람이 아닌가 싶어서요."

"무슨 문제라도……."

"그냥 일반론적이라니까요. 평소 받은 인상이 좀 그렇달까요."

직접적인 언급을 회피하고 있었다. 무언가가 있음을 직감했지만 대놓고 물을 수는 없다. 채시중의 말이 이어졌다.

"……그런 경우 조직과 융화되지 못하고 돌출행동을 한다든가 튀는 판결을 해서 물의를 일으키는 경우가 종종 있지 않습니까. 뭐 민 판사가 알아서 잘하겠지만 괜한 노파심에서 드리는 말씀입니다. 그래도 선배 판사가 잘 이끌어주면 실수가 적겠지요. 법률 논리라든가, 아니면 일상 생활면에서도 상식적인 판결을 하고 구성원들과 잘 어울릴 수 있도록 앞으로도 현 부장님이 신경 써서 지도해주세요."

우회적인 화법에 속이 터질 때도 있지만, 이것이 법원의 문화였다. 수석부장이든 법원장이든 심지어 대법원장조차도 판사들에게 "무엇을 하시오"라는 직설적이고 명령적인 어법은 잘 사용하지 않는다. 곰탕 국물처럼 뿌옇고 모호한 화법이 난무하는 곳이 법원이다. 10 중의 1을 이야기한다. 그래도 10을 알아듣고 행해야 한다. 어떤 종류의 회비를 모으면 어떻겠냐는 말은 세금처럼 돈을 걷겠

단 얘기고(눈치 없이 부동의하는 판사는 본 일이 없다), 사건 통계에 좀 더 신경을 쓰는 게 어떨까, 하면 죽어라 달리란 이야기였다.

수석부장이 이 정도로 얘기한다는 건 민지욱이 우려되니 철저히 지켜보고 지도하라는 거였다. 아니면 당신한테도 부장으로서의 책임을 묻겠다는 뜻이었다. 민지욱이 무언가 판사로서 실수를 했거나 고위층의 눈에 거슬리는 행동을 한 모양이다. 아마도 후자인 것 같다. 전자였다면 그래도 언급했을 테니까.

사무실로 돌아오는 길에 마침 화장실을 가려던 민지욱과 마주쳤다. 가볍게 눈인사를 하고 지나치는 그의 표정은 평소와 조금도 다르지 않았다.

민지욱을 따로 불러서 무슨 일이 있었는지 물어볼까. 잠깐 생각해보다 그만두었다. 일단 업무적인 실수가 있었다고는 생각되지 않았다. 부장인 내가 모르고 수석부장은 아는 실수란 걸 상상할 수가 없고, 또 그런 내용이라면 수석부장이 직접 말했을 것이었다. 그렇다면 윗사람의 심기를 건드린 일일 텐데, 그건 내가 썩 관심을 갖는 부분이 아니었다. 업무와 무관한 생활, 조직인으로서의 매끄러움에는 나도 그다지 능숙하지 못했다. 그래서 그런 일로 질책하는 시선을 주거나 받는 일은 내가 싫다. 그런데 그런 종류의 일로 민지욱을 불러서 추궁하는 모양새가 되면 나도 그쪽으로 분류된다. 그렇게 여겨지기는 싫었다. 의문이 있었지만 머리에서 지워버렸다.

민 판사가 잘하고 있구만, 수석부장 그 양반은 왜 난리야.

괜한 억하심정에 민지욱의 편이 되는 것이었다.

의문은 그날 바로 풀렸다.

퇴근길 법원 정문에서 대학동창인 김사원 부장을 만났다. 그는 나를 보더니 다짜고짜 엄지를 척 세웠다.

"민지욱이, 대단하던데."

"뭔 말이야?"

우리는 교대역으로 나란히 발길을 향했다.

"어? 현 부장은 몰라?"

"뭘."

"어허, 자기 배석인데 너무 무심하네."

놀리는 듯한 말투였다.

"빨리 말이나 해봐."

"아침에 법원장님을 법정에서 쫓아냈대."

"응? 그게 무슨 소리야?"

나는 순간 놀라 발걸음을 멈추었다.

"요즘 법원장님이 법정 방청 돌고 계시잖아. 민판사가 공시최고 재판하는 법정에 방청하러 들어갔다가 퇴정당했대. 재판에 방해된다면서."

충격이었다. 난 숨을 헉 들이마셨다. 민지욱이 이 정도일 줄이야.

법원장의 법정 방청은 몇 해 전부터 슬금슬금 법원행정처에서 마련한 제도 아닌 제도였다. 법원장이 한번씩 판사들의 법정을 돌면서 재판 진행하는 모습을 보고 법정언행이라든가 재판 진행 방식을 체크한다는 명분이었다. 판사들이 질색하는 행사였다. 수업에 교장이 참관하는 걸 교사들이 좋아할지를 생각해보면 자명해진다.

판사들은 불평했다.

"차라리 민간 컨설턴트에게 의뢰를 하는 게 낫잖아?"

"그럼, 같은 내부인끼리 품평해봐야 다람쥐 쳇바퀴지 뭐. 외부인의 시선으로 자문이나 조언을 듣는 쪽이 효율적이지."

"인사권자가 법정에 와서 재판을 지켜본다는 게 말이 돼?"

그건 '빅브러더'의 눈이었다. 판사들에게는 통제일 뿐이었고, 한창 진행되고 있는 판사의 관료화, 샐러리맨화의 한 상징이었다. 법원 고위직의 영향력과 존재감을 과시하고 그래서 더 말 잘 듣게 하려는 의도가 있다고 판사들은 믿었다. 하지만 뒤에서 불평할 뿐이었다. 법복을 벗고 변호사 개업을 해서도 먹고산다는 보장이 사라지면서 거대한 관료화의 물결에 저항할 수 있는 기개 있는 판사도 사라졌다. 다들 보이지 않고 들리지 않는 곳에서 숙덕숙덕, 말로 하는 성토에 그쳤다.

그런데 이제 갓 판사가 된 민지욱이 반기를 들었다니, 놀라울 따름이었다. 나는 분명히 감지했다. 민지욱은 반항심에서 그런 게 아니었다. 자신의 재판이 가장 중요하다고 여긴 것이다. 인사권을 가진 사람의 심기를 보존하는 일보다 더. 공시최고 재판은 어음이나 수표를 분실하였을 때 무효판결을 내리는 비교적 간단한 절차라서 배석판사들에게 번갈아 맡기고 있었다. 사건이 폭증해 올해는 형사재판부 배석도 한 달에 한 번 정도 짧게 들어가서 재판을 했다. 민지욱은 그 재판에서도 똑같은 존중을 요구했을 것이다. 그래서 재판 진행에 법원장의 존재가 신경 쓰인다고 여긴 순간 재판정에서 퇴정시켜버렸을 것이다. 그의 뇌리에는 원만한 사회생활이라든가, 처세 같은 단어는 아예 싹조차 자라 있지 않은 모양이다.

김사원은 은근한 웃음을 남기고 지하철역에서 떠나갔다. 그 웃음에서 민지욱의 행동을 철없음이라든지, 처세의 미숙함으로 여기는 낌새가 전해졌다. 물론, 부장인 너도 좀 입장이 곤란하게 되었지? 하는 의미도 담겨 있다.

　하지만 난 조금 생각이 달랐다.

　물론 놀랐지만, 민지욱을 응원하는 마음이 생겨났다. 김사원이 떠나간 후 나도 모르게 입가에 조그만 미소가 걸렸다.

　생각보다 멋진 친군데.

　나는 떠올렸다. 오래전에 염원하다가 잊었던 판사라는 직업인의 심상을. 지금은 허상이 되었지만…….

　흔들리는 2호선 지하철 안, 밀려드는 사람에 부대끼면서 생각했다. 정남희 판사가 인간적으로 더 마음에 들기는 하지만 민지욱 판사가 나와는 좀 더 비슷한 인간이 아닐까. 남들이 나를 이해할 수 없었듯이, 나 또한 민지욱을 이해할 수 없는 지점도 있다. 왜 그렇게까지. 그러면서도 어떤 종류의 반가움이 일었다. 그건 내가 하고 싶지만 할 수 없는 일을 한 후배에 대한 일종의 경탄이었다.

　조금 더 솔직해지자면, 그러면서도 마음 한구석에서 불안감이 동시에 피어올랐다는 사실을 털어놓아야 할 것 같다. 나의 개성 또한 아직 완전히 죽지 않은 것이다. 비록 세파에 물들었지만 매사 좋은 게 좋은 거라는 식의 처세에 완전히 납득한 것은 아니었다. 민지욱과 내가 큰 틀에서 비슷한 성향을 갖고 있다고 해도 그건 그저 약간의 반가움에 그칠 뿐이다. 두 사람이 가는 '방향'이 늘 같을 순 없다. 일하다 보면 언젠가 민지욱의 그 강한 고집과 부딪히는 일이 있을지도 모른다. 그렇게 된다면 확실히 큰일이다.

누군가 한 명이 물러서거나 마음을 비우지 않으면 해결되지 않을 갈등이 될 테니까…….

8
2018년 4월

두 번째이자 아마도 마지막 공판 기일.

그날의 재판은 오후 2시부터였다.

법정은 3주 전 공판 기일과 마찬가지로 빈자리가 거의 없을 만큼 빽빽했다. 기자들의 수는 더 많아진 것 같았다. 마지막 공판 기일이고 검사의 구형이 예정되어 있어서일 것이다.

하늘색 수의를 걸친 김유선이 걸어 나와 피고인석에 앉자 법정의 공기는 팽팽해지다 못해 숙연해졌다. 저절로 등줄기가 꼿꼿이 서는 걸 느꼈다. 오늘 드디어 어떤 결론에 도달할 것이다.

이날 예정된 증인은 의사와 법의학자들이었다. 김유선과 검사 중 누구의 말이 더 타당성 있는지, 과학의 힘을 빌려 판별해보려는 것이다. 의사들은 이미 수사 단계에서 자세하게 진술했고 일부 진술은 김유선 측도 증거에 동의했지만, 법정에서 더 생생한 증언을 들어보기 위해 소환된 상태였다. 세 사람은 증언대에 나란히 서서 선서를 했고, 각자의 증언에 서로 영향받지 않도록 당장 증언할 한 사람만 남기고 나머지 두 사람은 법정 밖으로 내보냈다.

김유선은 전보다 앉은 태도가 다소곳해졌고, 긴장한 듯 보였다. 자신의 운명이 갈리는 날이었다. 아마 머릿속은 소용돌이치고 있으리라. 공판이 끝나기 전까지 누구도 방향을 가늠할 수 없다. 재판은 종종 스포츠에 비유되는데, 검사와 변호사라는 플레이어가 있고 판사라는 심판이 있다는 점에서도 그렇지만, 한 치 앞을 예측할 수 없다는 불확실성 때문이기도 할 것이다.

첫 번째 증인은 국립과학수사연구원의 법의학과 전문의인 손현상이었다. 수입 좋은 개업의 대신 짜디짠 법정 보수를 받는 공무원직을 굳이 택한 외곬이라고 볼 수 있다. 손현상은 금속 테 안경을 코에 걸친 창백한 낯빛의 중년 남자였는데, 명리를 도외시하고 연구에만 매진해온 사람 특유의 옹골찬 인상이었다.

손현상이 자리에 앉은 후 검사가 일어서서 그의 경력을 물었다. 증언의 권위와 신빙성을 높이기 위한 전형적인 절차였다. 검사가 이어 물었다.

"피해자 이준호 씨의 사인은 질식으로 판명된 사실을 알고 계실 겁니다. 지난번 공판에 출석한 의사가 증언하기를, 질식 사망에는 음식물이 목구멍을 막은 기도폐색과 입과 코를 막아 살해한 비구폐색이 있다고 했습니다. 맞습니까?"

"의학적으로 엄밀한 설명은 아니지만 이 사건과 관련해서는 그렇게 분류하고 이해해도 무리가 없습니다."

"알겠습니다. 그럼, 논점을 명확히 하기 위해 한 번 더 확인하겠습니다. 기소내용은 피고인 김유선이 수건 같은 것으로 이준호의 코와 입을 막아 살해했다는 것이니 비구폐색에 해당할 거고요, 피고인의 주장은 이준호가 젤리를 먹다가 목에 걸려 죽었다는 이야기이니 기도폐색에 해당하겠군요. 이렇게 보면 되겠습니까?"

"예. 맞습니다."

검사는 이준호의 질식사가 비구폐색인지 기도폐색인지에 따라 이 사건의 결론이 갈린다는 사실을 넌지시 반복했다. 같은 공무원인 국과수의 이 의사가 검찰에 유리한 증언이 어느 쪽인지를 분명히 인지하기를 바란 것 같았다.

"이준호 씨는 어느 경우입니까?"

"그건 알 수 없습니다. 부검을 한 입장도 아니니까요."

애매한 대답에 나조차도 실망스러웠다.

"비구폐색 아니었습니까?"

"답변이 곤란하다고 금방 말씀드렸는데요."

손현상은 고집스런 표정으로 검사를 쳐다보았다. 검찰 측 증인이지만 과학자, 의사로서의 객관성을 포기할 수 없다는 듯한 태도였다. 검사도 포기하지 않았다.

"그래도 의사로서 소견을 밝혀주셨으면 합니다."

손현상은 할 수 없다는 듯 입을 열었다.

"당시에 피해자가 술에 취해 있었고, 컵 젤리를 먹다가 갑자기 숨을 쉬지 않게 되었다고 이야기하는 점이라든가, 피해자의 치아가 상당히 상해 있는 상태 등으로 미뤄 봤을 때 기도폐색의 가능성이 있다고 추정해볼 수는 있습니다."

검사는 벌레 씹은 얼굴이 되었다. 기도폐색이라면 김유선의 주장과 일치하는 결론 아닌가.

"추정이라면 어느 정도 가능성이라고 생각하면 될까요?"

"글자 그대로 추측입니다. 부검이 안 되었으니까 정확하게 밝혀내기는 어렵습니다."

기도폐색의 '추정'을 '알 수 없다' 정도로 되돌려놓은 검사는 조금 안심한 듯 보였다.

"그리고, 젤리를 먹다가 숨을 쉬지 않았다는 점으로 판단하셨다고 했는데, 그건 피고인의 진술을 듣고 하신 말씀이죠?"

"네. 전 그 진술이 사실이라는 가정하에 의학적 판단을 내리는 것뿐입니다."

"이준호 씨는 다발성 치아우식증을 앓고 있어서 치아가 거의 닳아 없어진 상태였는데요, 이런 사람이 젤리를 먹을 수 있습니까?"

"먹을 수야 있겠지만, 생각하기 힘들겠죠. 단것 때문에 생긴 질환인데, 굳이 단것을 먹을 리는 없겠죠. 폐암 환자가 담배를 피우는 거나 마찬가지일 테니까요."

"그렇다면 젤리를 먹다가 숨을 쉬지 않았다는 말부터가 거짓말이지 않겠습니까?"

"이의 있습니다."

변호사가 이의를 제기했고, 검사는 "이것으로 신문을 마치겠습니다" 하고는 자리에 앉아버렸다.

변호사가 머쓱하게 일어서더니 손현상에게 다가갔다.

"코와 입을 막아서 죽이는 경우에 비구폐색이 일어난다는 말씀이죠?"

"그렇습니다."

"그렇다면 비구폐색의 경우에 대부분 피해자의 신체에 흔적을 남기게 되지 않습니까?"

"코와 입이 동시에 막혀 사망하는 것이니까, 구강 내에나 입 주변에 손상 등이 나타나 있으면 비구폐색을 의심해볼 수 있습니다."

"그럼 반대로, 비구폐색이라면 대개 흔적이 남는다고 볼 수 있습니까?"

"아무래도 미세한 상처라도 있어야 비구폐색이라고 판명할 수 있겠죠."

변호사는 고개를 끄덕끄덕했지만 손현상은 곧 기대를 깨버렸다.

"하지만 만약 피해자의 코와 입 주위가 부드러운 물체로 압박되는 경우라면 타살이라 하더라도 압착 부위의 울혈이나 일혈점 같은 뚜렷한 소견을 보이지 않는 경우도 있습니다."

이번에는 검사가 만족한 듯 미세하게 고개를 끄덕였다.

"증인은 지금껏 대략 몇 회 정도 부검하셨습니까?"

변호사가 물었다.

"약 3천 200건입니다."

방청석에서 조그맣게 오, 하는 소리가 들려왔다. 나도 속으론 놀랐다. 3천 200구의 시신을 부검했다니. 그런 사람에게 살아 있는 사람은 어떤 존재일까. 곧 볼품없는 시체를 남길 애처로운 존재?

"그중에 피해자의 몸에 아무런 상처가 없는데 비구폐색으로 사망한 경우는 몇 건 쯤 됩니까?"

손현상은 검사 쪽을 힐긋 보더니 입을 열었다.

"없었습니다."

단정적인 증언의 효과는 컸다. 변호사는 만족스럽다는 듯 씩 웃었고, 검사는 불편한 듯 눈을 내리깔았다. 노트북 컴퓨터에 놓인 기자들의 손끝이 바쁘게 움직였다. 변호사가 또 물었다.

"질식이 일어난 경우 보통 얼마 정도 경과해야 죽게 됩니까?"

"한 팔 분에서 십 분 정도면 심장박동이 회복되지 않는다고 봐야 합니다."

"이 사건에서는 피해자가 병원에 급히 이송되고 나서도 십오 일동안 살아 있었는데요, 그 사실로써 역추측해보면 피해자는 질식이 일어난 지 십 분 안에, 신속하게 병원으로 옮겨졌다고 보이는데 어떻습니까?"

"저도 이 사건 의무기록지를 봤습니다. 최초 질식이 일어난 때를 새벽 4시 21분으로 추정했더군요. 응급실에 도착한 때가 4시 34분경이었으니까 약 13분 정도 경과한 게 됩니다. 그 뒤로 피해자의 심장박동이 정지하지 않은 채 며칠간 살아 있었던 걸로 봐서 최초 질식이 일어난 때가 크게 틀리지는 않을 거라고 판단됩니다."

"그렇다면 피고인은 이준호 씨의 질식이 일어나자마자 곧바로 119에 연락을 해서 조치를 취한 셈이군요."

"그런지는 모르겠습니다."

의사는 일반론을 넘어서는 대답은 피했다.

검사가 재주신문(再主訊問)을 하겠다며 일어섰다.

"질식이 일어난 지 길어야 십 분 정도면 심장박동이 멈춘다고 하셨는데요, 이 사건에서는 피해자가 기록상 질식이 일어난 지 십삼 분 만에야 응급실에 도착해서 처치를 받은 걸로 되어 있습니다. 그런데도 그 후로 십오 일간 살아 있었고요. 이런 경우는 어떻게 된 겁니까?"

"임상적으로는 온갖 경우가 다 있으니까요."

"119 응급일지에 보면, 새벽 4시 30분에 피해자를 업고 가는 일행을 모텔 근처에서 만나 그 자리에서 심폐소생술 등 응급조치를 취한 것으로 되어 있습니다. 알고 계십니까?"

"그건 몰랐습니다."

"4시 30분의 응급조치로 인해 피해자의 질식 상태가 많이 완화된 것은 아닐까요?"

"그랬을 가능성이 높습니다."

"그렇다면 4시 30분경 응급조치를 받아 심장박동이 회복된 시각을 기준으로 한다면, 그때부터 역산한 최초 질식 시점은 피고인이 주장하는 때보다 이전일 가능성이 높겠군요."

"그럴 수도 있겠죠."

의사는 역시 확답을 피했다.

"알겠습니다. 수고하셨습니다."

검사는 어느 정도 누그러진 표정으로 신문을 마쳤다.

다음으로 증언대에 오른 사람은 서일대학교 의과대학 이국래 교수였다. 법의학계의 원로여서 나도 이름을 들어 알고 있었다. 희끗희끗한 머리카락에 강인해 보이는 인상이 그의 명성이 부여하는 권위와 함께 증언에 무게를 더해줄 것 같았다. 증언대에 자주 서본 사람답게 자신의 강의실에 와 있는 교수처럼 여유롭고 편안해 보였다. 검사는 몇 가지 경력사항을 확인한 후 단도직입적으로 물었다.

"증인은 피해자의 사망원인이 젤리라고 판단하십니까?"

"젤리로 인한 기도폐색이라는 증거는 없습니다."

"그렇군요."

검사가 답변에 만족한 순간은 잠시였다. 이국래 교수는 뒤이어 말했다.

"하지만 다른 사망원인을 제시할 만한 근거도 없습니다."

검사의 얼굴이 굳어졌지만 증인은 더 나아갔다.

"처음 진료한 의사한테 피해자 얼굴이나 안검의 피하출혈 소견이 있는지를 전화로 물어봤거든요. 없다고 했습니다."

"피해자의 누나는 입 주변에 붉은 자국이 있었다고 증언한 바 있습니다만."

"그래서 제가 진료한 의사한테 확인해봤던 겁니다. 하지만 별다른 소견이 없다고 했습니다."

"그럼 붉은 자국은 뭐겠습니까?"

"그것만으로 외력에 의한 멍이라고 단정하기는 어렵습니다."

검사는 잠시 생각에 잠겼다가 물었다.

"비구폐색의 가능성이 '전혀' 없다는 말씀입니까?"

이 질문은 다소 도발적이었다. 과학자는 '전혀'와 같이 단정적이고 예외를 허용하지 않는 표현에 '거의'라고 해도 좋을 만큼 반발한다. 이국래 교수가 대답했다.

"물론 그 가능성을 배제할 수는 없습니다."

"가능성이라……."

검사는 단어를 곱씹다가 물었다.

"어떤 경우일까요?"

"방석 같이 부드러운 물체를 입 주위에 대고 누른다면 가능합니다."

검사는 손가락으로 탁자를 톡톡 두드리다가 물었다.

"혹시 그 외에도 비구폐색 살인이면서 흔적이 남지 않을 가능성은 없습니까?"

"피해자가 만취 상태이든가 해서 반항이 약해진 경우라면 흔적을 남기지 않고도 살해할 수 있습니다."

"술에 취해 곯아떨어졌다면 코와 입을 막아도 반항이 없으니 흔적이 남지 않을 수 있단 거군요."

"그렇습니다."

이준호가 주량을 넘게 술을 마셔서 정신을 거의 잃은 상태였다는 게 검찰의 일관된 주장이었다. 검찰은 드디어 만족할 만한 증언을 손에 넣은 것이다.

"사건 직후에 현장을 목격한 모텔 종업원은 피해자가 평온한 표정으로 잠자듯 누워 있었다고 진술했습니다. 목에 음식이 막혀 질식했다면 그럴 수 있을까요?"

"질식으로 심폐기능이 정지하거나 의식을 잃으면 얼굴이 펴지기 때문에 편하게 누운 것처럼 보일 수도 있습니다."

의사는 질문자의 기대와 반대되는 증언을 덤덤하게 이어갔다. 검사는 다소 당황해서 물었다.

"피고인은 피해자 이준호 씨의 목에 걸린 젤리를 손가락으로 꺼냈다고 주장하고 있습니다. 이런 일이 가능합니까?"

"그건 좀 어렵습니다."

"왜 그렇습니까?"

"우리 식도에는 음식물을 아래로 밀어내리는 연하작용이란 게 있습니다. 그래서 일단 음식물이 후두부나 기도를 막아 질식을 일으킨 상태가 되면 의료도구를 사용하지 않고 맨손으로 음식물을 빼내기가 아주 어렵습니다."

"그렇군요."

마침내 검사의 2연타가 들어갔다.

"그렇다면, 피해자의 목에서 젤리 같은 것은 발견되지 않았는데, 피고인이 꺼낸 것도 아니라면 피고인이 주장하는 그 젤리는 어디로 간 것일까요? 혹시 그대로 삼켜져 위장에 들어갔을 수도 있는 겁니까?"

검사는 피고인의 주장을 슬쩍 조롱하면서 질문으로 연결시켰다.

"질식했는데 저절로 삼켜지는 경우란 생각하기 힘듭니다."

검사는 수긍한다는 듯 고개를 가볍게 끄덕였다.

"질식한 지 보통 얼마쯤 지나면 심장박동이 멈추게 됩니까?"

"그건 일률적으로 말할 수 없습니다."

"평균적으로는요?"

"평균이랄 게 없습니다. 의학적으로 말하면 심장박동의 회복 가능 여부는 질식이 시작된 때로부터 흐른 시간에 반드시 좌우된다고 볼 수 없습니다."

이국래는 불쾌한 빛을 띠었다. 확실하지 않은 것에 대해 질문을 받을 때 전문가가 전형적으로 보이는 짜증이었다.

"아, 그렇군요."

검사는 반가워하며 한 번 더 확인하듯 물었다.

"조금 전 다른 법의학자는 질식 후 약 십 분 정도면 심장이 불가역적으로 멈춘다고 증언했는데, 어떻습니까?"

"그런 경우가 많다고는 볼 수 있습니다. 하지만 일반론으로 말할 정도는 아닙니다."

"알겠습니다. 수고하셨습니다."

검사는 자리에 앉았다.

변호사가 일어섰다. 그는 조금 전 효과를 본 질문을 반복했다.

"증인은 지금까지 몇 건 정도 부검을 하셨습니까?"

"천 건쯤 됩니다."

"그중에 비구폐색이 사망원인이었던 사건은요?"

"두 건이었습니다."

"비구폐색이면서 외상이나 신체에 흔적이 없었던 경우도 있었습니까?"

"아뇨. 모두 입술 주위에 흔적이 있었습니다. 입술 주변에 상처가 없었음에도 비구폐색이라고 결론 내린 사건은 없었습니다."

검사의 표정이 어두워졌다. 방청객들도 동요하는 듯했다. 내 머릿속 또한 의아함으로 물들어갔다. 상처 없는 비구폐색 살인의 분명한 사례가 나오지 않는다는 게 답답했다. 한편으로는 이 의사가 비구폐색 살인을 못 밝혀낸 것일 수도 있지 않을까 하는 의문이 얼핏 스쳤지만 이내 버렸다. 그건 비전문가의 독단에 불과하다.

이 원로 법의학자의 마지막 증언은 입가에 흔적이 남지 않는 비구폐색 살인이 가능하다는, 조금 전 자신이 했던 증언을 정면으로 무효화시키는 거나 다름없었다. 수가 적든 어떻든 현실적으로 그런 케이스를 보지 못했다면 그가 말한 가능성이란 그저 관념상의 사례에 그친다는 이야기 아닌가. 결국 원칙적으로 입술 주변에 조금이라도 흔적이 남아야 비구폐색 살인이라고 확신할 수 있다는 얘긴데…….

변호사의 질문이 계속되었다.

"조금 전에 음식물이 기도를 막은 경우에 맨손으로 꺼내는 게 어렵다고 말씀하셨는데요, 그게 전혀 불가능하다는 말씀입니까?"

조금 전 검사가 했던 수법 그대로였다. '전혀 불가능' 같은 말에 그렇다고 대답할 의사는 없을 테니까. 역시나 이국래는 고개를 저었다.

"아뇨. 어렵다는 거지, 불가능하단 건 아닙니다."

변호사는 반대신문을 마치고 자리에 앉았다.

나는 두 의사의 모호한 진술에 기운이 빠졌다. 부검이 이루어지지 않았고, 판단할 자료가 부족한 만큼 자연과학도로서의 신중한 태도를 취하는 건 어쩔 수 없겠지만, 누군가 한마디라도 확신에 찬 이야기를 해주면 안 될까.

생각에 빠진 사이 증언대의 사람이 교체되었다. 이번은 변호인 측 증인으로, 한국법의학연구소 소속의 황호준이라는 의사였다. 가냘픈 체구에 전형적인 학자풍의 얼굴이었다. 이번 의사는 어떨까. 하지만 지금까지 두 명의 의사가 보인 모호한 증언 탓에 기대감은 허물어져 있었다.

변호사는 간단하게 증인의 경력을 물은 뒤 질문에 들어갔다.

"증인도 아시겠지만, 검찰 측 주장은 피고인이 피해자 이준호 씨의 코와 입을 눌러 살해했다는 내용입니다. 하지만 이준호 씨의 몸에는 아무런 상처가 없었죠. 여기서 증인에게 여쭙겠습니다. 피해자의 몸에 흔적을 남기지 않고 비구폐색의 방법으로 살해하는 것이 가능합니까?"

황호준은 사람들의 시선이 완전히 자신한테 모이기를 기다리듯 뜸을 들이다가 천천히 입을 열었다.

"거의 불가능합니다."

"왜 그렇습니까?"

"사람은 본능적으로 살고자 하는 욕구가 있기 때문이죠. 그래서 코와 입을 눌러 숨을 못 쉬게 하면 강하게 반항하게 됩니다. 그러니 입 주위에 상처가 남을 수밖에요."

"술에 취한 상태라면 어떨까요?"

"술에 취해도 마찬가지입니다. 아기나 반신불수의 노인처럼 예외적인 경우가 아닌 한 상처가 남습니다."

"비구폐색으로 판명하려면 신체에 어떤 미세한 흔적이라도 있어야 한다는 말씀이군요."

"그렇죠."

변호사는 이거 봐, 하듯 힐끔 검사를 쳐다본 후 신문을 계속했다.

"이 사건 피해자의 경우는 어떻게 보십니까?"

"저항이 불가능했다고는 보이지 않고, 입 주위에 상처가 있었다는 증거도 없습니다. 그렇다면 비구폐색에 의한 질식이라고 보기는 어렵겠죠."

"그렇군요……."

변호사는 지그시 말꼬리를 늘였다. 황호준의 답변이 모두의 뇌리에 새겨질 때까지 기다리는 듯했다.

"피고인은 피해자의 목에 걸린 젤리를 손으로 꺼냈다고 주장하고, 검찰은 그게 말이 안 된다고 보는 것 같습니다. 어떻습니까? 그게 불가능한 일입니까?"

변호사는 또다시 부정적인 반응이 돌아올 게 뻔한 '불가능'이란 단어를 썼다. 황호준은 일단 고개를 젓고 시작했다.

"음식물이 작은 경우에는 식도와 기도의 경계에서 기도 쪽으로 내려가 질식을 유발하게 됩니다. 반면에 큰 음식물은 그 위쪽으로 걸려도 질식이 유발될 수 있습니다. 그러니까 큰 걸 삼켰다면 기도 위쪽에 걸린 채 삼킬 수도, 뱉어낼 수도 없는 상태가 되는 겁니다. 그런 때는 손가락이 인후두부까지 닿을 수도 있기 때문에 손가락으로 음식물을 꺼낼 수 있습니다."

"그렇다면 젤리 같은 것도 덩어리만 크다면 그렇게 위쪽에 걸려 손가락으로 꺼낼 수 있기도 하겠군요."

"그렇겠죠."

"또 다른 가능성은요?"

"피해자가 질식한 상태에서 본능적으로 젤리를 뱉어냈을 수도 있습니다."

"본능적으로요."

"그렇습니다."

"그러면 목 안에 젤리 조각이 남아 있지 않을 수도 있겠군요."

"당연하죠."

"알겠습니다."

변호사는 고개를 끄덕이고 물었다.

"질식이 일어나면 얼마 만에 심정지에 이릅니까?"

"그건 경우에 따라 다릅니다."

변호사는 당황한 빛을 띠었다.

"약 팔 분에서 십 분 정도면 심장박동이 멈추지 않습니까?"

"그런 경우가 많지만, 일반화할 만큼은 아닙니다."

"질식 상태가 오래 지속되면 죽음에 이르는 거 아니겠습니까? 그 시간이 얼마쯤인지 묻고 있는 겁니다."

변호사는 미련을 버리지 못하고 물었다. 의사는 고개를 가로저었다.

"물론 질식하고서 몇 시간 지나면야 누구든 죽겠죠. 그런 이야기가 아니라 질식이 시작되고서 몇 분 정도 경과하면 심장이 멈춘다는 식으로 연관시켜 일반화할 수 있는 기준은 없단 얘깁니다."

변호사는 불만스런 얼굴로 서 있다가 물었다.

"증인은 시체를 몇 구 정도 부검하셨습니까?"

"부검보다 검안을 많이 했습니다."

검안이란 시신을 눈으로 검사하는 일이다.

"검안은 몇 건 정도였습니까?"

"검안이라면 약 1만 건 정도 됩니다."

검안이라 하더라도 1만 구의 시체라니, 놀랄 일이었다. 이 사람은 대량학살의 전쟁터에라도 다녀온 걸까. 방청석에서도 조그맣게 탄복하는 소리가 들렸다.

"그중에 비구폐색은 몇 건이었습니까?"

"비구폐색 질식사는 세 건이었습니다."

1만 건 중 세 건이라, 역시 적다.

"그중에 입가에 상처나 흔적이 없는 사건은 몇 건이었습니까?"

"상처가 없는 사건은 한 건 있었습니다."

"'겨우' 한 건 있었군요. 알겠습니다."

변호사는 신문을 마치고 자리에 앉았다. 검사가 반대신문을 위해 일어섰다. 몸짓이 커져 있고, 다소 상기된 얼굴이었다. 그는 방금 한 변호사의 질문에 곧장 반박하듯 포문을 열었다.

"수건이나 방석 같은 부드러운 물체를 써서 피해자의 입과 코를 누르면 비구폐색 살인에서도 흔적이 없을 수 있지 않습니까?"

황호준은 검사를 보며 자세를 고쳐 잡았다.

"그런 경우라면 뚜렷한 소견을 보이지 않는 경우도 있는데요, 압박된 부위, 그러니까 코, 입, 턱 부근에서 미세한 피하출혈이나 표피박탈을 볼 수 있을 때가 많습니다. 타살이라면 가해자가 압박하고 피해자가 저항하는 과정에서 치아나 단단한 지주에 압박되어 입술이나 구강 안쪽 점막에 출혈 또는 파열과 같은 손상이 특징적으로 일어나는 거죠. 폐색에 사용되는 방법으로는 손바닥과 같이 단단한 면을 가진 물체로 입과 코를 막거나, 이불, 베개, 쿠션과 같은 부드러운 물체로 얼굴을 덮어씌우거나 재갈을 물리는 방법이 있는데, 정상적인 성인이라면 강하게 저항하기 때문에 입을 막아 살해하는 건 매우 어렵거나 불가능에 가깝습니다."

검사는 잠시 말문이 막힌 듯했다. 전문가가 알쏭달쏭한 용어를 섞어 길게 말하면 말꼬리를 잡아 물어뜯기가 힘들다. 어느 정도 머릿속에서 정리를 마친 듯, 검사는 다시 질문으로 돌입했다.

"피해자가 반항하기 때문에 상처를 남긴다는 말씀인데요, 만약에 피해자가 술에 완전히 취해 인사불성이라면 흔적을 남기지 않고 질식사시킬 수 있지 않습니까?"

"그렇죠."

또다시 김유선에게 불리한 진술이었다. 간신히 되돌리는 데 성공한 검사는 신문을 마치겠다고 하고는 자리로 돌아갔다. 변호사가 벌떡 일어섰다.

"하, 한 가지만 더 물어보겠습니다."

재판의 막바지였다. 말까지 더듬는 걸 보니 상당히 다급한 모양이었다.

"증인은 조금 전 술에 취했어도 비구폐색은 상처를 남긴다고 하지 않으셨습니까?"

"술 자체가 문제가 아니라, 피해자가 저항하기 힘들 만큼 취했는지 하는 게 문제인 거죠."

검사가 다시 일어섰다.

"피해자가 만취하면 비구폐색의 경우에도 입에 상처가 남지 않는다는 말씀인 거죠?"

"그렇습니다."

검사는 기어이 한 번 더 확인하고 자리에 앉았다.

그를 마지막으로 모든 증거조사 절차가 끝났다. 어떤 종류의 확신에 찬 증언이 나올까 약간의 기대를 가졌지만 앞선 증인들과 다르지 않았다. 그들 역시 자연과학도이자 의사였다. 증거 없이 단언하지 못한다는 점에서 어쩌면 우리 판사들과 다를 바 없었다.

하루가 저물었다. 법정 안이 싸늘했다. 히터도 꺼진 모양이었다.

"이것으로 증거조사 절차를 모두 마치겠습니다."

말을 마치고 검사와 변호사를 번갈아 보았다. 두 사람 다 멀뚱히 앞만 보고 있었다. 추가로 제출할 증거가 있다며 외치고 나오는 장면은 없었다.

"다음으로 피고인 본인신문을 하겠습니다. 피고인은 가운데 자리로 오세요."

내가 말했다. 본인신문이란 피고인을 상대로 하는 신문절차이다. 김유선이 엉거주춤 일어나 법정 가운데 자리로 향했다.

변호사는 "간단하게 몇 가지만 하겠습니다" 하며 일어섰다.

피고인 신문이라고 해봐야 변호사는 기존의 주장을 질문 형태로 반복하고 피고인은 기계적으로 예, 하고 답하는 게 대부분이다. 그 실체는 '질문화된 주장'에 불과하다. 다행히 변호사는 짧게 끝낼 모양이다.

"사건 당일 피고인은 이준호와 술을 마시다가 자신의 언니한테 전화를 해 같이 마시자고 했는데, 결국 언니는 나오지 않았지요?"

"네."

"이준호 또한 자신의 누나인 이소윤에게 전화해서 같이 술을 마시자고 했었죠. 그건 피고인 또한 이준호의 전화를 말리지 않았다는 이야기일 것이고요."

"네. 준호가 누나를 부르겠다고 해서 그러라고 했습니다."

"그날 이준호를 살해할 계획이었으면 그런 통화들을 할 리가 없었겠지요?"

"네."

"젤리는 피고인이 술안주로 먹으려고 산 거였지요?"

"네. 제가 원래 젤리를 좋아해요."

"그런데 이준호가 술 취한 채 혼자 먹다가 목에 걸려버린 것이지요?"

"그렇습니다. 저도 준호가 어느 틈에 젤리를 먹었는지 잘 몰랐어요. 같이 술에 취해 있어서……."

"피해자가 젤리를 먹다가 목에 걸려 숨을 쉬지 못하자 피고인은 너무나도 놀랐지요?"

"네……."

"그래서 딱 들어맞게 이성적인 대처를 하지는 못했던 것 같고, 그래서 이 법정에서 여러 가지 의심도 받고 있습니다. 그 당시 어떻게 했는지 본인의 입으로 한번 말해보십시오."

김유선은 조그맣게 한숨을 내쉬고는 대답했다.

"……그땐 너무 당황했어요, 맨발로 모텔 프런트에 뛰어갔고, 종업원이 준호를 업고 병원으로 달릴 때도 맨발로 따라갔을 정도였으니까요. 병원에서는 제가 대성통곡하는 바람에 간호사님들한테서 주의를 듣기도 했습니다. 준호의 누나 이소윤 씨가 오히려 위로를 할 정도였어요. 전 그때 너무 미안하고 또 고마웠어요."

"암보험은 어떻게 된 겁니까?"

"준호의 가족력이 걱정됐던 거예요. 준호 어머님께서 예전에 암 진단을 받은 적이 있고, 할머니도 그러셨대요. 준호는 예전에 다른 암보험도 든 적이 있다고 하면서 관심이 많다고 그랬어요. 그래서 제가 잘 아는 보험모집인을 만나서 암보험에 관해 설명을 들은 거예요. 준호가 원해서 가입까지 한 거구요."

"그 암보험에 사망보험이 포함되어 있었을 뿐이지요?"

"기본적으로 포함이 된다고 하더라구요."

"보험금 수령자가 피고인으로 된 건 어떤 경위였나요?"

"원래 보험에 가입할 때부터 준호는 보험금 수령자를 저로 하려고 했어요. 그런데 기본사항으로 수익자가 준호의 상속인으로 기재되어버렸고, 보험모집인은 이미 청약서를 출력해버렸다면서 나중에 수익자를 변경하라고 권했습니다. 전 잘 모르니까 모집인이 권하는 대로만 했고요. 결국 나중에 준호가 원해서 보험금 수령인을 저로 바꾸는 절차를 밟은 거예요."

"이준호가 병원에 있을 때 보험모집인이 먼저 연락이 와서 보험금 이야기를 했던 거지요?"

"네. 그전에 제가 연락해서 보험에 관해 물어보거나 한 일은 없었어요."

"당시 피고인은 빚에 쫓기고 있어서 그 보험금을 굳이 마다할 이유가 없었지요?"

"네……. 그 점은 죄송해요."

"피해자 가족이 보험금에 관해 물어보자 그 자리에서 얼렁뚱땅 둘러대느라 말이 좀 오락가락했던 거지요?"

"많이 당황해서……."

"피고인이 보험금을 노리고 살해했다면 훨씬 더 치밀하게 보험금에 관해 알아보고 변명을 준비했겠지요?"

"……아마 그랬겠죠."

김유선은 대답하는 내내 시선을 내리깔았지만 목소리는 지나치게 건강해서 부조화스러웠다. 변호사는 고개를 끄덕이더니 김유선을 똑바로 보며 물었다.

"남자친구인 이준호의 죽음에 대해 지금 심경은 어떻습니까?"

"저도 너무 마음이 아파요. 그 자리에 같이 있었던 사람으로서 도의적인 책임도 느끼고 있어요……."

김유선은 고개를 조금 더 떨어뜨렸다.

"하지만 제가 준호 입을 막아서 죽였다고 의심받는 건 너무 억울해요. 말도 안 됩니다."

김유선은 무죄를 강변하듯 고개를 빳빳이 들었다. 어딘지 전형적인 패턴 같았다. 검사는 신문하지 않겠다고 했다. 사건의 중대성 치고는 비교적 짧은 피고인 신문이 끝났다.

내가 말했다.

"피고인에게 내가 몇 가지만 물어보겠습니다."

김유선이 고개를 들고 나를 보았다. 의외였던 모양이다. 내 얼굴을 향한 그녀의 눈이 잠깐 어둠 속 고양이 눈동자처럼 빛났는데, 그 의미가 분명하지는 않았다. 어쩌면 김유선을 향한 내 마음의 투영이 아니었을까. 그렇다면 곤란하다. 아직은 결론을 내리면 안 된다. 아니, 결론을 내린 것처럼 보여선 안 된다. 나는 한번 마음을 다잡고 물었다.

"그날 술을 두 사람이 나눠 마셨습니까?"

"……네."

"누가 더 많이 마셨습니까?"

"거의 반씩인데, 준호가 좀 더 마셨던 것 같아요."

"증인의 주량은요?"

"소주 한 병 반쯤 돼요."

"모텔에 들어가기 전 맥주하고 소주 세 병을 마셨고, 모텔 방에서 소주 한 병과 맥주 한 병을 더 마신 걸로 되어 있는데, 이 정도를 나눠마셨으면 피고인도 상당히 취했겠네요?"

"그랬던 것 같아요. 그래서 모텔 방에서 준호가 젤리를 먹는 것도 제대로 못 봤죠."

"피고인은 프런트로 전화를 걸었고, 달려가 도움을 청했고, 호텔 종업원이 피해자를 업는 걸 도와줬고, 병원까지 동행했습니다. 그러면 별로 취하지 않았던 것 아닙니까?"

"……만취하지는 않았던 것 같아요. 준호가 숨을 안 쉬는 걸 보곤 놀라서……."

"모텔 종업원 말로는 모텔에 들어갈 때도 피고인은 멀쩡해 보였다고 했는데요?"

"전 술을 좀 덜 마셨거든요."

"이준호 씨가 훨씬 많이 마셨단 거네요."

"……."

"그렇다면 이준호 씨 주량에 비추어 만취 상태였던가 봅니다."

"만취였는지는 잘……."

"피고인 말로는 이준호 씨가 젤리를 먹었다고 하는데, 평소에 전혀 안 먹던 젤리를 먹은 것도 만취했기 때문에 그런 거 아니겠습니까?"

순간 김유선의 눈이 작아지면서 날카로운 빛을 쏘았다. 아마 칼날이었다면 깊게 베였을 것 같다. 법대 위라는 절대적으로 유리하고 안전한 위치에 있으면서도 가슴이 서늘해졌다. 김유선은 곧바로 눈길을 누그러뜨리며 말했다.

"준호가 얼마큼 취했었는지는 잘 모르겠어요."

난 조금 쉬었다가 물었다.

"이준호 씨가 갑자기 숨을 쉬지 않았다고 했는데, 구체적으로 어떤 상황이었습니까?"

"준호하고 같이 모텔 방에 앉아 술을 먹고 있었어요. 전 술에 취해 고개를 숙인 채 바닥만 보고 있었는데, 갑자기 준호가 몸을 앞으로 숙였고, 목을 잡고 고통스러워하더라구요. 자기 손가락을 입에 넣어 막 휘적대는 게 꼭 뭔가를 꺼내려는 것 같았어요. 목에 뭔가가 걸렸다고 생각하고 등을 두드려줬죠. 그래도 계속 괴로워하길래 준호 등 뒤에서 안쪽으로 양손을 깍지를 끼고 배를 압박해봤는데, 토해내지 못했어요. 입안에 제 손가락을 넣어서 목에 걸린 걸 꺼내보려고도 했지만 준호가 세차게 움직이는 바람에 실패했고요. 그래서 급하게 모텔 프런트에 연락해서 119 신고를 부탁했어요. 전화를 끊고 나니 그새 준호가 의식을 잃었더라구요. 그 뒤에 다시 제가 준호 목에 손가락을 넣어서 젤리를 꺼냈어요."

"모텔 프런트에 전화했을 때 남자친구가 젤리를 먹다가 숨을 안 쉰다고 하지 않았습니까?"

"네."

"그런데, 그전에는 그저 목에 무언가 걸린 것으로만 알았다면서요."

"네?"

"금방 그렇게 진술했잖습니까. 또, 프런트에 전화한 이후에 목에 손가락을 넣어서 젤리를 꺼냈다고도 했죠. 그런데 프런트에 전화할 때 벌써 어떻게 젤리가 목에 걸렸다는 얘기를 할 수가 있었던 거죠?"

김유선은 약간 당황한 듯한 기색을 보였지만 아주 잠시였다.

"우리가 먹은 게 그것뿐이었으니까요. 젤리 봉지도 떨어져 있었고요……. 근데 아마도 기억이 좀 뒤섞였나 봐요. 하도 놀라서…… 아마 프런트에 전화하기 전에 젤리를 꺼냈을 거예요."

하긴 조서에 따르면 피고인은 경찰에서도 모텔 종업원이 들어오기 전에 젤리를 꺼냈다고 진술한 걸로 되어 있다. 그런데, 왜 이렇게 진술이 오락가락할까. 대답하던 김유선은 고개를 들었다.

"근데…… 그런 게 중요한가요? 기억이란 헷갈릴 수 있는 거잖아요?"

그래, 나도 기억이 헷갈린다. 오늘 내가 밥을 먹었는지 아닌지도.

김유선의 변명에 심사가 뒤틀려가는 것을 스스로도 느낄 수 있었다. 김유선은 조용하게 항의했지만 도끼날처럼 시퍼런 살의가 생생하게 전해졌다.

"피고인 말대로라면 이준호 씨가 격렬하게 몸부림을 친 것 같은데요. 하지만, 모텔 종업원이 방에 들어갔을 때 이준호 씨는 편안하게 누워 있었다고 하지 않았습니까."

"쓰러졌을 땐 그런 모양이었던가 봐요. 나중에 의식을 잃었으니까 자는 것처럼 보였을 테죠."

"이준호 씨는 술병이 놓인 자리보다 2미터 정도 떨어져 출입구 쪽에 누워 있었는데, 왜 그렇습니까?"

"목이 막혀 답답해하다가 출입문 근처까지 갔던 것 같아요."

"피고인은 휴대전화가 있었죠?"

"네."

"이준호 씨가 숨을 쉬지 않는 걸 보았을 때, 휴대전화로 직접 119에 연락하지 않고 왜 굳이 모텔 프런트에 연락해달라고 부탁했습니까?"

"당황해서 그랬어요."

"많이 당황했던 모양이네요."

"네, 너무 놀랐어요."

"하필이면 그게 대부분 이준호 씨의 생명에는 불리하게 작용했단 거군요."

말하자마자 후회했다. 김유선은 대답 대신 또다시 눈을 치떴다. 흰자위가 번득였다. 고개를 숙인 채 눈만을 치켜뜨고 나를 쳐다보는 그 모습에는 오싹한 데가 있었고, 익숙해지지 않았다.

아무튼 그렇다는데 더 물을 수 없었다. 의심할 이유로도 삼기 어려웠다. 그런 상황이라면 어찌할 바를 모르고 비합리적인 대처를 할 수 있다. 사후적으로 엄밀하게 심사해서 그것에 벗어나면 피고인의 유죄를 단정하는 방식은 내가 싫다. 그때 왜 그렇게 하지 않았나, 이렇게 물어볼 수야 있지만 유죄의 근거로 삼는 데에는 신중해야 한다. 사람은 불완전하니까.

이제 마지막 절차만 남았다. 검찰의 구형, 그리고 변호사의 최후변론과 피고인 본인의 최후진술.

여기서부터는 각자의 입장을 정리하는 정도여서 재판의 향방을 좌우할 만한 변수는 나오지 않는다. 실질적인 재판은 증거조사를 마친 때 끝난다. 무언가 덜 끝난 것 같은 찜찜함을 숨긴 채 검사에게 말했다.

"검사님, 의견 말씀하시죠."

검사가 일어섰다. 그는 김유선과 나를 번갈아 보며 말했다.

"피고인은 이미 다수의 범죄전력이 있는 신용불량자였습니다. 그런 사실을 숨기고 부잣집 딸 행세를 하며 남자들을 만나 돈을 편취했습니다. 그간의 행태를 보아도 알 수 있듯 피고인은 일말의 사회적 신뢰를 상실한 인물로, 자신이 만난 사람을 오로지 잠재적 범행 대상으로만 보았습니다. 이준호는 그중 가장 만만하고 쉬운 상대였습니다. 다른 남자들로부터 빚 독촉을 거세게 받던 가운데, 이준호가 헤어지려 하자 이번 범행을 저지른 것입니다. 어차피 떠날 상대이니 죽여서 보험금 타먹는 데에 이용하자는 무서운 계획을 세웠고, 실행에 옮겼습니다.

이 법정에서 밝혀졌듯이, 피고인의 범행은 명백합니다. 증인들의 진술, 법의학자들의 증언, 그리고 다른 수많은 정황이 이를 뒷받침하고 있습니다. 피고인은 피해자가 젤리를 먹다가 죽었다고 하지만, 의사는 이준호 씨의 몸에 젤리가 들어간 흔적이 발견되지 않았다는 소견을 밝혔습니다. 그렇다면 피고인의 말은 거짓입니다. 이준호가 질식사한 건 명백합니다. 그렇다면 이준호를 살해한 것은 젤리가 아니라 수건이든 비닐봉지든 피고인이 동원한 어떤 종류의 숨을 막는 도구였을 것입니다. 변호인은 살해방법이 특정되지 않았다고 하는데, 이준호가 죽던 그 시각에는 두 사람만이 방안에 있었습니다. 목격자도 없고 영상기록도 없으니 어떻게 죽었는지 그 방법을 특정할 수 없는 게 당연합니다. 그 경우 모두 무죄로 된다고 해선 안 될 말입니다. 둘만 있을 때 사람을 죽이면 다 무죄로 해야 하는 걸까요? 우리는 죽음의 모습으로 살해방법을 추단할 수밖에 없고, 그래야 하며, 그게 대법원 판례의 태도이기도 합니다.

피고인은 보험금을 타내기 위해 살인을 젤리 질식사로 조작했습니다. 가엾은 피해자는 영문도 모른 채 죽어야 했습니다. 스물을 갓 넘긴 나이에 말입니다. 치밀하게 보험금 명의를 자기 앞으로 돌려놓았고, 남자친구가 죽는 순간까지도 보험금을 받기 위해 온갖 술수를 부렸습니다. 피고인이 이 막대한 보험금을 우연히 타게 되었을 뿐이라고 한다면 우리는 이준호 씨나 다른 피해자들에 이어 이 사람에게 또 한 번 농락당하는 거나 다름없습니다. 모든 정황이 보험금을 노린 살인을 가리키고 있습니다."

안면에 검사의 시선이 와 닿는 걸 느꼈다. 검사는 논고를 펼치면서 내가 어떤 얼굴을 하고 있는지를 보는 것 같았다. 그 탓에 오히려 나는 태도에서 어떤 편향이 드러나지 않도록 의식적으로 입매를 딱딱하게 굳혔다. 가끔은 차라리 마스크와 선글라스를 끼고 재판을 하고 싶다. 검사님, 내가 당신 의견에 반대하지 않더라도 이 법정에서 표정으로 동조해줄 순 없겠지요?

검사가 말을 이었다.

"만에 하나 이 범행이 면죄부를 받는다면 실로 무서운 일이 될 겁니다. 범행 수법이 은밀하고 완벽합니다. 이 범행의 성공은 유사한 살해방법을 동원한 다른 범죄를 유발시킬 수 있습니다. 아니, 한번 성공한 피고인 자신이 또다시 제2, 제3의 범행을 저지를 가능성도 있습니다.

피고인은 인간으로서 차마 행할 수 없는 잔혹한 범죄를 저질렀습니다. 자신을 좋아했을 뿐인 순진무구한 피해자를 계획적으로 살해했습니다. 그저 돈을 위해서 말입니다. 그리고는 이 법정에서 터무니없는 변명만을 늘어놓고 있습니다. 조금의 양심도, 반성도 없습니다. 우리 눈앞에서 다시는 이런 사건이 일어나지 않도록 법률이 허용하는 가장 중대한 형이 선고되어야 합니다. 피고인은 우리 사회에서 영원히 제거되어야 합니다. 본 검찰은."

검사는 잠깐 말을 멈추고 방청석을 한번 빙 둘러보았다. 수십 개의 눈이 검사에게 꽂혔다. 노트북 컴퓨터 키보드 위에 손가락을 띄우고 대기 중인 기자들도 여럿 있었다.

"피고인에게."

검사는 다시 피고인에게, 그리고 나에게 시선을 옮긴 다음 힘주어 말했다.

"사형을 구형합니다."

9
2018년 4월

사형.

이 단어의 무게는 엄청났다.

방청석에서도 짧고 깊은 감탄사가 솟구쳤다.

타타타 노트북 자판을 치는 소리가 경쟁적으로 들렸다.

나는 김유선을 보았다.

기소내용으로 보아 각오했을 법하지만 순식간에 얼굴이 하얗게 질려 있었다. 나는 사람의 얼굴색이 그렇게 빠른 시간에 변할 수 있다고는 미처 생각지 못했다. 하긴, 국가기관이 자신의 목숨을 요구하고 있다. 피할 수 없는 죽음이 바로 한발 앞까지 다가왔고, 도망칠 곳은 없다. 제아무리 악인이라 하더라도 그 압박에 당당할 수 있는 사람이 있을 리 없다. 김유선의 고개가 아래로 조금 더 꺾였다. 아마도 여러 가지 감정이 휘몰아치고 있으리라. 아니, 아무런 감정이 없는 진공상태인지도 모른다.

이준호도 마지막 호흡의 순간에는 그랬겠지. 김유선, 이 악마야.

......

아무래도 난 김유선이 유죄라고 믿고 싶은 모양이다.

퍼뜩 정신을 차렸다.

이어 변호사의 최후변론이 있었다. 그동안 해온 주장의 요약이 었는데, 검찰의 사형 구형의 파장에 밀려 그 내용을 귀담아듣는 사람은 없어 보였다.

이제 피고인이 마지막 진술을 할 차례였다.

김유선이 자리에서 일어섰다.

"앉아서 하셔도 됩니다."

내가 오히려 부담스러워 앉을 것을 권했다. 하지만 김유선은 앉지 않았다.

"억울합니다. 저는 준호를 죽이지 않았어요……."

김유선은 격정 가득한 목소리로 말을 시작했다.

"준호가 저하고 같이 있으면서 음식을 잘못 먹고 죽은 일에 대해서는 정말 죄송하게 생각해요. 책임도 느껴요. 하지만 제가 준호를 죽이다니, 억장이 무너지는 말씀이에요. 준호는 착하고 순한 아이였어요. 저도 준호 가족만큼 마음이 아픕니다. 너무 안이하게 생각했어요. 준호가 죽고 한참 후에 경찰에서 불렀을 때 당황했어요. 설마 나를 의심할까 싶어서 되는 대로 생각 없이 말한 건 있어요. 그래서 기억도 오락가락…… 하지만 분명하게 말할 수 있습니다. 전 그 당시 최선을 다해 준호를 살리려고 했어요. 제 무엇을 걸어도 좋아요. 하지만 놀라서 정신이 없었고, 그래서 적절하지 못했던 점은 있었을지 몰라요. 쉽게 생각하고 경찰에서 의심을 살 만한 말들을 하고 만 것 같아요……. 그래도 정말 전 안 했습니다. 안 했어요……."

눈에 핏발이 서 있었다. 표정은 절절하게 일그러졌고 목소리는 떨렸으며 말은 두서가 없었다. 죄의 책임을 물어 자신의 목숨을 요구받은 자라면 그러지 않는 편이 이상할 것이다. 수많은 거짓으로 점철된 삶이지만 이 순간만은 그녀도 진실이지 않을까. 하지만 그 진실의 실체는 그녀가 자신의 목숨을 아까워한다는 것뿐, 그녀가 전하려는 것과는 무관하다.

김유선은 어깨를 떨면서도 나를 똑바로 쳐다보았는데, 일부러 그러려고 노력하는 것 같았다.

"그럼 이것으로 재판을 마치겠습니다. 선고 기일은……."

나는 의식적으로 로봇 같은 표정을 지으면서 2주 후로 선고 기일을 잡았다.

재판은 끝났다.

내 방으로 돌아왔을 땐, 녹초가 되어 있었다. 6시가 좀 넘었는데, 수영은 아직 사무실에 남아 있었다.

"왜 퇴근하지 않고."

수영은 생긋 웃기만 했다. 배석판사 두 사람은 자기 방으로 들어갔고, 나도 내 방으로 들어와 법복을 벗어 옷장에 넣고 의자에 털썩 주저앉았다. 잠시 후 문이 열리고 수영이 들어왔다.

"이거 요즘 뜨는 우엉차예요."

미리 준비한 듯했다. 따뜻한 차 옆에 밤 과자도 한 조각 놓여 있었다.

"헉, 고마워. 배도 고팠는데."

내 과장된 반응에 수영은 미소를 지으며 방을 나갔다. 닫힌 문

너머로 그제야 퇴근하는 듯한 소리가 들렸다.

몸이 노곤해졌다. 수영에겐 업무적인 센스였겠지만 내 마음은 따끈한 찻잔처럼 온기가 차올랐다. 찻물을 입에 머금으며 수영 같은 여자가 아내였다면 어땠을까, 생각해보았다. 아니, 실은 그랬다면 얼마나 좋았을까 생각했다. 이런 때 아내는 우엉차는커녕 소리를 질러댔겠지. 뭐 한 게 있다고 피곤하대! 말할 수 없이 거칠고 드센 여자였어…….

그렇다고 내가 수영에게 어떤 연정을 품은 건 아니다. 이 나이에 그런 감정을 혼자 키운다는 것 자체가 가당치 않다. 다만, 인생의 변곡점, 혹은 인연의 순열조합이라는 것을 가정해보는 것이다. 물론 조금이라도 밖으로 표출한다면 직장 내에서 파렴치한 인물로 떨어지는 건 시간문제다. 하지만 생각만이라면 어떠랴. 솔직히 머릿속으로라면 온갖 금기를 깨고, 사람을 죽이기도 하지 않는가.

생각은 조금 전의 재판으로 되돌아갔다.

비구폐색이라고 보기 어렵다는 의사들의 한결같은 증언은 의외였다. 입과 코를 막아 살해하면 거의 항상 흔적이 남는다니. 하지만 거기서 확인된 건 김유선이 '안 했다'는 것이 아니라 비구폐색 살인을 '했다는 증거가 없다'는 정도 아닌가. 이준호 입가의 상처가 확인되지 않은 건 부검하지 않고 서둘러 화장했다는 우연적인 요소 덕분일 수 있다. 의학적인 확증이 존재하지 않는다 하여 김유선이 '했다'는 수많은 증거가 사장될 이유는 없다…….

퍼뜩 정신이 들었다. 역시 난 김유선이 유죄라는 생각을 굳히고 있는 모양이다. 이건 형사재판의 논리가 아니다. '했다는 증거가 없으면 무죄'. 그것이 형사법의 원칙이다. 그 역의 논리를 따라가고 있는 건 질이 나빠 보이는 그녀가 살인에서도 유죄라고 믿고픈 마음의 편향 때문 아닐까.

책상 위에 놓인 몇 장의 종이로 손이 갔다. 며칠 전에 썼던 판결문들. 괜히 손끝으로 촤라락 넘겨보았다. 세 명의 판사, 범위를 넓힌다면 법정에 입회하는 참여관과 실무관을 포함하여 달랑 다섯 명이 만들어내는 종이 몇 장에 불과하다. 이것이 사람에게 피할 수 없는 족쇄를 채운다고 생각하면 소름 끼칠 때가 있다.

재판에서의 결정은 오늘 점심 메뉴는 뭘로 할까 하는 종류의 문제가 아니다. 어떻게 하면 우리 회사가 다른 회사를 제치고 시장점유율을 높일까 하는 제로섬 게임도 아니다. 점심이 맛없어 봤자 잠깐이면 지나가고, 회사가 시장 공략에 실패한다 해도 그만큼 다른 회사가 이익을 보는 셈이니 원론적으로는 사회 전체로 보아 손해가 아니다. 판결은 다르다. 잘못하면 모두가 손해를 본다. 진범을 놓치고 무고한 이의 인생을 망가뜨린다. 되돌리기 어려운 파탄을 초래한다. 나쁜 놈 이야기를 듣고 나쁜 놈이라 욕하는 건 쉽지만, 내가 만들어내는 이 종이 몇 장이 갖는 무게를 의식한다면 마음에 의심을 매단 채 함부로 무기징역! 사형! 외칠 수는 없는 일이다.

예전 어느 동료가 그랬다. 사람이 어떻게 다른 사람을 심판하느냐고. 사람을 심판할 수 있는 건 신뿐이다. 신이 할 수 없으니, 판사는 신을 대리해서 일하는 거라고. 나는 그저 사회 안에서 판사가 맡은 역할일 뿐인데 뭘 그리 거창하게 이름 붙이느냐고 넘겼다. 지금도 같은 생각이지만, 이런 순간에는 그 친구의 말이 생각난다. 재판이란 게 인간의 권한을 넘어서는 무겁고도 무자비한 일이라는 생각도 든다. 판사는 겸손해야 하지만 판사의 일까지 겸손하게 생각하면 안 된다. 이 일을 진지하고 또 진지하게 여겨야 한다. 판결이 갖는 위험을 생각하면 재판을 절대 우리 사회 컨베이어벨트의 한 단계로만 볼 수는 없다.

어쨌든 재판은 끝났다. 내 결정을 굳힐 자료도, 의심을 지울 자료도 이 절차 안에서는 더 추가할 기회가 없다. 가끔은 끊어진 길 위에 서 있는 것 같다. 완전하지 않은 재료로 완전한 결정을 내려야 한다. 아무래도 당분간 머리를 쥐어뜯는 시간이 계속될 것 같다.

구멍 숭숭 뚫린 증거 몇 개를 제출해놓고 판결만을 기다리는 검사나 변호사가 미울 때가 있다. 이준호 사건의 경우는 부검 없이 화장되어버린 '상황'이 미웠다. 나는 조금이라도 범죄의 의심이 있다면 부검을 꼭 해야 한다고 사람들에게 말해주고 싶다. 수술용 칼로 사랑하는 가족의 몸을 마구 헤집는다고 생각하면 부검에 저항감을 가질 수밖에 없다. 하지만 시체가 썩어가는 참혹한 과정을 본 사람들은 말한다. 인위적으로 사람의 몸을 가르고 장기를 꺼내 검사하는 일보다 자연이 덜 가혹하지는 않다고. 자연의 박테리아가 부검의의 메스보다 덜 무자비하지는 않다고.

10

2018년 4월

일주일 후 오전 10시.

예정된 합의시간에 배석판사 두 사람이 기록을 들고 내 방으로 왔다.

테이블 위에 사건 기록을 쌓아두고, 각자의 사건 메모를 들고 와 앉았다. 나는 휴대전화 벨을 무음으로 해두고, 책상 옆에서 테이블로 자리를 옮겼다. 합의는 비공개다. 문은 꽉 닫혀 있다. 이 시간에는 방문자도 받지 않고, 수영이 전화도 연결해주지 않는다.

합의는 대개 주심판사가 사건 내용과 의견을 이야기하면서 시작된다. 주심인 민지욱 판사에게 물었다.

"민 판사 의견은 어때?"

민지욱은 눈을 내리깐 채 내 시선을 피했다. 그는 잠시 호흡을 가다듬은 다음 선언하듯 말했다.

"무죄라고 생각합니다."

머리가 띵, 했다. 무죄 의견이라고?

"무죄?"

나도 모르게 말끝을 높이고 말았다. 그 뉘앙스에서 나는 유죄 의견이라는 게 자연스레 드러났다. 민지욱은 내 눈길을 맞받듯이 응시했다. 허리를 꼿꼿하게 세웠고, 얼굴에는 결연한 빛이 떠 있었다. 아마 그도 이 사건이 상식선에서 무죄 의견을 내기 어렵다는 것쯤은 알고 있었으리라. 그래서 자신의 의견을 밀어붙이기 위해 마음의 준비를 한 것 같았다.

더 아득해졌다. 난 침착하게 물었다.

"이유는?"

"법의학자들은 비구폐색 타살의 경우 손이나 수건 등으로 코와 입을 막을 때 피해자가 격렬히 저항하기 때문에 구강 안쪽 점막이나 입술 또는 코 등에 상처가 남게 된다고 했습니다. 그런데 이준호의 입 주위에 상처는 없었습니다."

"정확히는 상처가 있었다는 입증이 없었지."

"입증이 없었단 건 재판에서는 없는 사실 아니겠습니까."

딱히 반박할 말이 없었다. 나는 다른 반론을 폈다.

"피해자가 의식을 잃은 경우라면 입가에 상처가 없을 수도 있다고 하지 않았나?"

"코와 입을 틀어막는데도 피해자가 저항을 하지 못하는 경우란 단순히 술에 만취해 정신이 없는 정도를 의미하는 건 아니라고 했습니다. 본능적인 생존의지조차 없을 정도로 의식을 잃은 경우이거나, 자신의 몸을 의지대로 가누지 못하는 영아나 고령의 환자 등이 그렇다는 겁니다. 따라서 얼굴에 상처가 없는데도 비구폐색 질식을 인정하려면 피해자가 본능적으로라도 저항 못 할 만큼 완전히 의식을 잃었다는 사실이 입증되어야 합니다. 피해자가 당시 술을 꽤 마신 것 같긴 합니다. 하지만 모텔에 들어갈 땐 자기 발로 걸어서 엘리베이터를 탔다고 종업원이 진술했습니다. 그렇다면 정신을 못 차릴 만큼 취하지는 않았다고 봐야 합니다."

"김유선은 술을 사 가지고 들어갔어. 모텔 방에서 더 마셨단 얘기지."

"둘이서 함께 마신 술의 양이나 술을 마시는 데 걸린 시간을 계산해봤습니다. 두 사람은 모텔에 들어가기 전 밤 11시 30분경부터 주점에서 소주 세 병과 맥주 2천 시시를 나눠 마셨고, 모텔에는 새벽 3시경 소주 한 병과 맥주 두 병을 사들고 갔습니다. 사고는 새벽 4시 20분쯤 일어났으니 약 네 시간 오십 분 동안 소주 네 병과 맥주 두 병, 2천 시시를 나눠 마신 것으로 추정할 수 있습니다. 그것도 술을 병에 남기지 않고 다 마셨다고 가정할 경우의 이야깁니다. 이 정도라면 평소 이준호의 주량으로 봤을 때 상당히 술에 취하기는 했겠지만 저항이 불가능할 정도로 의식을 잃었다고 단정하기는 어렵습니다."

수학적 계산으로는 그럴 수 있겠지. 하지만…….

"김유선은 비교적 멀쩡했어. 이준호가 훨씬 더 많이 마셨단 얘기겠지. 그렇다면 인사불성이지 않았을까."

"어디까지나 추측입니다. 하나의 가능성에 불과할 뿐, 단정할 수 없습니다. 어떻든 이준호가 마지막 목격된 시점, 즉 모텔에 투숙할 무렵에는 분명 제 발로 걸었으니까요. 그런데 모텔 방에서 소주 한 병과 맥주 한 병을 더 나눠 마셨다고 해서 그사이 남이 자기를 죽여도 모를 만큼 정신을 잃었다고 확언할 수는 없습니다."

민지욱의 말은 과학적이고 논리적이었다. 그런데 분명히 무언가 실제로는 딱 들어맞지 않을 것 같은 강한 거부감이 들었다. 이론적이기만 한 모델이 갖는 위화감과 현실부적응성 같은 것. 그 실체는 김유선이 유죄라는 내 선입견인지도 모른다. 어쩌면 감성이나 경험의 영역에 있다. 민지욱의 논리를 그런 걸로 반박할 수는 없다. 으음, 나는 대꾸할 말을 잃고 가볍게 탄식하며 앞으로 팔짱을 꼈다.

이 상황에서 민지욱의 논리를 따라가며 반박하다간 말려들 위험이 있었다. 주장의 전제를 깨부숴야 한다. 어디 한번 디테일로 들어가볼까. 법의학자들이 과연 그런 증언을 했는지 어떤지.

"하지만 민 판사의 논리는 출발점부터가 의문이야. 과연 법의학자들의 결론이 '비구폐색 타살의 경우에는 입 주변에 반드시 상처를 남긴다'는 것일까?"

내 말이 의외였던 듯, 민지욱이 그 고집스러운 시선을 들었다.

"먼저 손현상의 증언을 보지. '부검한 3천 200명 중에 몸에 상처가 없이 비구폐색으로 사망한 경우가 있었냐'는 변호사의 질문에 한 건도 없었다고 대답했어. 얼핏 들으면 상처 없는 비구폐색 사건이 일어날 확률은 거의 없는 것처럼 해석이 돼. 하지만 그 질문에는 함정이 있었어. 그렇게 묻기 전에 '3천 200명 중에 비구폐색으로 사망한 경우가 몇 건 있었는지'를 묻는 단계가 먼저 있었어야 했어. 만약 '비구폐색 사망사건'을 한 건도 만나지 못했다면 '피해자의 몸에 아무런 상처가 없는 비구폐색 사망사건'도 당연히 본 적이 없게 되는 거니까. 변호사는 질문의 형태를 교묘히 바꿈으로써 3천 200대 0이라는 극적인 대비를 이끌어낸 거야."

"하지만 이국래 교수를 신문할 땐 변호사도 제대로 질문을 했습니다."

민지욱은 곧장 받아쳤다. 기록을 어지간히 들입다 판 모양이다.

"천 건 중에 비구폐색 사망사건이 몇 건 있었는지를 일단 물었지 않습니까?"

"겨우 두 건이었지. 그것만 봐도 그전 손현상에 대한 신문을 할 때 3천 200대 0이란 대비가 허상이었단 걸 알 수 있잖아. 이국래 교수가 말한 두 건 모두 입술 주변에 외상이 있었다고는 했어. 하지만 천 건 중 두 건을 보고 판단한 거라면 어떤 일반성을 끌어낼 만큼 충분하다고는 절대 못해. 그걸 두고 '천 건 중 이런 죽음은 하나도 없었다'는 식으로 받아들이는 건 전형적인 인지적 착각이야. 정확히 말하면 '두 건 중에 없었다'는 이야기에 불과하니까. 또, '비구폐색이 사망원인인 경우'를 두 건 보았다고 했을 뿐이니, 그 죽음은 사고사일 수도 있고 살인일 수도 있어. 참고사례로 삼기는 더 어렵다고 봐야지……."

나는 말끝을 어물쩍 맺고는 민지욱을 살폈다. 그는 생각하는 듯하더니 말했다.

"이국래 교수가 부검한 천 건 중에 두 건 비구폐색 사건이 있었다면, 손현상이 부검한 3천 200건 중에는 약 여섯 건 정도의 비구폐색 사건이 있었을 거라고 추측해볼 수 있습니다. 손현상은 그 여섯 건 모두 입 주변에 상처를 남긴 채 사망한 사건이라고 했습니다. 결국 입가에 흔적을 남기지 않고 비구폐색으로 죽은 경우는 임상적으로 없었단 얘기입니다. 그걸 두 명의 법의학자가 경험적으로 증언한 겁니다."

민지욱이 내 말에 답하기보다는 자신의 논리를 잇고 있을 뿐이라는 느낌이 강하게 들었다.

"그렇다 해도 일반화하기엔 너무나 사례가 적어. 더구나 마지막 증인인 황호준은 앞의 두 사람하곤 다른 진술을 했어. 만 건 정도 검안을 했고, 그중 비구폐색 질식사를 세 건 보았다고 했어. 그중에서 입가에 상처가 없는 사건이 한 건 있었다고 했고. 변호사는 그걸 두고 '겨우' 한 건 있었다고 했지만 그런 유도성 표현은 무시해야 해. 의사가 검안했다는 만 건의 사체 수도 역시 무시해야 하고. 여기서 주목할 가치가 있는 부분은 '비구폐색 세 건'이야. 그중에서 흔적 없는 비구폐색이 한 건 있었다면 의미가 커. '겨우'가 아니라 '무려' 33퍼센트의 비중이니까."

"세 건 중에 한 건이라고 하지만 손현상, 이국래 교수의 케이스까지 넣으면 열한 건 중에 한 건입니다. 비율이 현저히 낮습니다."

"아무튼 상처 없는 비구폐색이 발생하는 경우도 있다면 입가에 상처가 없었다는 이유로 비구폐색이 아니라고 단정할 수는 없단 얘기지."

"하지만 그런 케이스가 흔하지는 않아 보입니다. 이례적인 경우가 이 사건에서 발생했다고 가정하는 건 '의심스러울 때는 피고인의 이익으로'라는 형사소송법의 원칙에 부합하지 않을 수도 있다고 생각합니다."

민지욱은 디테일에서 막힐 것 같자 국면을 비틀어버렸다. 이 사람아. 갑자기 왜 원론을 들고 나와. '상처 없는 비구폐색 살인은 없다'는 일반론을 받아들여 유무죄 판단의 전제로 삼을 것인가 하는 각론적 문제라고. 하지만 마음속 생각이었을 뿐, 나는 더 반박하지 않았다. 아무래도 이 부분에 관해서는 할 말이 다 나왔고, 더 이야기해봐야 결론에 도달할 것 같지도 않다. 나는 한발 물러섰다.

"그럼 방향을 바꿔서, 김유선 쪽의 말이 타당한지를 한번 보지. 김유선의 진술은 어때?"

"김유선의 진술 내용으론 그렇습니다. 이준호와 같이 모텔 방에서 술과 안주를 먹고 있다가 술에 취해 고개를 숙인 채 바닥만 보고 있었는데, 갑자기 이준호가 몸을 앞으로 숙이고 목을 잡고 고통스러워하면서 손가락을 입에 넣어 무엇인가를 꺼내려는 듯했다. 이준호의 목에 무엇인가가 걸렸다고 생각하고 등을 두드려주고 피해자의 등 뒤에서 안쪽으로 양손을 깍지를 끼고 배를 압박해보았는데 이준호는 계속 고통스러워했다. 이준호의 입에 손가락을 넣어 무엇인가를 꺼내려 했지만 이준호가 세차게 움직이는 바람에 실패했다. 그 직후, 객실 내선 전화로 모텔 프런트에 연락해서 119 신고를 부탁했고, 그사이 이준호는 의식을 잃었다. 그 후 이준호의 목에 손가락을 넣어 젤리를 꺼냈다. 이런 내용입니다."

"아무래도 앞뒤가 안 맞지 않아? 법의학자도 그랬잖아. 사람의 목구멍에는 음식물을 밀어내리는 연하작용이란 게 있어. 음식물이 기도를 막아 질식을 일으키는 상태에서 의료도구 없이 맨손으로 음식물을 빼내는 건 어렵다고 말이야."

"그 부분은 법의학자들 사이에서도 의견이 갈립니다. 황호준 교수는 젤리가 기도의 위쪽에 걸린 경우라면 손가락이 인후두부까지 닿을 수 있기 때문에 손가락으로 꺼낼 수도 있다고 증언했습니다. 또 이런 경우 본능적으로 젤리를 뱉어낼 수도 있다고 했습니다. 이국래 교수도 맨손으로 꺼내는 게 어렵다는 거지 반드시 불가능하다고 단언하지는 않았거든요. 김유선 말대로 손가락으로 젤리를 꺼냈거나 이준호가 뱉어냈을 가능성도 있는 것입니다."

"이준호가 뱉어냈다는 가능성은 제외해야 하겠지. 김유선이 자기 손가락으로 꺼냈다고 분명히 진술했으니까."

민지욱은 말이 없었다. 나는 그를 힐긋 보고는 계속 말했다.

"그렇다면 손가락으로 젤리를 꺼냈다는 건데, 그건 좀 믿기 어려운 게 김유선의 말이 오락가락했어. 모텔 프런트에 전화한 후 종업원이 오기 전에 젤리를 꺼냈다고 했다가, 종업원이 방에 도착한 후에 그가 보는 앞에서 젤리를 꺼냈다고도 했어. 그 정돈 넘어가준다고 쳐도, 아예 병원에 가서 의사가 젤리를 빼낸 것을 보았다고 하기도 했거든. 너무 시간차가 크잖아. 또 경찰조사 때의 진술을 보면, 누구한테는 이준호가 컵 젤리를 통째로 입안에 털어 넣다가 질식했다고 했다가, 다른 사람한테는 젤리를 베어 물다가 질식했다고⋯⋯."

"당시 김유선은 술에 취해 있었습니다."

민지욱이 돌연 내 말을 잘랐다.

"또, 이준호가 질식으로 고통스러워하는 것을 보고 심하게 당황했을 겁니다. 그렇다면 기억이 얼마든지 불분명할 수도 있겠죠."

기억이 불분명할 수는 있다. 하지만 김유선의 진술은 상황에 맞추어 변신했고, 자신에 유리한 방향으로만 진화해왔다. 민지욱의 옹호는 자신의 결론에 맞추기 위한 편의적 해석이라는 생각이 들었지만 대놓고 말할 수 없었다. 그가 우상이 가득한 동굴로 들어가고 있는 건 아닌지 불안한 기분이 들었다. 물론 그 동굴로 들어가고 있는 건 내 쪽일 수도 있다.

"이준호가 질식하니까 김유선이 이준호의 등 뒤에서 깍지를 끼고 배를 눌러도 보고 했다지. 그런데 모텔 종업원이 방에 들어갔을 때 이준호는 자는 듯 똑바로 누워 있었어. 표정도 평온했고. 그것도 말이 안 맞잖아."

"이국래 교수는 질식해서 의식을 잃고 쓰러지면 얼굴 표정이 펴지기 때문에 편하게 누워 있는 것처럼 보일 수도 있다고 했습니다."

"하지만 질식 소동이 있었다면서 술자리도 거의 흐트러지지 않았어."

"객실의 중앙에 술병과 안주가 놓여 있었죠. 그 안쪽에는 침대가 있고. 이준호가 만약 술자리의 바깥쪽에 앉아 있었다면 설사 몸부림을 쳤다 하더라도 술자리가 흐트러지지 않았을 수 있습니다."

"모텔 종업원 김영대는 방에 같이 들어간 후 김유선이 이준호의 입안에 손가락을 넣는 행동만 봤지, 그 안에서 뭐가 나왔는지는 못 봤다고 했어."

"못 봤다니까 안 꺼냈다고 단정할 수도 없죠. 따라서 그 증언은 아무것도 입증하지 않는다고 해야 합니다."

민지욱이 점점 더 깊이 동굴 속으로 들어가는 느낌이었다. 눈에 보이지 않지만 더 없이 완강한 벽을 세워놓고 있는 것 같았다. 그 앞에서 나는 자신도 모르게 손을 쥐었다 폈다 하고 있었다.

"이준호는 평소에 치아가 좋지 못해 단것을 먹지 않았다고 해. 젤리는 전혀 먹지 않았고."

"어쨌든 그 술자리에 젤리가 있지 않았습니까. 평소에 좋아하지 않는다고 하여 그 당시에도 반드시 먹지 않았다고 볼 수는 없습니다. 더구나 이준호는 많이 취해 있었으니까 안 먹던 걸 먹을 수도 있었겠죠."

젠장. 민지욱의 대답은 얄미웠지만 틀렸다고 밀어붙일 수도 없었다. 현장에서 젤리를 수거해 씹은 자국이 있는지, 이준호의 침이나 DNA가 묻어 있는지 여부를 조사했더라면 쉽게 밝혀졌을 텐데. 결정적 카운터펀치가 없었다. 나는 주제를 바꾸었다.

"그건 그렇고, 보험이 너무 생뚱맞잖아. 가입부터 범행 동기가 너무 빤히 보이지 않나."

민지욱은 천천히 고개를 저었다.

"이준호의 조모가 암 진단을 받아 치료 중에 있었습니다. 모친도 암 병력이 있었고요. 김유선이 이준호의 암 가족력을 걱정해 보험을 가입하도록 한 게 부자연스럽다고만 볼 수는 없습니다."

이론적으로만 가능한 해석이었다. 재판을 통해 파악된 김유선의 기질을 두고, 이준호와의 착취관계를 두고 이런 식으로 이해해줄 수 있을까. 민지욱이 십 년쯤 더 사회생활 경험을 쌓은 후에도 이런 판단을 내릴 수 있을까. 내 마음속 의문을 모르는 민지욱은 말을 이었다.

"이준호 본인도 보험 가입 당시부터 김유선을 보험수익자로 지정하려 했습니다."

"잠깐, 그건 성급해. 직접적인 건 김유선 본인의 진술뿐이야. 보험모집인은 김유선이 통화하는 걸 들었는데 이준호가 김유선을 보험수익자로 지정하려는 것이었다는 정도로만 말했어. 김유선 본인의 진술은 어차피 제쳐놓아야 할 거고, 보험모집인은 어차피 김유선에 가까운 데다 통화 내용은 김유선이 얼마든지 왜곡할 수 있는 거잖아. 보험모집인의 말을 들어보면 결국 계약 및 변경 과정에서 이준호를 직접 만난 적이 한 번도 없어. 모든 과정을 김유선이 맡아서 했지. 정상적이지 않거든."

"하지만 분명히 보험모집인의 진술도 증거능력이 있습니다. 정식 증거로 제출되어 있으니 판단에 반영해야 하지 않겠습니까."

증거라고 다 같은 증거냐! 난 마음속으로 버럭 소리를 질렀다. 민지욱의 형식논리가 답답했다. 하지만 일단은 그의 논리를 끝까지 들어야 했다. '합의' 과정이니까.

"보험수익자를 김유선으로 변경하는 서류에 이준호가 직접 서명도 했습니다."

그 서명은 위조의 혐의가 있었지만 본인이 사망한 탓에 결국 밝혀내지 못했다. 위조가 아니라 하더라도 노련한 김유선이 어떤 수단을 써서 이준호의 사인을 받아냈을 가능성은 충분히 있다. 하지만 아무리 의심스럽다 해도 밝혀지지 않은 사실을 판단의 자료로 삼을 순 없었다. 그런 얘기들을 꺼내봤자 민지욱에게 먹히지 않을 것이었다.

"이준호는 아르바이트를 하면서 지내고 있었어. 월 보험료 15만 원은 현실적으로 좀 과하지 않나? 앞날이 창창한 20대 초반의 남자가 매달 그런 돈을 내면서 생명보험을 든다는 건 생각하기 힘들어."

그러자 민지욱이 서류를 한 장 집어 들고서 말했다.

"월 보험료 15만 원의 구성을 살펴보면, 상해사망후유장애는 보장금액 3억 원으로 1만 6천 383원, 상해 입원일당은 보장금액 3만 원으로 6천 303원, 질병사망은 보장금액 2억 원으로 9만 4천 152원, 질병 입원일당은 보장금액 3만 원으로 1만 792원, 암 진단비는 보장금액 2천만 원으로 1만 4천 676원 및 적립금 7천 687원으로 이루어져 있습니다."

"그래서?"

"월 보험료 15만 원 전부를 상해사망 보험료로 했다면 3억 원보다 훨씬 더 많은 보험금을 수령할 수 있었습니다. 그런데 상해사망 보험료는 1만 6천 383원에 불과했고, 나머지는 암 등의 질병에 대한 보장을 위한 금액이었습니다."

"김유선은 그런 보장내용이나 보험료, 보험금의 액수 등에 대하여 자세히 알지 못하고 있었을 수 있지. 나도 보험 가입할 때 그런 거 일일이 다 따져보진 않거든."

"김유선이 만약 애초부터 보험금 살인을 계획했었다면 더 치밀하고 신중하게 행동했어야 합니다. 그런데 김유선은 이준호의 누나 이소윤한테 보험에 관해 말도 안 되는 거짓말을 했습니다. 이준호가 사망하기도 전에 보험금에 관해서 문의했고, 보험금을 받자마자 다 써버렸습니다. 이런 허술한 행동들을 감안하면 오히려 김유선이 보험금 살인을 계획적으로 실행했다고 보기 힘듭니다."

목이 꽉 막혔다. 판사들이 흔히 빠지는 함정이다. 사람들이 합리로만 움직인다고 생각한다. 특정 상황에서 판사가 기대한 대로 행동하지 않았으면 진실이 아니라고 단정한다. 세상 일이 그들이 생각하는 대로만 착착 돌아가지 않는다는 것을 판사들은 종종 잊는다. 실수를 하고 바보짓도 하는 게 인간이다. 모두가 기계처럼 움직이고 계산한다면 애당초 이 사건이 일어나지 말아야 할 것 아닌가. 아무리 돈이 탐난다 해도 살인은 리스크가 너무 커 도무지 수지가 맞지 않으니까. 사람이란 판사의 좁은 기준으로는 이해되지 않는 일을 할 때가 있다. 상식을 뛰어넘는 고상한 동기에서, 혹은 상식을 뛰어넘는 비열한 동기에서. 어느 쪽에도 합리는 없다.

"그건 무죄라는 전제를 앞세운 해석 아닐까. 같은 이유로 김유선을 의심하는 게 더 상식에 맞겠지."

하지만 민지욱은 물러서지 않았다.

"유죄로 보기 어려운 정황도 많이 있습니다. 법의학자 손현상은 질식이 일어나고 팔 분에서 십 분이 경과하면 심장박동이 회복되지 않는다고 했습니다. 그런데 이준호는 나중에 심장박동을 회복했지요. 그걸 보면 이준호가 병원에 도착한 시각은 질식한 때로부터 팔 분에서 십 분 이상은 지나지 않았을 거라는 추정이 성립됩니다. 그렇다면 김유선은 이준호가 질식 증상을 보이자마자 모텔 프런트에 연락하고 응급조치를 요청했다는 얘깁니다. 그녀가 살인자라면 이렇게 할 리가 없습니다. 만에 하나 이준호가 살아나면 계획이 물 건너가는 건 둘째 치고 자신이 살인자로 지목될 판이니까요. 김유선이 애당초 이만큼 위험한 범행을 시도했다면 이준호가 확실히 죽은 걸 확인한 후에 연락을 취하든가 응급조치를 받을 수 있도록 했을 겁니다. 그런데 그러지 않았습니다."

"질식 후 십 분이 지나면 심장박동 회복이 어렵다는 말은 그런 경우가 많다는 정도로 이해해야 할 거야, 다른 두 법의학자는 질식한 때로부터 시간이 얼마가 경과되었는지에 따라 심정지가 좌우되지는 않는다고 했어."

"그래도 더 일반적인 경우에 따라 판단해야 하지 않겠습니까? 더구나 피고인에게 유리하게 생각할 가능성이 있다면 그걸 도외시할 수는 없습니다."

"설사 십 분이 지나면 질식으로 심장이 정지된다는 게 의학상 일반론이라고 하더라도 그래. 그건 우리도 법의학자를 통해서 얻은 의학지식이잖아. 김유선도 그런 전문지식은 없었겠지. 질식한 지 십 분이 넘어야 확실히 죽는다는 건 몰랐을 거야. 이준호가 완전히 죽은 다음에 모텔종업원한테 연락하면, 막 젤리가 목에 걸렸다며 호들갑을 떤 자신의 행동과 맥락이 안 맞지. 그래서 이준호가 숨을 쉬지 않는 걸 보고는 이제 됐다고 판단하고 구호조치를 하는 시늉을 했을 거야. 그게 생활인의 상식에 부합해."

"그 반대의 해석도 가능합니다. 전문지식이 없는 살인자라면 섣불리 구호조치에 착수하지 않겠죠. 살아나버릴 수도 있으니까요."

가슴이 답답해졌다. 김유선을 마치 시장경제 안의 합리적 경제주체처럼 여기는 그의 사고방식을 어떻게 깨주어야 할까. 민지욱은 내 가슴에 추를 더 얹었다.

"김유선이 응급실 의사한테 울면서 이준호를 살려달라고 매달렸던 점이라든가, 이소윤을 만나 대성통곡을 한 것만 봐도 범행동기를 의심하긴 어렵습니다."

"그거야 얼마든지 꾸며댈 수 있겠지."

"어떻든 간에 외적으로 보이는 부분을 보이지 않는 부분보다는 우선해서 판결에 반영해야 하지 않겠습니까? 드러난 현상은 김유선이 이준호의 죽음을 크게 슬퍼했다는 겁니다. 보험금에 대한 욕심은 이준호 사후에 생긴 거라고 보입니다."

할 말을 잃었다. 혹시 민지욱은 내 복장을 뒤집으려 거대한 농담을 준비한 게 아닐까. 아니면 내 상상을 아득하게 넘어설 만큼 순진하든가. 펑펑 울다가 고개를 돌리고는 씩 웃는, 감쪽같은 연기력을 가진 인간이 스크린 밖에도 얼마든지 있다는 걸 모른단 말인가. 눈물은 참새의 것이든 악어의 것이든 다 같단 말인가. 나는 드디어 짜증이 나고 말았다.

"자기 명의로 보험수익자를 바꾸어놓고, 돈 나올 곳이 있다며 떠들고 다닌 지 일주일 만에 벌어진 질식사야. 보험금을 몰래 받아 금세 다 써버렸어. 굳이 모텔 방을 예약하고 투숙한 전후 정황부터가 마치 범행 무대를 준비한 것 같잖아? 휴대전화가 있었는데도 굳이 모텔 종업원한테 119를 불러달라고 요청했어. 덕분에 이준호가 질식해 죽을 만큼 충분히 시간을 끌었고, 종업원이라는 목격자를 만들었지. 젤리를 꺼낸 시기라든가 먹은 크기를 두고도 수없이 진술이 바뀌었어. 그런 것들에 대해선 어떻게 생각해? 이게 무죄인 사람을 두고 일어날 수 있는 일들일까?"

"재판은 확률이 아니라 증거의 문제입니다."

민지욱이 잘라 말했다. 꽉 막힌 태도에 내 목구멍도 답답해졌다. 나는 꾹 참고 한 번 더 말했다.

"김유선은 수사 단계에서부터 거짓말탐지기 조사를 단칼에 거부했어. 정말 이준호의 죽음이 사고사였다면 살인자로 억울하게 몰리는 판에 거짓말탐지기 조사를 거부했을 리가 있겠어?"

"거짓말탐지기 조사마저 잘못 나오면 완전히 코너에 몰린다고 생각했을 수 있습니다. 또, 거짓말탐지기는 어차피 증거능력이 없습니다. 그걸 거부했다고 해서 피고인에게 불리한 심증으로 쓰는 것 또한 위법이지 않겠습니까?"

화가 치밀었다. 아무리 자신의 논리를 펴기 위해서라지만 부장한테 위법하다고 공격하다니. 그게 증거능력이 없단 걸 몰라서 한 얘기겠나! 내 불쾌한 낯빛에도 민지욱은 끄떡 없었다.

"다른 사정을 다 제쳐놓더라도, 입을 틀어막아 살해하면 얼굴에 상처가 생긴다, 그건 과학입니다. 그런데 없지 않았습니까? 적어도 얼굴 상처가 확인되지는 않았습니다. 또 이준호가 반항을 못 할 만큼 술에 취한 상태였다는 입증도 없습니다. 그래서……."

민지욱은 침을 꿀꺽 삼켰다.

"김유선은 무죄라고 확신합니다."

마치 최종판결을 내리는 투였다.

그의 얼굴 표정은 이루 말할 수 없이 딱딱했다. 네모난 턱이 암석처럼 굳게 닫혔다. 무쇠솥 같은 그 모습이 비구폐색 살인의 경우 반드시 입가에 상처가 생긴다는 전제를 다시 문제 삼으려던 내 의욕을 꺾고 말았다. 이 친구는 더 이상 설득이 안 된다. 어떤 말, 어떤 논리로도. 지나치리만큼 예의가 바르던 평소 모습과 다르다. 물론 지금도 예의가 바르지만, 그 눈, 그 표정, 그 말 속에는 한 발도 용납하거나 물러서지 않겠다는 강렬한 의지가 담금질된 강철처럼 활활 타오르고 있고, 그건 내 의식 깊은 곳조차 뜨겁게 데웠다. 아, 강철은 이렇게 단련되는가.

이 친구와 비슷한 사람을 난 알고 있다. 그건 바로 나다. 젊은 시절의 나.

벌써 이십 년 가까이 흘렀다.

판사가 된 후 난 두 갈래 길 중 하나를 선택해야 했다. 하나는 조직에 열심히 적응하고 윗선의 눈치를 보며 승진과 좋은 보직을 위해 일로매진하는 길이었다. 다른 하나는 조직의 시선과 평가를 무시하고 내 나름의 길을 가는 거였다. 어느 길로 첫발을 내디디냐에 따라 향후 삼십 년의 내 직업 인생이 결정되는 순간이었다. 난 후자를 택했다. 판사라는 직업의 최대 장점은 독립성이다. 승진을 포기하고 막 산들 누구도 뭐라 할 수 없고, 해고할 수도 없고, 내 커리어에도 지장이 없다. 그 장점을 포기하고 조직의 볼트나 나사가 되어 살 이유가 없다. 난 그렇게 생각했다. 더욱이 난 법원 고위직이라는 자리에 거의 매력을 느끼지 못했다. 그걸 위해 삼십 년이나 그렇게 피곤하게 산다고?

지금 돌이켜보면 설익은 자존심, 치기 어린 반발심도 있었으리라 싶다. 세월 따라 조금은 현실적으로, 체제 순응적으로 변했지만, 아마 그 무렵 내 주변 사람들은 어찌 저리 고집 센 인간이 있을까 했을 것이다. 지금의 민지욱 판사처럼.

민지욱을 보아하니 적어도 이 사건에서만은 몇 마디 말로 설득될 처지가 아니었다. 그의 결론이 바뀌려면 근본적인 사고방식이 바뀌어야 하고, 그건 수많은 반대 경험으로 두드려 맞아 물렁해진 수십 년 후가 될 수도 있다. 아니, 이건 사람의 성향 문제다. 그와 견해를 같이할 날이 끝내 오지 않을지도 모른다.

난 정남희 판사를 보았다.

합의가 만장일치면 좋겠지만, 다수결 원리이기에 어차피 세 사람 중의 두 사람이 합의하면 된다. 정남희 판사만 유죄의견을 내주면 된다. 민지욱을 설득하느니 정남희 판사를 내 편으로 하면 그만이다. 법이 그렇다. 민지욱 판사도 할 말이 없겠지.

"정 판사 의견은 어때?"

민지욱의 옆 자리에 조용히 앉아만 있던 정남희 판사였다.

"개인적인 의견으론 김유선이 이준호를 죽였다고 생각합니다."

"그렇지?"

내 목소리에서 노골적인 반가움이 묻어났다. 내 눈에 담긴 기대감을 의식했을까, 정남희 판사는 시선을 슬쩍 피하며 말했다.

"근데, 법의학자들 얘길 들어보면 정말 비구폐색으로 인한 살인일까, 의심도 들긴 하거든요."

그래서?

"그렇다면 결국 '합리적 의심'이 있는 건데, 법적으로는 유죄 판결을 하기 힘들다고 생각합니다."

아득해졌다. 브루투스 너마저. 정남희마저.

형사재판에서 유죄로 하려면 '합리적 의심 없는 증명'이 필요하다. 민사재판은 두 사람이 싸우는 일이기에 한쪽이 상대방보다 상대적으로 많은 증거를 갖고 있기만 하면 이긴다. 거칠게 말하면 51퍼센트의 증거로도 승소한다. 하지만 형사재판은 한 인간을 감방에 보낼까, 말까, 심지어는 교수대로 보낼까, 말까를 결정하는 일이다. 그 정도 증거로는 턱도 없다. 합리적인 선에서의 '의심'이 전혀 없는 수준까지 입증되어야 한다. 이것이 '합리적 의심 없는 증명' 원칙이며, 형사재판에서 유죄로 하기 위해서는 반드시 넘어야 할 산이다.

지문이나 DNA 같은 직접증거가 있다면 의심은 쉽게 걷어낼 수 있다. 하지만 이 사건처럼 정황밖에 없다면 아무리 증거가 많다 하더라도 '그렇지 않을 수도 있지 않을까' 하는 의심을 완전히 잠재우기란 실로 어렵다.

적어도 내겐 김유선이 유죄라는 데에 합리적인 의심이 없었다. 비구폐색의 흔적이 없었다는 건 김유선한테 우호적인 우연의 작용에 불과하다고 생각했다. 얼마 안 되는 비구폐색 사건에서조차 상처가 없는 사체를 보았다는 법의학자의 증언이 있었다. 이 사건이 그 경우에 해당하지 않는다고 단정할 근거는 없었다. 또, 이준호가 잔뜩 취한 탓에 반항이 미미했고, 그래서 상처를 남기지 않았을 수 있다. 술에 만취해본 사람은 알지 않는가. 감각이 마비되고, 내 살이 내 살 같지 않으며, 누가 내 주머니를 털어가도 손가락 하나 까딱하지 못하는 그 무기력한 상태를. 이준호는 몽롱한 의식 속에서 자신의 입을 틀어막는 악마의 손길을 한번 뿌리쳐보지도 못하고 돌아오지 못할 길을 갔을 수 있다.

법의학자들이 보았던 비구폐색 살인은 이 사건하고는 다르게 저항이 가능한 명정한 정신하에서 벌어진 것들이 아닐까. 필연적으로 상처를 남길 수밖에 없는, 인간 대 인간의 대결 구도. 비구폐색 사망사건 중에 과연 우리 사건처럼 피해자가 술에 취했던, 그래서 가해자가 일방적으로 힘을 행사할 수 있었던 사건은 몇이나 있었는지를 법의학자들한테 물어보았어야 했다. 법정에서 그 질문을 떠올리지 못한 건 내 실수였다.

다른 가능성도 있었다. 입가에 눌린 흔적이 있었지만 사람들이 놓쳤을 확률이다. 처음엔 단순한 질식사로만 알았던 탓에 얼굴에 상처가 있는지 어떤지를 아무도 눈여겨보지 않았다. 심지어 병원 의사도 그랬었다. 더구나 이준호는 술에 취해 저항이 있었다고 해도 미약했을 것이고 입가를 눌러 숨을 틀어막아도 그리 눈에 띄는 상처는 생기지 않았으리라. 사람이 죽어가는 다급한 상황이었다. 살리는 데에만 신경을 써야 했다. 사람은 자기가 보고 싶어하는 것만 보고, 관심 없는 건 눈앞에 두고도 못 본다. 사건의 범죄성을 의식한 날카로운 눈이 아니라면 그런 상처쯤은 의식하지 못하고 넘어갔을 법하다.

물론 정말 범행을 하지 않아서 흔적이 없었을 수도 있었다. 하지만 그럴 확률은 다른 정황이 이구동성으로 가리키는 살인의 가능성을 덮기에는 턱없이 부족했다. 내가 가진 것은 김유선이 범인이 아닐 수도 있다는 '합리적인 의심'이 아니라 기껏해야 후 불면 날아가는 '깃털 같은 의심'이었다.

하지만 민지욱은 반대였다. 김유선이 살인을 하지 않았다고 '확신'했다. 정남희는 살인을 했다고는 생각하지만 그렇지 않을지도 모른다는 의심이 있다고 했다. 본인이 안 믿는다는데, 의심스럽다는데 어쩌겠는가. 어찌 보면 논리에서도 비켜서 있는 문제였다. 이 영역은 설득할 수 없다.

난 두 손을 들었다.

11

2018년 4월

　그날 혼자 술을 마셨다.

　판사들이 단골로 가는 서초동 지하 바 'Zen'에 들러 카운터 구석 자리에 앉아 잔을 기울였다.

　가슴속에서 화가 솟고 이내 여러 종류의 착잡한 생각이 엉켜들었다.

　"오늘은 혼자시네요? 현 부장님."

　마담인 홍현주가 카운터 너머로 다가오더니 내 앞에 놓인 빈 잔을 질책하듯 길게 말꼬리를 끌었다. 법원 동료들끼리 2차로 자주 들르는 곳이었고, 마담과도 꽤 친하게 지내는 터였다. 우리는 엉성한 단골 정도의 위치에 있었는데, 마담은 그 정도 단골도 특별한 대우를 받는다고 느끼게 할 만큼 영업을 잘했다.

　"그냥 혼자 마시고 싶어서."

　"기분이 안 좋아 보이시네요."

　"뭐 그렇지."

　그날따라 마담의 보살핌도 귀찮았다. 하지만 홍현주는 끈질겼다.

"회사에서 안 좋은 일이 있으셨나 봐."

홍현주는 다른 손님들의 시선을 고려해 법원을 '회사'라고 부르곤 했다.

"늘 그렇지, 뭐. 배석들도 애먹이고……."

나도 모르게 속마음이 드러나버렸다.

"현 부장님은 사람이 좋으셔서 그래요."

"개뿔, 좋기는."

"호호호."

이 여자 앞에서는 편해진다. 욕도 하고 싶어진다. 그뿐이지만.

몇 마디 더 대화가 오갔지만 내 말투에서 귀찮아하는 기색이 드러났던 것 같다. 홍현주는 다른 자리로 가버렸다. 나는 다시 술잔을 들었다.

처음에는 속물적인 자괴감도 들었다. 부장이나 돼서 내 마음대로 판결을 내리지 못하나. 더구나, 내가 살인자라고 믿고 있는 그 김유선을 상대로. 그 쇠고집 민지욱 탓이다. 도대체 어떻게 그런 생각을 할 수 있을까.

내 판단은 그랬다. 김유선은 보험금을 노리고 계획살인을 했다. 상식인으로서나 판사로서나 그렇게 믿었다. 백 번 양보한다 해도, 정남희 판사처럼 김유선이 살인을 했다고 생활인으로서는 믿지만, 법적으로는 유죄 심판에 필요한 합리적 의심을 넘어서기 어렵다는 정도가 '합리적'일 것이었다.

그런데, 민지욱은 아예 김유선이 살인을 하지 않았다고 단언했다. 살인에 대한 합리적인 의심은커녕 무죄에 대한 확신을 드러냈다. 그리고 그 생각은 어떤 설득으로도 변할 것 같지 않다.

술을 목구멍에 들이부었다. 안주는 집어먹지 않았다.

민지욱을 한번 불러서 가르쳐야 하지 않을까. 아직 경험도 적은데 지나치게 고집 피우는 건 위험하다, 좀 더 유연한 사고를 가져라, 사실을 결론에 끼워 맞춰선 안 된다, 논리란 것도 단일해 보이지만 실은 선택적이고, 그 선택에는 많은 사람이 공감할 수 있어야 한다…….

할 말이 넘쳐났다. 이것저것 혼자 주워섬겨보다가 고개를 흔들었다.

이건 비겁하다. 논리로 설득하려 하지 않고 경력이나 지위로 밀어붙이는 짓에 불과하다. 그만큼 내 논리에 힘이 없다는 방증밖에 안 된다.

시간이 흐르면서 몸속에 스며든 알코올이 조금씩 마음을 가라앉혔다.

하긴, 민지욱 본인이 그렇게 믿는다는데 비난할 도리가 없다. 내가 내 논리를 믿는 것과 똑같은 정도로 그 역시 자신의 논리를 믿고 있다. 진실을 누가 알겠는가. 우리가 디딘 이 땅조차 믿을 수 없다. 천 년간 하늘이 돈다고 믿었지만 실은 지구가 돌았던 거였다. 실은 그것도 지구가 도는 게 아니라 시공간의 상대성에 불과했다.

홍현주가 과일이 소담스럽게 담긴 접시를 들고 내 자리 앞으로 왔다.

"서비스예요."

찡긋 눈웃음을 짓는 홍현주가 친근했다.

"외로워 보이셔서."

싫은 내색을 했음에도 기어이 내 비위를 맞추려는 게 고마웠다. 문득 묻고 싶어졌다.

"홍 사장도 그 사건 알지? 그 젤리 살인사건인가 하는 거."

"알죠. 젤리로 질식시켜 죽인 거잖아요. 그 남자애 너무 안되었더라. 한창 나이에."

물론, 홍현주는 내가 그 사건을 맡고 있단 건 알지 못한다.

"애인이 범인인 거 같아?"

"당연하죠."

홍현주는 문득 눈썹을 치켜올리더니 내게 따지듯 물었다.

"왜요? 현 부장님은 그 여자가 범인이 아닌 거 같으세요?"

"맞겠지."

나는 시선을 숙이며 술잔으로 향했다.

"근데 갑자기 그런 걸 왜 물어보세요?"

"만약에 그 여자가 무죄라고 판결이 나면 어떻게 생각할 거야?"

"설마요."

"재판은 판사 세 명의 생각이 일치해야 하니까, 다른 결론이 나올 수도 있지."

"그거야 그렇지만 딴 나라에 사는 사람들 아니고서야 그걸 무죄라고 하겠어요?"

말하던 홍현주는 고개를 갸웃거렸다.

"하긴 요즘 판사님들 판결은 이해할 수 없을 때가 있더라……."

혼잣말처럼 내뱉던 홍현주가 돌연 얼굴을 들었다.

"어머, 내가 판사님 앞에서 판사님을 디스했네요, 죄송."

"그게 뭐가 디스야, 맞는 말이지."

난 내 머릿속으로 꽉 막힌 판사, 이를테면 민지욱을 떠올리며 그녀의 말에 동의한다는 표시로 강하게 고개를 끄덕였다.

홍현주는 화제를 돌려 잠깐 잡담을 나누다가 이내 다시 자리를 떴다.

나는 허공을 몽롱하게 응시하며 혼자만의 상념에 빠져들었다.

인정할 수밖에 없었다. 홍현주의 말은 틀리지 않았다. 김유선 사건을 두고 대국민 투표를 한다면 아마 유죄 쪽으로 크게 기울 것이다.

하지만 문제는.

재판의 판단자는 극소수다. 여론과는 달리 다수결의 의미가 여기서는 조금 다르게 통한다. 수가 너무나 적은 것이다. 불과 세 사람 간의 다수결이다. 그래서 한두 명의 왜곡된 신념이 결론을 그르치기도 한다. 그런데도 막을 장치는 없다. 민지욱과 나의 관계에서도 그렇다. 어쨌든 그와 나는 동등한 투표권자고, 수학적, 확률적으로는 그가 옳을 가능성이 2분의 1이다. 여기서 누구 쪽이 옳다고 판정할 누군가는 없다.

민지욱이 밉지는 않았다. 고집 센 그 눈빛에서 예전의 날 보았던 것 같다. 그는 법원장조차도 재판에 방해된다면 퇴정시켜버리는 원칙주의자다. 논리 이외의 것으로 압박하다간 어마어마한 반발에 직면할지 모른다. 아니, 그럴 것이 분명하다. 나는 잘 안다. 내가 그런 종류의 사람이니까.

나하고 닮은 친구야.

한번 생각을 굳히면 상대가 부장이고 뭐고 한 치의 물러섬도 없어…….

문득 기억은 이십 년 전으로 흘러갔다.

배효근. 교만과 허영에 빠져 있던 부장판사였다. 난 불행히도 그의 배석판사였다. 머리가 크고 덥수룩하고 세모꼴 샌님 인상의 배효근은 자신을 너무나 대단하다고 여기는 사람이었다. 판사로서의 자부심을 넘어 판사 중에서도 자신이 가장 똑똑하고 자신만이 옳다고 생각하는 사람이었다. 평판은 전혀 그렇지 못하다는 걸 안다면 아마 믿을 수 없어 입을 벌렸겠지만, 그런 평판을 그의 귀에 들어가게 해줄 사람은 없었다. 성질이 더럽다, 배석판사의 의견을 무시하고 독선에 빠져 있다, 같이 일하기 힘들다, 그런 종류의 소문만이 자자했다. 입조심하는 판사 사회에서 그 정도 평이 공공연히 돈다면 그 사람은 거의 인간말종이라고 보아도 좋을 것이다.

불행히도 난 학습된 예의에 길들여진 사람이었다. 그런 오만한 사람과 내 겉치레 예의가 만났을 때 어떤 불쾌한 충돌이 벌어지는 건 필연적이었을지 모르겠다. 배효근은 나의 예의를 굴복으로 오해한 듯했다. 하얗고 유약한 얼굴 뒤에 숨은, 절대로 굽히지 않는 내 기질을 조금도 눈치채지 못했다.

한동안은 견딜 수 있었다. 그가 술자리 내내 자기자랑을 떠벌릴 때도, 밥 먹는 동안 남 욕으로 밥알을 튀길 때도, 법정에서 이유 없이 신경질을 버럭버럭 부릴 때도, 그러면서 법원장 앞에선 내시처럼 돌변해 곰살맞게 굴 때도, 판결문 초고에 오자 하나 있을 때마다 벌금 만 원씩 내게 해서 실제로 챙겨갔을 때도.

그런데 견디기 힘든 순간이 결국 왔다. 재판부가 구성된 지 한 달 만이었다.

사기와 문서 위조로 구속되어 재판을 받던 피고인이 있었는데, 치열하게 무죄를 다투고 있었다. 돈에 관한 문제는 순순히 자백했지만 문서만은 절대로 위조하지 않았다는 거였다.

사실 돈 문제가 주였기에, 문서 위조는 유죄로 되나 무죄로 되나 양형에 별 차이가 없는 사안이었다. 하지만 당사자 입장에서는 비록 형에 차이가 없다 하더라도 하지 않은 일로 유죄 판결을 받는 일은 심히 억울할 것이었다.

난 야근을 하면서 기록을 몇 번이나 샅샅이 훑어보았고, 그가 적어도 문서 위조에 관한 한 무죄라는 결론을 내렸다.

배효근 부장과의 합의시간이었다.

3인 합의부임에도 그는 항상 주심 판사하고만 합의를 했다. 배석판사는 어차피 자기 의견을 따라야 하고, 그렇다면 적어도 세 명 중 두 명의 합의를 이룬 것이니 법적으로 하자가 없다는 논리였다.

난 기록을 들고 그의 방으로 갔다.

그는 뒤로 젖혀지는 의자에 반쯤 누워 있었고, 내가 합의하러 온 걸 알면서도 그대로 눈만 올려 떴다. 나는 할 수 없이 테이블에 앉지도 못하고 그의 책상 앞에 서서 이야기했다.

배효근의 이런 태도는 상식에 벗어나는 것이었다. 합의할 때는 어디까지나 같은 표결권을 가진 대등한 판사다. 아무리 못된 부장도 합의할 때만은 조심스레 테이블에 앉으며, 존대를 하기도 한다. 그건 남을 판단하는 무거운 일에 대한 최소한의 예의였다. 그런데 사람을 앞에 세워놓고 대등한 합의를 한다?

난 차분하게 피고인이 위조 부분은 무죄라는 논리를 펴기 시작했다. 말을 채 마치기도 전이었다.

"유죄로 써."

"네?"

난 눈을 들었다.

"유죄야. 뭘 판결문 쓰기도 귀찮게 무죄를 써. 양형에 차이도 없잖아."

유죄 판결문은 검사의 공소장 중 범죄사실 부분을 거의 그대로 가져오고, 법령 몇 개만 첨부하면 되니 간단하다. 반면 무죄 판결문은 검사의 주장을 일일이 배척해야 하니 그 품은 열 배, 스무 배다.

"하지만 피고인은 형을 더 받는다 하더라도 위조만은 안 했다고 주장하고 있습니다. 살펴봐야 하지 않겠습니까?"

"그냥 쓰라니까."

배효근은 신경질적으로 말했다.

"유죄의 이유가 있습니까?"

배효근이 기가 막힌다는 듯 나를 바라보았는데, 내 말대답 자체가 불쾌한 듯 보였다.

"문서를 봐. 문서를. 위조된 문서에 피해자의 주민등록번호가 있어. 피고인이 어떻게 피해자의 주민등록번호를 아느냔 말이야."

"하지만 피고인은 등기부등본을 갖고 있었습니다. 피해자의 주민번호 정도는 얼마든지 알 수 있었습니다."

등기부등본에 주민등록번호가 다 나오던 시절이었다. 배효근은 잠시 말문이 막힌 듯 머뭇거렸다.

그때 알았다. 배효근은 기록을 읽지 않은 거였다. 섣부르게 밀어붙이다가 막혀버린 태가 역력했다. 그는 돌연 목소리를 확 높였다.

"하여튼 유죄로 해!"

하여튼?

증거나 논리에 따라서가 아니라, 하여튼? 그럴 거면 재판은 왜 했어?

난 울컥했지만 오히려 배효근의 눈동자에 노기가 불타고 있었다. 이 사람은 단지 자신의 말에 반대한다는 이유만으로 화를 내고 있었다. 부장인 자신이 밀어붙이면 만만한 나 정도는 이유 불문 움츠러들 거라고 생각했던 것 같다.

내 어이없어하는 표정이 그를 자극했을까, 그는 새된 목소리로 소리를 질렀다.

"난 일 년 동안 무죄 판결 한 번도 안 쓴 사람이야! 정 그렇게 고집 피우면 내가 변호사한테 전화해서 잘 봐준다 하고 무죄 주장 철회시키면 그만이야!"

내가 폭발한 건 그 순간이었다. 무죄 판결 한 번도 안 쓴 게 자랑이라고? 당사자는 억울한 심정에 눈물을 떨구며 글을 써내고 피를 토하는 심정으로 항변했을 텐데, 이 사람한테는 한낱 종잇조각에 불과했단 말인가? 도대체 얼마나 오만방자하면 같은 판사 앞에서 변호사와 거래해 사건을 처리하겠다는 소리를 당당히 꺼낸단 말인가? 이 사람은 선배도 아니고, 동료도 아니다. 아니, 심지어 판사가 아니다. 그리고 이런 사람에게 동조하면 나도 판사가 아니게 된다.

난 정색했다. 나는 안다. 내 얼굴은 보통 때는 유약한 서생이지만 한번 인상을 굳히면 살인마 이상으로 싸늘해 보인다는 것을.

"그게 판사가 할 말입니까?"

"뭐?"

이상기류를 감지한 부장은 얼어붙었다.

"피고인은 억울해서 매일 탄원서를 이렇게 써 내고 있는데 한 장이라도 읽어보셨습니까? 피고인의 항변이 성립할 가능성에 관해 한 번도 생각해보지 않은 결론이 판결로 나갈 수 있습니까? 기록도 안 보고 선고할 거면 재판은 왜 하셨습니까? 어차피 다 유죄로 할 거면 도대체 이 절차가 필요합니까? 그냥 자판기에서 판결 뽑으면 되잖습니까!"

"뭐, 뭐야!"

배효근은 얼굴이 시뻘겋게 돼서 뭐, 뭐, 만 반복했다.

평소 말이 없는 나이지만 화가 나면 이상하게도 말이 술술 흘러나온다. 아마도 예의라는 빗장이 풀리면서 언어의 재능도 살아나는 모양이다. 반면 말 잘한다고 뻐기던 배효근의 입에서는 단 한마디도 논리적인 반박이 흘러나오지 않았다. 그의 달변과 논리는 상대방이 만만할 때에만 작동되는 이지러진 기계에 불과했던 것이다. 그의 질린 얼굴을 보고 더 이상의 거친 톤이 필요 없다고 느꼈다. 나는 목소리를 낮추었다.

"부장님이 그런 생각이시라면 알겠습니다. 난 앞으로 철저히 법대로만 하겠습니다. 판사 대 판사로서 난 찬성 못 하니까, 그런 결론이라면 부장님이 직접 판결을 쓰십쇼."

난 기록을 던지다시피 놓고 방을 나왔다. 배효근은 아무 말도 못 하고 눈을 희번덕였다. 지금껏 면전에서 이렇게 한 사람이 없었겠지. 더구나 자신이 정색만 해도 컥 하고 움츠러들 줄 알았던 백면서생인 내가 그랬으니 타격은 더 컸을 것이다. 방을 떠날 때 배효근이 놀란 눈으로 나를 쳐다보던 표정이 지금도 생생하다. 그는 아래턱을 벌린 채 몸을 부들부들 떨고 있었다.

오히려 맥이 빠졌다.

겨우 이 정도의 인간이 그렇게 거만을 떨었었나.

부는 해산되었다. 배효근이 울먹거리며 법원장에게 찾아가 하소연했다는 후문이었다. 재판부 구성원이 모두 바뀌는 등 큰 후유증이 있었다.

판사들은 내가 할 말을 대신 해주었다며 통쾌해했다.

"이번 기회에 배효근 부장도 정신 좀 차렸을 거야. 그렇게 살면 안 되지. 그만큼 남한테 해를 끼치는 사람이 잘 살겠어?"

잘 살 리가 없다고, 그땐 나도 믿었다. 하지만 그 당시 배효근의 차는 신형 다이너스티로, 법원장의 관용차보다 더 고급이었다. 변호사 개업을 해 벤츠로 바뀌는 건 시간문제였다.

아무튼 동료 판사들은 그렇게 내게 동감하고, 나를 위로했다. 그런데, 법원 내부의 기류는 이상하게 흘러갔다. 시간이 지날수록 나에게 우호적이지 못했다. 상층부의 정서는 따로 있었다. 그 관점에서는 배효근의 전횡보다 배석판사가 부장에게 대들었다는 사실을 훨씬 중요시한다는 걸 나중에야 깨달았다. 난 부장한테 엉긴 불량한 판사로 인식되고 있었다.

배효근은 잠깐 휘청했지만 그 후로도 좋은 보직을 받으며 승승장구했다. 반면 내 근무평정은 좋을 리가 없었다. 한동안 애매한, 딱히 표 나지도 않고 심하지도 않아 따지기도 어려운 인사상의 불이익을 받았는데, 그 일 탓이 크다고 여겼다. 그러면서 전혀 의식하지 않고 살았던 근무평정이란 걸 의식하게 되었고, 내 믿음대로의 결정을 하고 살 수 있을 줄 알았던 판사직의 허상을 절감했다.

그리고 난 서서히 현실에, 체제에 조금씩 순응되어갔던 것 같다.

사실 인사상의 불이익 때문만은 아니었다. 다른 부장들과 합의할 때도 의견충돌은 있었다. 배효근 같은 수준의 사람은 더 이상 없었지만, 부장이 다른 의견을 강하게 밀어붙일 땐 마음속으로 반발했다. 어떻게 저딴 생각을 하지? 돌대가리라고 속으로 욕했다. 하지만 지나고 보면 그 부장의 판단이 옳았구나 하고 여겨지는 때가 오곤 했다. 그리고 미안함이 찾아왔다.

시간이 흐른 것이다. 돈키호테처럼 직선으로만 내달리던 젊음의 패기는 사라졌다. 대신, 민지욱의 고집에 속상해하는 지금 내 모습이 그때의 그 부장하고 닮지 않았나 하고 돌아볼 만한 마음의 여유가 생겼다.

내 판단은 틀릴 수 있다. 내가 문제일지 모른다. 어쨌든 2대 1이다. 정남희, 민지욱 vs. 나. 이 합의는 내가 졌다. 이준호가 불쌍하다고, 김유선이 밉다고 무리해서 밀어붙인다면? 아무래도 곤란하다. 그 독선과 교만덩어리 배효근과 다를 바 없게 된다.

사회는 사적인 보복을 금지한 대신 판사라는 직업을 만들어놓았다. 그에게 피해자를 대신해서 유무죄를 판단하도록 맡겨놓았다. 그러고 보니 판사 너도 못 믿겠다, 네가 어떤 인간인 줄 알고 전부 맡긴단 말이냐, 해서 말도 못하게 엄격하고 거미줄같이 촘촘한 룰을 같이 만들어놓았다. 네 맘대로, 주관적 정의감이 가리키는 대로 판단하지 말고 법이라는 이름의 룰에 따라서만 재판을 하라는 것이다. '최악을 수반하는 최선' 대신 '덜 위험한 차악'을 선택한 것이다. 인간에 대한 불신이 낳은 시스템이다.

판사에게 요구되는 건 사람들이 흔히 생각하는 것처럼 솔로몬의

지혜로 내리는 획기적이고 기발한 판결이 아니다. '법과 절차를 빈틈없이 준수해서' '어떤 결정'을 내리는 일뿐이다. 그 결정이 옳을 것까지는 보장하지 못한다. 그것에 도달하려 무리하는 순간, 그는 '갓(god) 콤플렉스'에 사로잡히고, 오히려 오류에의 내리막을 내달리게 되니까. 판사라는 '인간'에 의한 재판이 아니라, 판사라는 '시스템'에 의한 재판. 그런데 그걸 무시하고 '법보다 내 판단을 우선하겠어'라고 한다면 인간으로서는 매력이 있을지 모르나, 판사로서는 실격이다.

이 사건은 포기할 수밖에 없다…….

12

일주일이 흘렀고, 드디어 선고일이었다.

여느 때와 같은 아침이었다. 지하철역에서부터 숨을 고르며 언덕길을 올라왔고, 9시 조금 전에 사무실 문을 열고 들어갔다. 수영이 생긋 웃으며 인사를 했고, 커피를 타주었고, 책상 위에는 동아일보와 경향신문이 반듯하게 겹쳐 있었다. 그리고 그 옆에는 어제저녁까지 내가 검토하던 문서가 조금의 흐트러짐도 없이 그대로 놓여 있었다.

똑같은 일상. 평범한 하루의 시작. 하지만 오늘은 내 맘에 추를 매단 하나의 문서가 책상 위에 놓여 있다는 점이 다르다.

주심판사 민지욱이 작성해온 판결문 초고.

나는 의자에 앉아 그것을 집어 들고 새삼스레 앞장을 읽었다.

이미 여러 번 읽었지만, 맨 앞장의 주문(主文)은 벼락이 치듯 또다시 마음을 거세게 때렸다.

주문

피고인은 무죄.

나는 지그시 입술을 깨물었다.

그것은 판결문이자 김유선에게 영구히 주어지는 면죄부였다.

당연히 검사가 항소하겠지만, 뒤집어지기는 힘들다.

1심에서 유죄로 한 판결이 뒤집히는 경우는 종종 있다. 항소심이 보기에 우리는 이런 합리적 의심이 드는데? 하고 판단하면 무죄로 바꾸는 것이다. 기본적으로 사람을 풀어주는 쪽이기에 부담이 적다.

반면에 1심에서 무죄로 한 사건을 항소심에서 깨는 경우는 상대적으로 드물다. 1심의 무죄 선언은 3인의 판사가 유죄로 하기에는 합리적 의심이 있다고 판단했다는 뜻이다. 그런데 항소심 3인의 판사가, 아무리 상급심이라 한들, 다른 동수 판사의 의심을 무시하고 우리는 유죄라고 확신한다! 하기란 힘들다. 무죄일지도 모르는 한 사람을 감옥에 집어넣는 일이기에 더 그렇다.

똑똑, 누군가 문을 두드렸다.

"부장님, 시간 됐습니다."

정남희 판사였다.

고개를 들고 벽시계를 보니 10시 십 분 전이다. 아직 법복을 걸치지도 않았다는 걸 깨달았다. 서둘러 옷장에서 법복을 꺼내 입었다.

방을 나서자 정남희 판사가 차분하게 서 있고, 민지욱 판사도 꾸벅하고 인사를 했다.

"음. 갑시다."

나는 앞장서서 복도를 걸었다. 엘리베이터를 타고 다시 복도를 걸으며 법정을 찾아가는 동안 평소와 달리 한마디도 하지 않았다. 물론 날씨 이야기 따위도 꺼내지 않았다. 두 사람도 내 심기가 불편하다는 걸 알기에 굳이 말을 붙이지 않았다. 우리 세 사람이 이루는 조그만 삼각형 사이의 공기는 더없이 무거워져 있었다.

법정 안은 빼곡했다. 공판 진행 때보다 훨씬 많은 기자들이 앞자리에 앉아 펜을 들고 살벌하기까지 한 눈초리로 법대를 쳐다보고 있었다.

나는 입을 굳게 다물고 자리를 잡았다.

"피고인 김유선, 나오세요."

법정 옆문이 열리고 교도관 두 사람에게 포위된 채 김유선이 들어섰다. 새하얗게 질린 얼굴과 하늘색 수의가 대비되었다. 한 발짝 한 발짝 내딛는 걸음이 이루 말할 수 없이 무거워 보였다.

김유선이 가운데 자리에 섰다. 무언가를 간절하게 기다리는 눈빛을 약간 아래로 두고, 미간에 얕지만 확실한 주름을 짓고는 의연하게 입술을 다물고 있었다. 재판 과정에서 보여주었던 모습과는 또 다른 얼굴이었다. 심판대에 오른 피고인들의 표정이 너무나 멀뚱해서 짐짓 엄숙하게 선고를 하는 나 자신이 외려 멋쩍을 때가 있는데, 이 여자의 얼굴에는 마치 독립운동을 하다가 체포된 듯 어울리지 않는 비장감조차 지녔다. 몸에 밴 표현력이랄까, 그런 게 대단한 여자인 건 분명했다.

어쨌든 운명이 코앞에 있다. 그걸 나는 알고, 그녀는 알지 못한다. 그것만으로도 내가 미울지 모른다. 이럴 땐 나도 착잡한 기분이 들지만, 몇 분 후 천 길 낭떠러지 아래로 떨어질지 모르는 발판에 올라서야 하는 당사자는 어떤 심정일까.

사람들의 시선은 온통 내게 몰려 있었다.

나는 천천히 입을 열었다.

13

"선고하겠습니다."

잠시 틈을 두었다. 김유선은 미동도 없었다.

"피고인을······."

고개를 들고 법정을 한 번 살폈다. 조용했다. 숨소리 하나 들리지 않았다. 기자들은 펜을 들고 내 입만 보고 있었다. 방청석에 얼핏 이준호의 가족과 김유선의 가족이 나뉘어 앉은 모습이 보였다. 곧 법정 안은 환희와 실망, 놀람이 교차하겠지. 나는 말했다.

"무기징역에 처한다."

법정 안에 소요가 일었다.

이런. 와아. 후우.

예상대로 온갖 종류의 충격과 한탄이 뒤섞여 들려왔다.

이준호의 누나 이소윤의 얼굴이 얼핏 보였다. 울음을 터뜨리는 것 같았다. 그나마 동생의 죽음이 이걸로 위안받았다는 안도감일까.

하지만 내가 신경 쓴 건 이소윤의 표정이 아니었다. 내 왼쪽에

온 신경이 갔다. 좌배석판사 민지욱.

그는 선고하는 순간 움찔했다. 격한 충격을 받은 것이다. 큰 움직임도 없고, 목소리를 내지도 않았지만 분명했다. 고개를 돌려 볼수는 없었지만 확실하게 알 수 있었다.

오른편 정남희 판사는 침착하게 앉아 있었다. 하지만 민지욱과 정도가 다르다 하더라도 정남희 또한 크게 놀랐으리라.

"수고하셨습니다!"

김유선이 큰 소리로 말하며 나를 향해 고개를 숙였다. 그러고는 입가에 미소마저 머금은 채 뚜벅뚜벅 법정 옆문으로 걸어 나갔다. 들어올 때보다 힘찬 발걸음이었다. 자신의 운명을 알게 된 자는 비록 그것이 잔혹하다 하여도 알지 못한 채 부들부들 떨던 때보다는 낫게 느끼는 모양이었다.

판결은 외부에 나가는 것으로 종료된다. 내부적으로 무슨 과정을 겪고 어떤 결론에 도달하든 판결문에 뭐라고 적혀 있든 선고일에 재판장의 입으로 나온 내용이 기준이다. 판결문을 나중에 선고에 맞춰 수정할지언정 법정에서 선고한 내용을 바꾸는 건 허용되지 않는다. 김유선은 무기징역을 받은 것이다. 뒤집을 수 없다. 모두들 그 결론을 확정된 사실로 두고, 해석하고 의미를 붙이고 비난할 것이었다.

하지만 정남희, 민지욱은 분명히 알고 있었다. 이것은 합의에 반하는 선고라는 것을. 위법이라는 것을. 나는 그들뿐 아니라 법까지 무시해버린 것이었다.

그리고 이건 전대미문의 일이었다.

14

선고일로부터 일주일 전, 합의가 있던 날.

나는 Zen에서 술을 마시면서 생각을 정리하고 마음을 가라앉혔다. 할 수 없지. 살인자 김유선은 법망을 피해 풀려나겠지만 어쩔 수 없는 일이다. 나는 할 만큼 했다. 어쨌든 난 그를 유죄로 판단했다. 다른 두 사람이 다르게 판단한 것까지 내가 책임질 수는 없는 일이다……

술에 취해 집에 왔을 때, 다훈이는 제 방에서 새근새근 자고 있었다. 나는 방문을 열고 물끄러미 보았다. 난방도 시원찮은데 이불을 걷어차고 등짝을 내놓고 있었다.

고등학교 1학년이 돼서도 아직 천방지축, 천진난만이었다. 덩치만 컸지 철이 없다며 타박하는 이들도 있지만 나는 때가 묻지 않아 그렇다고 생각했다. 장래 판타지 작가가 되려면 그런 순수함쯤은 있어야지. 이불을 끌어올려 목까지 덮어주고 나왔다.

나는 다훈이를 사랑한다. 아내와 헤어지지 못한 이유 중 하나이기도 했다. 사 년 전 아내의 돌연한 죽음으로 다훈이는 홀로 남겨졌다.

　사람들은 말했다. 혼자 아이를 키우면서 얼마나 힘들겠냐고. 내 모습이 안되어 보인다고.

　……

　솔직히 말하겠다. 아내의 죽음은 내게 축복이었다.

　전업주부였던 아내가 제공하는 약간의 가사노동, 이를테면 일주일에 한 번쯤 있는 저녁밥이라든가, 아슬아슬하게 밀린 빨래를 한꺼번에 해놓고 빨래건조대에서 하나씩 빼서 쓰는 생활이라든가 하는 일상의 조그만 편리를 잃은 것 정도가 굳이 손실이라면 손실이었다.

　그 나머지는……. 그런 생활을 하게 되리라고 결혼 전에는 상상조차 못했다. 아내의 자는 얼굴을 보고 출근하기만 해도 다행인 하루하루였다. 아내는 신경질덩어리였고, 일어나면 아침식사를 준비하는 것도 아니면서 괜한 악다구니로 하루가 시작되었으니까. 난 아내를 깨우지 않으려 늘 살금살금 집을 나서곤 했다.

　아내와 이야기할 때면 한마디도 끝마치기 힘들었다. 자동차 클랙슨 같은 목소리로 항상 내 말을 중간에 잘라버렸고, 내 음성은 어느새 허공으로 사라졌고, 내 말수는 줄어들었다. 내 돈도 어디론가 사라졌다. 월급은 내 것이 전혀 아니었을 뿐더러 도통 모이지도 않았다. 그녀는 화가 나면 이렇게 말했다. "돈도 못 버는 주제에!" 판사는 월급쟁이이다. 무엇을 어떻게 더 번단 말인가. 아내는 그러면서도 내가 고향에 계신 부모님께 돈 만 원이라도 쓰나, 눈에 불을 켜고 감시했다. 나 또한 십여 년간 변변하게 옷이나 구두를 사본 일이 없었다.

역학에서는 상생, 상극으로 표현하는데, 아내와 나의 관계는 상극이면서도 일방적인 것이었다. 아내는 내가 싫어하는 것을 마음대로 행했지만 내겐 그럴 자유가 없었다. 제비뽑기처럼 무작위로 내뱉는 욕설과 모욕, 폭력. 아내에게 주먹으로 목덜미를 맞아 목디스크에 걸렸다는 이야기는 아무에게도 할 수 없었다.

어떤 이는 엄살이 아니냐고 말할지 모른다. 여자가 폭력을 써봤자지. 아무렴 남자가 힘이 센데……. 사자나 호랑이가 꼭 힘이 세서 정글의 왕이라고 생각하는가? 아니다. 힘이라면 코끼리나 코뿔소, 하마가 위이다. 사자나 호랑이로 하여금 포식자의 입장을 만들어준 건 그 공격성이다. 마찬가지로, 아내의 타고난 공격성은 나를 아득히 넘어서 있었다. 가정이라는 이름의 정글에서 나는 그녀를 도무지 대적해낼 수가 없었다.

가장 질리게 만든 건 '우리 가계'라는 생각을 하지 않는다는 거였다. 아내는 어떻게든 내가 번 돈을 빼내 친정에 썼다. 수시로 용돈이나 선물을 건넸고, 장인, 장모, 처제의 생일잔치마저 호텔 식당을 빌려 내 카드로 결제했다. 남편이 아니라 호구 취급을 받는 기분. 빼먹을 대로 빼먹으려 달려드는 느낌. 정이 붙으려야 붙을 수가 없었다. 책을 읽는 것도 본 적이 없다. 다훈이를 학원에 보내놓고는 편안한 소파 하나를 TV 앞에 가져다놓고 몸을 파묻고 하루종일 드라마와 홈쇼핑 화면을 들여다보며 낄낄거렸다.

폭언, 폭력뿐 아니라 신경을 깊숙이 찌르는 고통도 안겨주었다. 난 결혼하기 전부터 음악을 좋아해서 LP 레코드와 시디를 합쳐 800여 장을 보유하고 있었다. 그중에는 마니아들이 군침을 흘리는 희귀음반도 있어, 보고 있노라면 수집가만이 아는 만족감으로 뿌

듯했다. 그런데 어느 날 귀가해보니 몽땅 사라져 있었다.

"팔았어. 집이 비좁아서."

아내가 소파에 드러누운 채로 귀찮다는 듯 말했다. 나는 다리에 힘이 풀려 그만 거실 바닥에 털썩 주저앉고 말았다. 나무랄 기운조차 나지 않았다. 욕설을 듣거나 한 대 맞았을 때보다 더 싸늘하게 마음이 식어버린 사건이었다. 이 여자에게는 절대로 마음이 가지 않을 거라는 확신이 든 것이 그때였다.

난 생활비를 가져오는 '어떤 것'에 불과했다. 그러면서도 이혼은 절대로 해주지 않았다. 내가 필요한 게 아니라 생활비가 필요했을 테니까.

매일 아침은 기분이 엉망이 된 채 시작됐다. 그나마 법원에서 일에 몰두하다 잊을 만하면 또 퇴근해서 마주해야 했다. 집은 휴식이 아니었고, 들어갈 생각만 해도 마음이 무거웠다. 그래서 잘 들어가지 않았다. 저녁에는 거의 매일 술을 마셨다.

망쳐진 하루가 하나둘 쌓였고, 그 하루가 모여 내 긴 인생이 되었다. 가슴은 먹구름이 낀 것처럼 늘 답답했고, 집에서의 스트레스는 업무상의 그것을 훨씬 능가했다. 거의 매일 밖을 떠돌다 보니 위장도 엉망이 되었다. 거울에 문득문득 비치는 내 표정은 나날이 어두워졌다.

다훈이 때문에 차마 할 수는 없었지만 꿈만은 꾸었다. 아내와의 이혼을. 난 매일 아내와 헤어지는 생각을 하며 잠이 들었다. 그리고 깨어나면 옆에 내가 도저히 어찌할 수 없는 괴물이 누워 있는 현실과 마주해야 했다.

그러면서 깨달은 것은, 내가 괴로우면 세상 모든 게 미워진다는 이치였다. 편안해 보이는 동료들의 얼굴을 볼 때, 아내가 다려준 빳빳한 와이셔츠를 입고 출근하는 그들을 볼 때, 아내 가족의 호텔비를 내는 대신 가족여행을 떠나는 모습을 볼 때, 자신들에게는 딴나라 이야기에 불과한 이혼이라는 주제를 두고 유책배우자의 이혼 청구가 어떻고 하는 따위의 탁상공론을 벌이는 그들을 볼 때, 대상 모를 증오가 끓어올랐다.

판사니까 잘 먹고 잘살 거라며 속 모르는 말을 하는 사람들에게도 화가 났다. 그들의 카카오톡 프로필에 실린 단란한 가족사진을 보면 분통이 치밀었다. 나보다 더 행복한 사람이 왜 날 빈정대는 건가. 사회적 껍데기만 번지르르하면 그 속도 그럴 거라고 믿는 건가. 수시로 치미는 울화를 꾹꾹 눌러야 했다.

좋은 가정과 좋은 직장, 둘 중 하나를 선택하라면 난 아무런 망설임 없이 좋은 가정 쪽인데……

그럼, 도대체 왜 그런 무서운 여자와 결혼했냐고?

…….

일종의 '위협' 때문이었다고 말할 수밖에 없다.

그리고 거기에 내 자유로운 의사가 조금 개입되어 있었다 해도, 흠이 있는 결정이었다. 난 세상 경험이 없었고, 연애 경험은 거의 없었다. 결혼 전에 잠깐 보여준, 양의 탈 아래 숨은 짐승을 간파할 능력 따윈 애초에 없었다.

그런 아내가 죽었다. 일요일에 친구들과 내기 골프를 치러 갔던 아내는 숲으로 날아간 공을 찾으러 갔다고 한다. 아무리 기다려도 아내가 돌아오지 않자 일행들이 아내를 찾아 나섰고, 숲 안쪽 나무 아래에 쓰러져 있는 아내를 발견했다. 의식을 잃은 채 구급차로 이송되었지만 한 시간 만에 사망했다. 돌연한 죽음에 경찰까지 나섰지만 의사의 진단은 심장발작이었다. 그 덕분에 경찰 조사는 간단히 끝났다. 경찰은 평소 아내가 심장이 좋지 않았느냐고 내게 한 번 물었을 뿐이다. 심장? 물론 좋지는 않았다. 그렇게 성질이 더러운 사람의 심장이 좋았을 리가 없다.

그녀의 죽음은 폭군으로부터의 해방이었다. 부고를 알리고 장례를 마칠 때까지는 정해진 의식과 절차를 치르느라 정신이 없었다. 하지만 조용해진 뒤부터 서서히 해방감이 내 몸 속속들이 스며들었다. 행복이 찾아오지는 않았지만, 고통이 사라져감을 느꼈다. 진작 이랬어야 했는데.

삐걱대던 바퀴가 마침내 불운의 무한궤도를 이탈했다. 아내의 죽음은 나를 다시 일으켜 세웠다. 불씨만 남아 있던 내 인생이 형체를 갖춘 불사조로 부활했다. 물에 빠졌다가 건져져 첫 숨을 쉬는 기분이었다. 그래도 아내가 죽었는데 그렇게 생각해서야 되겠는가, 하고 질책당해도 어쩔 수 없다. 내 마음이 그렇게 흘러갔고, 마음 안에서 위선을 떨 수야 없었다.

하지만 다훈이에게는 큰 재앙이었을 것이다. 엄마 없는 성장기를 보낸다는 건 그 나이 아이들에게 있어 대개는 가장 큰 불행 중의 하나이다. 다훈이한테는 미안했다. 아내 없는 생활이 좋을수록 미안했고, 그대로 탈 없이 자라주는 다훈이였기에 더 미안했다. 랩 가사를 쓰고 흥얼거리는 다훈이를 볼 때면 가끔 코끝이 울컥해졌다.

그러고 보면 이준호와 다훈이는 몇 살 차이 나지 않는다. 다훈이가 바로 몇 년 후면 도달할 나이, 그 나이에 이준호는 죽었다. 다훈이가 김유선 같은 인간을 만나지 않는다는 보장이 있을까. 날 닮아서인가, 다훈이는 아직 너무나 어리바리하고 사람의 어둠을 모른다. 친구 관계에서 늘 손해를 보는 쪽이었고, 친구들한테 된통 당해서 잠 못 이루는 것도 몇 번 보았다. 생활 속에서 만나는 작은 악인들한테도 맥을 못 추는데, 훗날 정말 제대로 된 악인을 만난다면?

다훈이는 세상에 그 정도의 악이 있다는 걸 모른다. 적어도 신문 기사 속이 아니라 자신의 삶에 그런 것들이 실제로 끼어들 수 있다는 사실을 실감하지 못하고 있다. 면역력 제로인 것이다.

내가 언제까지 다훈이를 지켜줄 수는 없다. 40대 중반을 넘어서면서부터 몸이 자주 아프고, 오후가 되면 눈이 잘 안 보였다. 성급하지만 '끝'이 가까워온다는 느낌마저 든다. 길지 않은 앞날. 내가 죽거나 완전히 노쇠했을 때 다훈이는 어떻게 될까.

이준호와 같은 일, 아니 그건 정말 생각하기도 끔찍하니, 이준호와 비교할 순 없어도 큰 피해를 입었다고 생각해보면. 그때 무심한 판관들이 증거가 없네요, 하고 등을 돌린다면 얼마나 마음이 무너질 것인가.

김유선은 살인자다. 그런데 무죄를 선고해야 한다. 내가 그렇게 믿기 때문이 아니라 배석판사 두 사람의 의견이 그렇고, 법률 시스템이 그렇기 때문이다.

물론 여기서 내가 부장입네 하고 더 밀어붙이면 결론이 바뀔 가능성이 없지는 않다. 하지만 민지욱, 저 고집 센 민지욱만은 최후까지 거세게 반발할 것 같다. 아마 내가 민지욱과 다른 종류의 사람이었다면 강행해보자, 쉽게 생각했을 것이다. 하지만 민지욱이 법원장을 퇴정시킨 옹고집은 괜한 객기가 아니다. 난 그와 같은 유형의 인간을 잘 안다. 나와 닮았기 때문이다. 구부러지지 않는다.

밀어붙일수록 반탄력으로 되돌아올 뿐이다. 순조롭게 유죄 평결에 도달하기는커녕 자칫 중요한 사건에서의 합의를 둘러싸고 시끄러워질 소지가 크다.

정남희가 어떻게 나올지도 미지수였다. 늘 상냥하고 상대를 배려하는 그녀였지만 역시 어디까지나 생활의 영역에 국한된 일이다. 업무에서 자신의 입장을 굽힐 거라고 기대할 순 없다. 그건 판사들이면 갖는 자존심이고, 어쨌거나 중대한 살인사건이며, 피고인은 무죄방면 아니면 무기징역이라는 인생의 기로에 서 있으니까.

조금 전 털어버렸던 자괴감 비슷한 감정이 다시금 찾아왔다.

내가 판사가 된 이유는 무엇이었던가. 침대에 우두커니 앉아 생각했다.

승진과 좋은 근무평정을 위해 법원에 들어왔던가. 그러려면 주변의 평판에 연연해서 소심해져야 하고, 사람들과 여론의 눈치를 보며 살얼음판을 걷듯 조심조심 살아야 한다. 겨우 그런 삶을 그렸었나. 그렇게 살 거면, 좀 더 흥미롭고, 모험적이면서 돈도 많이 버는 직업을 택할 수도 있었다. 그러나 사법연수원을 수료하고 선택의 기로에 섰을 때, 난 검사도 변호사도 아닌, 판사를 주저 없이 선택했다. 누구의 눈치도 보지 않는 독립기관이라는 점이 내 성향에 맞았다. 최종 판단자인 판사여야만 했다. 악에 대한 응징, 억울한 사람에 대한 배상, 그게 뭐든지 간에 분통이 터졌던 일들을 내 뜻대로 결정할 수 있다고 생각했다.

기억은 다시, 판사가 되기 훨씬 전으로 돌아갔다.

청소년기부터 조금 특이하다면 특이했던 게, 내 머릿속 화두는 공부, 이성교제, 연예인 같은 게 아니라 '도덕'이었다.

난 인간의 크고 작은 악에 대해 고민했다.

인간은 왜 이렇게 비도덕적인가.

왜 아무런 가책도 없이 타인에게 해를 끼치는가.

만만하고 유약해 보이던 나는 골목길에서 깡패를 자주 만났다. 얻어맞고 돈을 뜯기고 나면 그들을 죽여버리겠다는 복수심에 시달렸다. 소년범이어서 교육형으로, 처분은 가정훈육으로, 이딴 글을 보면 화가 머리끝까지 났다. 내가 골목 안 어둠 속에서 만난 그놈들은 환경에 모든 탓을 돌릴 수 있는 가여운 소년범이 아니라, 웬만한 성인보다 물정에 밝은, 닳아빠진 악마였다. 책상 위에서만 거룩한 척하는 당신들은 뒷골목 어두운 가로등 밑에서 그들의 맨얼굴을 본 적이 있는가.

엽기적인 살인, 강간 같은 기사를 읽으면 머릿속에서 하얀 폭발이 일어났다. 어떻게 인간이 이럴 수가 있을까. 반면에 사랑과 인정이 넘치는 훈훈한 미담에는 그다지 마음이 움직이지 않았다. 그 이면에 어른거리는 위선 같은 것이 보이기도 했다.

내 반응이 균형적이지 못했다는 걸 인정한다. 아무래도 난 태생적으로 사랑보다는 증오가 친숙한 인간이었던 것 같다.

법으로 벌할 수 없는 범죄자를 개인적으로 처단하는 픽션에 카타르시스를 느꼈다. 로버트 드니로의 〈택시드라이버〉 같은 영화. '누가 너에게 그런 권한을 주었나' 하는 반론은 폐부를 찔러 주춤하게 했지만, 설정과 캐릭터의 매력을 훼손시키지는 못했다.

그 시절 싫어한 말이 있었다. 복수하려는 피해자에게 하는, '그러면 너도 똑같은 사람이 되는 거야'라는 말이었다. 같지 않다. 닮은 건 방식뿐이다. 청산가리와 밀가루도 겉으론 비슷하지만 그게 같은 물건일 리 없다. 마찬가지다. 악의 응징이 또 다른 폭력의 모습으로 이루어진다 해도 본질은 다르다고 생각했다. 국가가 행하는 형벌도 뚜껑을 열고 보면 실상은 '악을 악으로 갚는 것' 아닌가? '눈에는 눈, 이에는 이'의 탈리오법칙이 형벌의 기원이라는 걸 인정한다면 말이다. 개인이 사람을 가두면 감금죄지만 국가가 가두면 정의 실현이다. 교육형입네 뭐네 해도 형벌의 본질은 보복이다. 용서할 거면 형벌도 필요 없다. 복수는 악이 아니라 형벌이며, 단지 사적(私的)이라는 점만이 다를 뿐이다. 그것조차 나무랄 수도 있겠지만 남의 일에는 얼마든지 착한 척할 수 있는 법이다. 결국 악인들만 이익을 본다. 나는 그것에 화가 났다.

판사가 되면 그런 불합리를 바로잡고 악인을 심판할 수 있을 거라 생각했다. 서류를 뒤적뒤적, 평균을 찾아내서 그럭저럭 처리하고, 안정된 직장 안에서 평생을 꾸역꾸역……. 그럴 작정이면 이까짓 따분한 판사일 따위 관심도 두지 않았을 것이다.

재판을 통해 범죄자를 가려낸다. 내 기준에선 결과가 아니라 '의도'의 선악이 더 중요하다. 그다음에는 격리. 그가 세상에 해를 끼칠 기회를 최대한 주지 않는다.

물론 실제 판단에서는 마음이 편하지만은 않다. 자유를 박탈당하는 범죄인의 고통은 즉각적이고 눈에 보이지만, 장래 그가 저지를지도 모를 범죄의 피해는 잠재적이고 눈에 보이지 않는다. 그래서 범죄자라 하더라도 사회는 일단 기회를 주고픈지 모른다. 그길이 쉽다. 착하고 너그러운 말씀을 많이 하는 쪽이 평판에도 좋다. 하지만 내겐 피해를 입은 사람들의 모습에 나나 내 가족의 모습이 자꾸만 투영된다. 교도소 바닥에 웅크린 범죄자의 모습보다

선량한 사람의 생명이 더 눈에 어른거린다. 그 목숨은 살릴 수 있었다. 희생되는 사람이 설마 우리는 아닐 거라는 막연한 생각으로 석방한 범죄자의 손에 실제로 희생되는 사람에게 우리는 할 말이 있을까.

생각해보았다.

나는 왜 하필 이준호 사건에 이렇게 신경을 쓰는 걸까.

오십 건의 사건 중 한 건일 뿐인데. 살인사건이라면 지금도 접수되고 있는데. 한꺼번에 두 명, 세 명이 죽은 사건도 있었다.

그러다 문득 깨달았다. 이 사건은 내 생애를 통틀어 첫 살인사건이란 걸.

아마 이유가 거기에 있을 성싶었다.

형사합의부 배석판사를 하지 않는 이상, 부장판사가 되어 형사합의부를 맡을 때까지는 살인사건을 다루지 않는다. 형사단독판사 시절을 거치지만 그때는 주로 폭력, 사기, 위조 같은 상대적으로 가벼운 범죄들이 대상이다. 난 형사단독사건의 항소부에서 배석판사를 한 적은 있지만 형사합의부 배석 경력은 없으니 살인사건은 이번이 처음이다.

형사단독판사 시절, 꽤나 불타올랐던 것 같다. 무죄 판결도 많이 했지만, 유죄로 판단되면 형을 심하게 높였다. '저지 드레드'란 별명도 붙었었다. 비교적 가벼운 사건을 다루는 형사단독에서도 그랬던 내가 형사부장이 되어 살인사건을 처음 접했으니 얼마나 불타올랐을까 싶다. 그것도 세간의 이목이 집중된, 만약 유죄라면 한없이 질이 나쁜 보험살인이다.

문득 캣 스티븐스의 'The first cut is the deepest'라는 노래 제목이 생각났다. 실연의 상처와 살인사건과의 비유는 터무니없지만 문득, 그저, 내 마음에 떠올랐다. 처음의 상처가 가장 깊다…….

이번 이준호 사건은 내 생애 첫 살인사건이었다. 그만큼 의미가 컸다. 더구나 이준호는 내 아들 다훈이하고 별로 나이차가 없고, 어쩌면 벌써 노쇠현상을 보이고 있는 내가 거꾸러졌을 때 몇 년 후의 다훈이 처지일 수도 있다.

판사라는 직업에 주어지는 사회적인 주목, 안정성, 승진 그런 것들에 큰 가치를 두지는 않았다. 신문 기사를 읽으면서 분노하는 일 말고는 할 수 없었던 내가 직접 어떤 결정을 내릴 수 있다는 매력 때문에 법원을 선택했다. 정의 같은 거창한 명분은 아니다. 악에 대한 개인적 응보 욕구에 불과했을 수 있다. 그래서 더 강하다. 그런데 이제 와서는 주변 눈치를 보고 파장을 걱정해 내 의지를 따르지 않는다면 난 여기 왜 온 것이 되나. 거꾸로 아닌가. 일을 하는 이유가 없지 않은가. 아무래도 내 구미에 맞지 않다……. 잊었던 내 안의 야성 비슷한 것이 서서히 깨어났다.

그러면서도 세월로 닳고 지친 마음 한구석에서 누군가가 속삭였다. 앞으로 수없이 많은 악인들을 만날 텐데. 김유선 한 명 때문에 너의 경력을 버리겠냐고. 김유선 한 사람을 베고 쓰러져도 이걸로 좋겠냐고.

그 속삭임의 설득력은 컸다.

하지만 나는 다시 내 안의 누군가에게 물어보았다.

한 명의 살인자가 지금 법망을 벗어나려 하고 있다. 그걸 막는 일이 내 직업을 걸 만한 가치가 없는가. 한 사람의 생명이 사라졌고, 진상도 사라지려 한다. 그 한을 더는 일에 내 일상을 걸 무게가 없는 것인가.

내 안의 누군가는 더 이상 답하지 않았다.

난 결심했다.

단독으로, 법정에서 김유선을 유죄로, 무기징역을 선고하기로.

15

의외로 표면적인 파장은 크지 않았다. 그날 판사실로 돌아오면서도 민지욱과 정남희는 아무 말이 없었다. 차라리 무슨 말을 해주었으면 좋으련만 끝내 그 일을 두고 아무도 이야기하지 않았다. 아니, 아예 말 한마디 없었다. 신경이 쓰였지만 한편으로는 좋지 않을 게 틀림없는 어떤 말을 듣지 않아 다행이라는 마음도 들었다. 난 굳이 다른 약속을 잡아 점심식사를 따로 했다. 그날 하루 두 판사의 얼굴을 다시 보지 않았다. 조용한 하루였다. 그리고 다음 날, 똑같은 하루가 시작되고, 반복되었다.

물론 시끄럽게 일이 커지기에는 판사들 특유의 온건함이랄까, 답답함이랄까. 그런 장벽이 있었다. 하지만 그들 내면에서는 큰 변화가 있었으리라. 특히 나에 대한 평가가 그랬을 것이다.

정남희 판사는 그 일을 거론하지 않았지만, 상냥한 표정이나 말투는 한동안 보고 들을 수 없었다. 오히려 민지욱은 예전과 크게 달라지지 않았다. 선고한 날 한마디 항의도 없이 판사실로 돌아오는 복도를 걸었고, 자신의 방에 돌아갈 때도 가볍게 인사를 했었다. 다음 날 표정이 약간 시무룩해 보이긴 했지만 젤리나 이준호나 김유선에 관해서는 입도 벙긋하지 않았다.

정남희와 민지욱, 둘 다 고집스럽긴 하나 불같지 않아 천만다행이었다. 만약 두 사람이 정식으로 문제 삼고 나온다면 징계 정도로 끝날 문제가 아니었다. 물론 나도 법복을 벗을 각오를 했다. 하지만 조용했다. 그들은 어떻게 마음을 먹었던 것일까. 그때는 이렇게 추측했었다.

정남희 판사는 기본적으로 판사로서의 나를 좋아했다. 내가 다른 부정한 목적이 아니라 나름의 정의감으로 움직인다는 정도로는 생각해주었다. 그래서 된통 고집을 피운 부장의 몽니를 한 번쯤 넘어가주자고 마음 먹지 않았나 싶었다. 법조인으로서의 입장을 떠나 생활인으로서는 김유선의 유죄를 믿고 있었기 때문인지도 모른다.

민지욱은 나 못지않은 고집쟁이지만, 외부로 발산하는 스타일은 아니었다. 답답한 샌님 같은 인상 아래 오래 묵은 맷돌처럼 꾹 참고 견디는 인내심도, 무쇠솥 같은 진득함도 가지고 있었다. 내면으로는 나에 대한 평가라든가, 일에 대한 자괴감 같은 것이 소용돌이쳤겠지만 그의 이런 기질 덕분에 겉으로는 정남희보다 더 변화가 없었던 것 같다.

조금 속물적으로 생각하자면, 내부적인 합의가 외부에 표명되고, 합의와 달리 선고되었다는 이례적인 '사건'에 연루되는 게 그들 입장에서도 앞으로 길게 남은 판사 경력에 결단코 도움이 되지 않는다는 판단 또한 있었을지는 모르겠다. 그런 이유라면 외부인에게 합의에 관한 이야기를 털어놓는다든가 하는 서투른 행동도 하지 않았으리라. 어쩌면 나 또한 무의식적으로 배석판사들이 파장을 감수하면서까지 대대적으로 문제 삼지 않을 거라는 기대를 품었던 것 같다. 그런 건 성향을 불문하고 판사들 모두에게 공통된 불문율 같은 처신이니까.

그래도 어쨌든 사직까지 각오한 것에 비해 파문은 예상 외로 작았다. 수면을 거칠게 할퀴는 게 아니라 심해에서 약간의 충격을 일으키는 정도로 끝이 나버렸다. 내 개인의 거취로 보면 천만다행이었지만…….

PART 2

의심

16

김유선은 항소했다. 예정된 수순이었고, 항소심은 서울고등법원에서 열리게 되었다.

그동안 나와 정남희, 민지욱은 이준호 사건에 관해서는 한마디도 꺼내지 않았다. 사건은 서로에게 상처를 남겼고 우리의 관계는 시간이 흘러 간신히 회복되려 하고 있었다. 굳이 껄끄러운 화제를 꺼내어 초를 칠 이유는 없었다. 오다가다 만난 눈치 없는 누군가가, 젤리 살인사건 그거 항소됐던데? 하고 말을 걸면 어, 하며 조용히 넘어갈 뿐이었다. 각자 내면의 흔들림을 감추었고, 그걸 우리 세 사람은 알고 있었지만 표를 내지 않았다.

그 와중에도 새로운 사건이 정신을 못 차릴 만큼 계속 밀려왔고, 다른 살인사건도 있었다. 하지만 누가 봐도 명백한 사건들이었기에 자연스럽게 합의가 이루어졌고, 선고도 일사천리였다. 가끔 그 사건을 언급하는 신문 기사를 읽거나 누군가가 이야기를 꺼낼 때면 생각이 났다.

설마 뒤집어지지는 않겠지.

그렇게 믿고 싶었다. 사태를 낙관하고 싶었다. 항소심 재판의 추이에 은근히 신경을 쓰면서도 난 판결이 파기될 경우에 대해 생각조차 하지 않았다.

동료 부장들과의 식사자리라든가 차를 나누는 시간에 젤리 살인 사건이 화제로 오르는 때가 있었다. 하지만 대부분 겉도는 대화였다. 항소했죠? 심리가 오래 걸리진 않겠죠? 그 정도.

어떤 평가나 감정을 드러내는 대화가 존재하지 않기에 더 진전되지도 않았다. 판사들의 대화란 게 그렇다. 그러니 회식을 하건 식사를 하건 술을 마시건 참으로 재미없고 지루한 자리가 된다. 가벼운 화제를 꺼내면 사람을 가볍게 취급하고, 공통된 취미로 모인 사람들이 아니니 그런 대화도 없다. 결국 자연스레 자기가 맡은 사건이 이랬다는 식으로 이야기를 벌여놓거나 법원 안의 일을 두고 화제를 삼게 된다. 듣는 사람은 법리적으로 이렇다, 저렇다 하는 추상적인 이야기 정도만 한다. 어떻게 보면 업무의 연장과도 같은 술자리였다. 사람이 많은 자리일수록 더하다. 그러니 이걸 갈 수도 없고, 안 갈 수도 없고, 나처럼 지루한 걸 못 참는 사람은 난감하다.

"오빠들은 술자리에서도 서로 견제하는 것 같아."

예전에 동료들과 자주 가던 바 여사장이 말했었다. 나는 피식 웃었지만 정곡을 찔린 기분이었다. 술잔을 들고도 냉정하려 애쓰며 겉도는 화제만을 주워섬기는 판사들의 술자리다. 누구나 그 술자리에서 최후로 정신을 잃는 자가 되고 싶어했다.

딱 한 번. 개인적이고 거슬리는 대화가 오간 자리가 있었다. '디지털 포렌식과 과학증거의 이해'라는 주제의 법관연수를 받기 위해 이틀간 일산의 사법연수원에서 지낼 때였다. 전국의 판사들 중

같은 연수를 신청한 사람들이 일정 기간 모이는 터라 강의가 끝나면 오랜만에 보는 얼굴들끼리 인사를 나누고 식사도 같이한다. 첫날 저녁, 연수원 동기들끼리 근처 삼겹살집에 모였다. 서울중앙지법에서 같이 온 동기도 있고, 지방에서 올라와 몇 년 만에 얼굴을 보는 동기들도 있었다. 소주도 몇 병 곁들이게 되었다. 연수원 동기는 통상적인 직장동료보다 각별하다. 그래서 개인적인 이야기나 감정적인 반응이 나오기도 한다. 그 자리에서 하필 젤리 살인사건 이야기가 나왔다.

먼저 말을 꺼낸 사람은 털털한 성격의 선배 김성택이었다.

"현 부장, 젤리 사건 그거, 악질이었지? 판결 아주 잘했더만."

김 선배가 내 소주잔을 채우며 말했다. 물론 신문에서 읽은 사실을 토대로 이야기한 것뿐이다.

"좀 좋지 않아요. 그러니까 무기징역까지 했죠."

우발적 살인사건의 평균적 형량은 12년 정도로 보면 된다. 왜 그렇게 낮아? 할 수 있다. 나도 불만이다. 하여튼 법원에서는 일단 그 정도를 기준으로 하고, 동기에 참작할 만한 점이 있다든가 아니면 피해자 측의 악성이 높다든가 하는 사정이 있으면 형을 줄이고, 금전을 노린 계획적 모살이라든가 시신 훼손 등의 불량한 사정이 있으면 형을 더한다.

'우발적 살인'에서의 관행적인 12년은 다른 사건에서는 어떤 종류의 핑계가 되기도 한다. 몇 년 전 조두순이라는 자가 어린 여자아이를 무참하게 성폭행한 사건이 있었는데, 불과 징역 12년이 선고되어 여론이 들끓었다. 법원이 통째로 욕을 먹었지만 실은 판사들도 그런 놈이 겨우 12년이냐며 흥분했다. 다들 부모이기도 하니까. 만약 내가 재판했더라면 조두순은 살아서 바깥의 공기를 마시기는 어려웠을 것이다. 왜 이렇게 형이 낮았을까를 생각해보면, 우선 술에 취했다는 이유로 형을 감경했다는 문제가 있지만, 더 근원적으로는 판사의 안이함이었을 것이다. '살인이 12년인데 이 건은 이 정도로 하지' 하는. 피해자에 대한 공감도, 사건의 개별성에 대한 성찰도 없는 관행대로의 판결. 해오던 대로의 사건 폐기. 그 판결은 결국 동시대를 살아가는 사람들의 법감정에 한참 못 미쳤고, 큰 파장을 남겼다. 오랫동안 매뉴얼대로 판결이라는 제품을 찍어내다가 문득 정신을 차리고 보니 주변이 달라졌고 매뉴얼도 낡아버린 것이다. 지금은 동종 사건에서 훨씬 형이 올라가 있는데, 나는 물론 이쪽에 찬성이다. 결과의 단순 비교보다 '악성'에 등급을 매겨야 한다는 생각이다.

아무튼, 김유선의 경우는 유죄로 인정된다면 보험금을 노린 계획 살인이니 살인 중에서도 악질적인 축에 든다. 무기징역 정도는 충분히 예상되는 사안이라고 할 수 있었다.

"그 여자, 어떻게 생겼어?"

"좀 평범해요. 그래도 뭐 내 눈엔 좀 위험해 뵈던데."

"팜므파탈, 뭐 그런 건가?"

김성택이 허허, 하고 탄식하는데 같은 중앙지법에 근무하는 한 해 후배인 제갈성이 불쑥 끼어들었다.

"직접증거가 없었잖아요."

그다지 반갑지 않은 인물이었다. 일단 말이 많고, 그 대부분이 자기자랑으로 연결되는 친구였다. 고뇌하는 판사인 척하지만 나는 그를 겉과 속이 다른 인물로 기억했다. 아는 변호사들은 그를 두고 법정에서 짜증을 잘 내고 건방을 떤다고 했다. 자신이 얼마나 훌륭한 판사인지 감탄해주지 않는 내가 그도 싫었던 모양이다. 그래서 암묵적으로 사이가 안 좋았다. 나와 다른 점이 있다면, 나는 그를 피해버리려 하는데 제갈성은 어떻게든 내게 타격을 주려 애쓴다는 점이었다. 일상적으로는 몰라도, 선배와 후배가 정면으로 맞붙으면 체면을 구기는 선배 쪽이 질 수밖에 없다. 그런 역학구도를 잘 알고 이용하는 얍삽함도 싫었다.

오늘도 또 굳이 대화에 끼어들어서는 직접증거가 어쩌고 하니, 기분이 상했다. 직접증거가 없는데도 유죄로 했느냐는 시비조로도 들렸다. 내가 대꾸했다.

"살인사건일지라도 간접증거만으로 유죄 인정할 수 있다는 게 대법원 입장이야."

"그야 그렇죠. 근데 이 사건에서도 그랬냐는 거죠."

제갈성의 샌님 같은 얼굴이 번들거렸다. 이 정도면 선을 넘는 발언이다. 판사들 사이에서 남의 사건, 남의 결정에 시비를 다는 건 최대의 금기이다. 아무리 성격 좋은 사람도 얼굴이 굳어진다. 하물며 나는 마음씨 좋은 동네 아저씨 스타일이 아니다. 제갈성은 아슬아슬한 줄타기를 하고 있었다. 동기 모임에서 불쾌한 내색을 할 수도 없고, 감정을 숨기느라 곤욕스러웠다.

"그랬으니깐 유죄로 했지."

최대한 침착하게 말했다. 아무래도 법리 따지기를 좋아하고 가시적인 증거를 중시하는 성향의 제갈성은 직접증거가 없는 사건에서 유죄 판결을 한 게 못내 성에 안 차는 모양이었다. 물론 그 이전에 나에 대한 반감 때문에 공격거리를 찾은 거겠지만.

"그럼그럼, 나쁜 놈이 아니라고 입증되기 전까진 다 나쁜 놈이야."

김성택이 농담으로 얼버무리려 했다. 제갈성은 아랑곳하지 않고 나를 찔러왔다.

"배석들도 동의했어요?"

순간 멈칫했다. 질문을 던졌던 제갈성은 그런 내 모습을 날카롭게 쏘아보다가 덧붙였다.

"슬쩍 물어보니 불만인 눈치던데."

불쾌했다. 내 배석판사한테 합의 내용을 캐물었단 말인가.

"이 사람아, 합의는 법률상 비공개야. 몰라?"

난 꾹 참고 넘겼다. 제갈성은 흥, 하고 일부러 세게 코웃음을 쳤는데, 그 모습에 비위가 상해버렸다.

김성택 선배가 어색해지려는 분위기를 바꾸려 말을 가로챘다.

"피고인이 항소했다며?"

"무기 받았는데 당연히 항소하겠죠."

제갈성이 또 잽싸게 끼어들었다.

"뭘, 항소해봤자지."

김성택 선배가 슬쩍 내 눈치를 보며 말했다.

"뒤집어질 리가 없잖아. 누가 봐도 뻔한데."

"그렇겠죠."

그 정도로 하고 넘어갔으면 했다.

"아니죠."

제갈성이 삼겹살을 질겅질겅 씹으며 반박했다.

"뭐가 아냐."

나 대신 김성택 선배가 탓하듯 말했다. 눈으로 그만하라는 신호를 보낸 것도 같다. 제갈성이 또 말했다.

"간접증거만으로 살인사건을 유죄로 인정한 건 파격적인 거잖아요. 그러니까 이전 사건에서 구구절절 판례도 냈지. 아마 항소심에선 엄청 엄격하게 볼 거예요."

난 대꾸하지 않았다. 내 묵묵부답에 무시당했다고 생각했는지 제갈성은 포기하지 않았다. 턱으로 나를 가리키며 말했다.

"1심에서 똘끼 부렸다고 할지도 모르죠. 하하하하."

똘끼? 제갈성은 자신의 말을 농담으로 만들기 위해서 웃음을 덧붙였지만 명백한 도발이었다. 기어이 내 반응을 이끌어내려 하고 있었다. 버럭 화내는 모습을 보고 싶은 것이다. 손상당한 자신의 자존심을 그걸로 메우고 싶은 것이다. 혼자만의 생각으로 구축해 온 그 허깨비 같은 자존심을. 이런 종류의 인간에 대처하는 내 나름의 방식이 있는데, 매끄럽게 받아넘기지는 못하니 역시 서투른 쪽이라 해야겠다.

"자네는 매사 빈정거리면 자기방어가 된다고 생각하는 모양이지?"

정색하지 않으려 애썼지만 성공적이지는 못했다.

"거 무슨 말이 그래요?"

제갈성이 정색하고 나오는 바람에 내가 한 말이 더 공격적으로 되어버렸다.

주변 공기가 변했다. 어떻게든 분위기를 되돌려야 했다.

"이런, 제길 성."

하고 보니 인신공격이 튀어나왔다. 그렇다. 난 유치한 인간이다.

176

끔찍하게 싫어하는 별명에 제대로 얻어맞은 제갈성의 안색이 확 변했다. 이왕 내뱉은 말, 나는 입꼬리를 올려 소주잔을 기울이며 공격의 정점을 찍었다. 바야흐로 분위기가 싸해질 판이었다.

보다 못한 김성택 선배가 대신 나섰다. "그럼그럼, 무슨 소리. 우리 영명하신 현 부장이 한 판결인데. 앞으로 보나 뒤로 보나 유죄야" 하고 덮어버렸다.

그걸로 젤리 살인사건 이야기는 끝났다. 술자리 분위기도 다시 회복되었다.

실은 '똘끼'라는 도발성 표현을 제외한다면 제갈성은 정곡을 찔렀다고 해야겠다. 옳은 말을 했기 때문에 더 얄미웠다고나 할까. 1심에서 그 정도로 확고하게 유죄로 썼는데 뒤집히랴, 싶은 안이한 생각이 있었지만 제갈성의 얄밉고도 냉정한 말을 듣고 보니 그럴지도 모른다는 의구심이 한편으로 뭉게뭉게 피어올랐다.

그래도 설마.

나는 소주잔을 한 잔 더 들이켰다.

하지만 항소심에서 뒤집어질 일은 없을 거라는 낙관은 남이 맡은 사건을 두고는 안줏거리 정도의 얄팍한 관심밖에 없는 대다수 동료들의 견해에 바탕을 둔 희망사항일 뿐이었다.

그리고 얼마 후 젤리 살인사건과 관련한 께름칙한 이야기를 다른 판사로부터 우연히 듣게 되었다. 그날 점심시간에 정남희 판사는 여판사 모임이 있었고, 민지욱 판사는 예전 연수원 시절 담당 교수였던 다른 부장이 점심식사에 초대하는 바람에 나 혼자 점심을 먹어야 할 판이었다. 배석이 없는 부장은 급격히 초라해지고,

점심 한 끼 해결하기 힘들어진다. 나는 생각 끝에 고등학교 후배인 하용주 형사단독 판사를 떠올렸다. 통통한 몸집에 둥근 얼굴, 성격도 털털하고 사교성도 좋은 친구였다. 그에게 전화를 걸었다.

"하 판사, 점심이나 같이 먹을까."

"배석은요?"

"다른 인간들이 쏙 빼가버렸어."

"알았어요. 대신 싸게는 안 됩니다."

하용주 판사와 나는 법원 동문 밖으로 나가 길 건너 식당에서 연포탕으로 점심을 먹었다. 나와서는 옆 건물 카페에 들러 커피를 한 잔 시켰다. 그때까진 일상적인 대화였다. 생활 이야기, 사건 이야기, 동기 이야기 등등. 그러다가 하용주가 말을 꺼냈다.

"형, 근데……."

그는 커피잔을 내려놓으며 내 눈치를 보았다.

"뭔데."

"젤리 살인사건 있잖아요. 얼마 전에 형이 선고한 거."

눈이 번쩍 떠졌다.

"어, 그게 왜?"

하용주는 조금 머뭇거리다가 물었다.

"합의하고 다르게 선고했다는 말이 있던데, 정말이에요?"

난 놀랐다.

"누가 그래?"

애써 침착한 어투를 유지하며 다시 물었다.

"우리 법원에 그런 소문이 난 거야?"

"아니, 우리 법원 사람들한테서 들은 건 아니고요……."

"그럼?"

"어제 서울고등 형사부 배석으로 있는 판사하고 통화하다가 우연히 들었어요."

"고등에서?"

우리 법원도 아니고 고등법원에서 들었다니 더욱 놀라웠다.

"네. 제 대학선배라서 친하거든요. 근데 형네 재판부 이야기를 하면서, 그러대요. 젤리 살인사건 그거 부장이 합의하고 다르게 선고했다는 소문이 고등에 파다하게 퍼져 있다고. 고등부장님들도 다 알고…… 만일 그렇다면 엄청나게 큰 문제라고 고심하고 있다면서."

"왜 그런 소문이 났대?"

"그건 모르겠어요."

"흠……."

한동안 생각하다가 퍼뜩 정신을 차리고 대답했다.

"아니야."

일부러 단호하게 말투를 꾸몄다.

"아니에요?"

"그럼, 말도 안 되는 소리! 왜 그런 헛소문이 나가지고……."

"하, 그럼 누가 그런 헛소릴 하고 다닌 거지?"

하용주가 맞장구쳤다.

실은 나도 궁금해졌다. 분명 누군가가 그런 말을 퍼뜨렸다는 얘긴데. 누굴까. 그것도 왜 하필 우리 법원도 아니고 고등법원에 말이 퍼졌을까.

일단 고등법원 쪽에서 나한테 아무런 연락이 없었으니 근거 없이 소문만 돌고 있는 수준인 것 같았다. 그렇다면 당사자인 정남희나 민지욱은 아니라는 이야기인가? 그럴 것 같았다. 우리 부에서 직접 나간 이야기가 아니니 그저 소문에 전전긍긍할 뿐, 직접적인 대응이나 조치는 할 수 없었던 걸 거다. 또, 발설지가 정남희나 민지욱이라면 일단 우리 법원에 먼저 소문이 퍼졌을 것이다. 하지만 엉뚱하게도 알려진 곳은 그들과는 접점이 약한 고등법원이었다. 그렇다면 정남희나 민지욱은 아니라는 얘기인데. 하지만, 그 둘이 아니라면 합의와 다르게 선고되었다는 사실을 알 수가 없는데…….

혹시, 정남희나 민지욱 둘 중 한 명이 표 나지 않게 그 사실을 고등법원 쪽에 알린 건 아닐까. 표면화했다가는 자신들도 곤란한 지경에 휘말리게 되니까. 차라리 직접 항소심을 담당하는 고등법원에 슬쩍 말을 흘려서 자신들의 입장을 관철하려고…….

그렇다면 민지욱인가? 정남희는 심정적으로는 유죄로 판단하지만 법리상 무죄라는 의견 정도였으니, 김유선의 무죄 입장을 위해 그만큼의 행동까지 할 이유는 없었으니까. 하지만 다시 생각해보면 민지욱 또한 아닌 것 같았다. 그는 차라리 손해를 감수하고 공론화할지언정 그렇게 은밀한 술수를 부릴 사람은 아니었다.

하지만 혹시…….

미움 때문이었다면.

어떤 이유에선지 이들 중 누군가가 내게 커다란 증오를 품었던 게 아닐까. 그래서 자신이 다치지 않는 선에서 날 엿 먹이려고 말을 흘린 거라면? 그런 동기가 있다면 위험을 감수하고라도 누설했을 수 있었다. 본인에게 돌아올지 모를 타격을 최소화하는 방편으로 우리 법원이 아닌 항소법원에 말을 슬쩍 흘렸을 수도 있었다.

하지만 두 사람 중 누가 날 그 정도로 미워한단 말인가. 도무지 짐작이 가지 않았다.

어쨌든 그때는 합의와 다르게 선고했다는 사실에 따르는 내 책임 문제만 생각했었다. 그것이 다른 쪽으로 작용할 수도 있다는 생각까지는 할 여유가 없었다. 처음 들었을 때는 깜짝 놀랐지만 그저 소문만으로는 문책할 수 없고 법원에서는 더더욱 그럴 수 없다는 걸 알기에 이내 마음을 놓았다. 유일하게 문제가 불거질 가능성은 정남희와 민지욱이 한목소리로 그렇게 말할 경우일 텐데, 그럴 작정이었으면 판결 선고 직후에 그랬을 것이다. 자신들의 경력에도 먹칠이 될 판에 굳이 이제 와서 그렇게 할 리는 만무하다. 문제될 가능성은 없다. 전혀. 그렇게 믿었다. 아니, 믿고 싶었고, 그 노력은 어느 정도 성공했다.

하용주로부터 그 이야기를 들으며 받은 께름칙한 느낌은 얼마 못 가 사라졌고, 난 곧 그 일을 기억에서 지워버렸다.

17
2018년 9월

항소심은 5개월 만에 결론이 났다. 그해 여름이 끝나갈 무렵이었다.

무죄였다.

신문을 펴들고 뚫어지게 기사를 보고 있는데, 나 없는 사이 실무관이 맡기고 간 사건 기록을 들고 수영이 들어왔다.

"부장님, 어디 몸이 안 좋으세요?"

수영이 내 일그러진 표정을 보더니 걱정스럽게 물었다.

"어, 조금."

사실 몸이 안 좋은 건 맞다. 내 기분도 몸의 일부일 테니까.

"녹차라도 한 잔 드릴까요?"

"아니, 괜찮아."

나는 억지로 웃어 보였고, 수영은 나갔다.

기분이 좋지 못했다.

어이없는 결론이다!

꽉 막힌 판사들!

온갖 욕설이 튀어나왔지만 곧 머릿속 어딘가로 흩어져버렸다. 법리상 무죄로 할 가능성이 높다는 건 나도 내심 인정하고 있었으니까.

만일 내가 이준호의 아버지이고, 내게 권총이 주어지고, 내 아들을 살해한 자를 죽이라고 한다면, 난 주저 없이 김유선을 향해 방아쇠를 당길 것이다. 누군가에게 유죄냐 무죄냐 결론만을 물어본다면 조금의 주저함도 없이 유죄라고 답하리라. 하지만 우리나라의 전 인구가 그렇게 해도 판사만은 그러지 못한다. 판사는 개인이 아니라 시스템이니까. 엄격한 증거법칙에 따른 유죄 결론이 나오지 않는다면 판사 개인의 판단은 양보되어야 한다.

젤리 살인사건. 의심은 농후하나 피고인이 하지 않았을 수도 있다는 합리적 의심이 확실히 존재했다. 비구폐색 사망자에서 전형적으로 나타난다는 얼굴 상처를 확인하지 못했다. 그렇다고 해서 민지욱처럼 김유선을 무죄라고 믿는다는 건 또 다른 얘기겠지만 '증거부족 무죄'로 판단한다면 크게 반박할 말이 없다. 합리적 의심을 넘어설 수 없는 이상 유죄로 하기엔 장벽이 높았다. 더구나 이 건은 계획적 살인사건이고, 여기서 유죄는 최소 무기징역을 의미한다. 의심을 남긴 채 한 인간을 평생 감방에 처박아둘 수는 없는 일이다. 항소심 판사 세 사람도 김유선이 유죄라고 생각하면서도 쓸개를 씹는 심정으로 판결문을 썼을지 모른다. 판결문은 무죄로 쓰는 게 무리 없는 결론일 수 있다. 시스템이니까.

"사람들이 자주 오해하는 게, 법이 정의를 찾아줄 거라는 환상입니다."

작년인가 지역 사회 도서관의 초청을 받아 법에 관해 강연을 할 기회가 있었다. 난 거기서 조금은 자조적으로 이렇게 말머리를 꺼냈다.

"여러분은 납득할 결론을 향해 꾸물꾸물 나아가는 달팽이 같은 존재를 법이라고 생각하고 있는지도 모르겠습니다. 하지만 법에는 행선지가 없습니다. 무한궤도를 무심히 도는 톱니바퀴 같은 존재인 거죠. 법은 정의에 큰 관심이 없습니다. 규칙 속에서 예측 가능하게 돌아가는 체제의 유지가 우선 목표입니다."

이 대목에서 청중의 반응이 좀 안 좋아졌던 걸로 기억한다.

"그럼 정의는? 이렇게 물으시겠죠. 사실 법 입장에선 난감합니다. 사람들의 기대와 실제 모습이 다르거든요. 분칠한 경극 배우 같다고나 할까요. 화장을 지우면 상상치도 못했던 민낯이 드러나는…… 아무튼 그래서 법은 이 곤란한 물음을 무마하기 위해 '절차적 정의'라는 애매모호하고 편의적인 말을 등장시킵니다. 무슨 말이냐. 절차만 정의로우면 된다, 우리 인간이 할 수 있는 건 그뿐이다, 그 나머지는 우리가 모르고, 알 수도 없다, 결과의 정당성까지는 우리가 손댈 수 없다…… 이런 얘깁니다. 이 절차에 따르다 보니, 결과적으로 어떤 좋은 사람이 착착 맞물려 돌아가는 톱니바퀴에 끼어 기름이 쫄쫄 짜이고, 어떤 나쁜 사람이 그 바로 아래에서 입을 벌리고 냠냠 받아먹는 상황이 와도 법은 어쩔 수 없다고 혀를 한 번 쯧쯧 차고는 끝인 겁니다. 우리는 '정의'를 원하지만, 도달할 수 있는 최대한은 '법치'에 불과합니다. 냉정하지만 그게 현실입니다. 법치는 결론보다 절차에 관심이 있습니다. 공정한 결론보다 공정한 절차. 그걸 추구하는 시스템인 것입니다……."

내 공적인 발언은 여기서 끝났다. 판사로서, 공인으로서 할 수 있는 말은 거기까지였다.

하지만 솔직히 털어놓자면, 난 이 시스템이란 것에 관해 조금 다른 생각을 가지고 있다. 공무원으로서의 나는 시스템을 지지한다. 절차가 사회를, 그리고 언젠가는 나를 지켜주리라 믿는다. 그걸 무시하고 개별 사건에서 정당한 결론만을 좇다가는 훨씬 더 큰 손실을 입는다. 하지만 공적 영역 밖에서라면, 내가 개인으로서 사고하고 행동하는 영역에서는 그럴 필요가 없다고 믿는다. 나 하나 산에 휴지를 버린다고 산이 오염되지 않는다. 마찬가지로 나 개인의 결론을 추구한다고 해서 시스템이 깨지지는 않는다. 누군가는 묻는다. 사람들이 다 그렇게 행동한다면 사회가 어떻게 되겠느냐고. 모두 산에 휴지를 버린다면 산이 오염되지 않겠느냐고. 그런가? 좀 비켜주기 바란다. 그런 관점은 내 관심사가 아니다. 도덕보다 실존. 굳이 비유하자면 미세한 세계의 입자 같은 존재랄까? 그것은 관찰되는 순간 운명이 바뀐다. 마찬가지로 난 관찰되는 순간 운명을 바꿀 것이다. 내가 외부에 보이는 영역에서는 판사로서 시스템에 걸맞은 행동을 할 것이다. 재판에서뿐만 아니라 도서관 강연에서 그런 이야기를 했던 것처럼 말이다. 하지만 보이지 않고 관찰되지 않는다면 내 개인의 판단을 우선시할 것이다. 왜 그러지 않겠는가. 그런 경우라면 시스템도 해치지 않고 내 의지를 관철시킬 수 있는데. 그런 사고방식이 내 생각 속에 뿌리 깊게 자리해 있다.

김유선이 어떻게든 처벌을 받아야 한다고 믿었다. 그래서 합의와 다른 선고라는, 말도 안 되는 짓도 했다. 제갈성 같은 친구가 안다면 내가 가졌던 생각은 생활인으로서의 알량한 정의감이라고 비

185

웃을 것이다. 하지만 난 어쩔 수 없다. 그 얄량한 정의감은 내 것이기에.

그날 오후, 법원 내부전산망에 등록된 항소심 판결문을 읽어보았다.

판결문의 내용은 민지욱의 논리와 대부분 유사했다. 결정적인 부분은 역시 비구폐색으로 인한 질식사를 인정할 만한 증거가 없다는 점이었다. 비구폐색의 특징적인 요소인 입가 상처가 확인되지 않았고, 이준호가 전혀 반항하지 못할 만큼 술에 취한 것 같지도 않다는 것이었다.

민지욱도 그 판결문을 읽었을 것이다. 어떻게 생각할까. 부장의 코를 납작하게 만들었다면서 속으로 쾌재를 부르고 있지는 않을까.

오후에 다른 용건으로 내 방에 들어온 민지욱을 보았다. 무표정했다.

먼저 말을 꺼낸 건 내 쪽이었다.

"이준호 사건, 항소심 판결났던데?"

"네."

무뚝뚝한 대답. 평소와 다름없다.

"판결문도 읽어봤어?"

"네."

"결국 민 판사 의견대로 됐더군. 판결 논리도 비슷하고."

"네."

슬슬 짜증이 났다. 네가 이겼다. 내가 선고를 다르게 해서 불만이었겠지만, 이렇게 부장이 먼저 손들고 항복하는데 꼭 그렇게 퉁명스럽게 나와야 하겠냐?

미안하다고는 하지 않았다. 그건 내 행동의 의미를 스스로 부정하는 짓이었기에.

위법이었다. 하지만 내 양심에 어긋나지는 않았다.

그렇게 생각하고 싶었다.

하필 그날 정남희 판사도 어떤 사건의 보석허가 여부 협의를 위해 내 방에 왔다.

평소와 하등 다름없는 표정과 말투.

젤리 살인사건, 항소심 같은 것에 대한 관심은 정남희 판사의 얼굴에서 찾아볼 수 없었다. 날인을 받은 후, 정남희는 곧 방을 나갔다.

이상하게도, 차마 정남희에게는 젤리 살인사건 이야기를 꺼낼 수 없었다.

18
2018년 12월

항소심 판결에 불복해 검찰은 즉각 대법원에 상고했지만, 어차피 뒤집어지기란 어렵다. 대법원은 '법률심'이라 표현되는데, 사실관계를 새로 따지는 게 아니라 기본적으로 이전 재판의 법률 적용에 잘못이 없는지를 심사하는 기관이다. 젤리 살인에서는 법률 적용 같은 게 문제될 여지는 없었다. 오로지 김유선이 이준호의 입을 막아 죽였는가에 관해 검찰의 입증과 달리 생각할 '합리적 의심'이 존재하는가 아닌가에 달려 있었다. 그런데 항소심에서 3인의 판사가 '합리적 의심이 있다'면서 무죄로 판단했다. 그걸 다시 뒤집어 '합리적 의심이 없다'고 판단하기는 힘들다.

예상대로였다. 석 달 만에 대법원은 상고를 기각했다.

착잡했지만 놀라지는 않았다.

기사 댓글에서 대부분의 사람들은 판결을 두고 욕했다. 댓글 여론이 들끓었다. 하지만 그것은 지나간다. 어떤 이들은 김유선이 무죄이니 이제 진범을 잡아야 한다고도 했다. 하지만 적어도 젤리 살인사건에서라면 어이없게 들린다. 엉뚱한 사람을 기소해서 법정에 세운 게 아니었다. 진범이 밝혀지거나 완전히 무고하다는 사실이 입증된 것도 아니었다. 무죄로 한 항소심이나 대법원의 입장에서도 그녀는 '증거부족 무죄'일 뿐이다. 그녀를 범인으로 지목하는 증거가 많지만 100퍼센트는 못 된다는 얘기였다. 만에 하나 억울한 사람을 처벌하게 될까 봐 걱정하는 근대 형사법의 노파심 때문에 풀려난 거다. 그런데 무슨 진범을 따로 잡는단 말인가.

아무튼 이제 모든 게 끝났다.

김유선은 '서류상' 무죄가 되었다.

그녀는 면죄부를 받았고, 완전한 자유를 얻었다.

실제적인 제재력을 가진 사법기관이 그를 단죄할 기회는 영원히 사라졌다.

19

우울했다.

판사직을 걸면서까지 유죄로 만들어 올린 사건이 이렇게 허무하게 무죄를 받아버렸다.

하지만 내가 아무리 애착을 갖고 이준호의 죽음을 안타깝게 여긴다 한들 이미 시간이 많이 지났다. 그저 신문 기사를 펴들고 가끔 동료 판사들과 만나 이야기하면서 안주 삼아 항소심과 대법원을 슬쩍슬쩍 욕하는 게 전부였다. 몇몇 동료들은 적당히 맞장구도 쳐주었다. 정말 악랄한 여자 아냐? 보험금 걸어놓고 남자친구 죽인 건데, 증거가 없다고 무죄라니 사람들이 납득하겠어? 또 법원 욕 많이 먹겠구먼……. 하지만 대법원 비판까지 하며 내 말에 동조해준 사람은 '일부'였다. 대부분은 '항소가 기각되었다, 대법원이 상고도 기각했다. 김유선은 무죄가 확정이 되었다. 피해자만 안타깝게 되었다'는 무색무취한 팩트만 반복해서 이야기할 뿐이었다. 사건 내용도 모르면서 섣불리 어떤 판단을 내리거나 색깔을 띠는 모습은 판사 사회에서 전통적으로 경박하게 취급되어왔고, 따라서 좋은 평판을 얻으려면 반드시 피해야 하는 처세였기 때문이다.

동조해주는 '일부'의 판사들이 과연 본심으로도 그렇게 생각하는지도 의문이다. 같은 판사로서 다들 알고 있기 때문이다. 사건 내용은 몰라도 항소심과 대법원이 무죄로 할 정도면 적어도 법리적으로는 유죄로 하기 어려운 사건의 내적 논리가 있다는 것을.

결국 나는 내가 생각하는 결말을 짓기 위해 한때 내 직업을 걸었다는 정도로 스스로를 위로해야 했다.

결과가 눈앞에 드러나고 보니, 예전에 가졌던 막연한 추측이 또 다시 스멀스멀 올라왔다. 완전히는 지워버리기 힘든 의심이었다.

하용주 판사는 내가 합의를 무시하고 선고했다는 소문이 고등법원에 파다하게 퍼졌다고 했다. 혹시 항소심 재판부는 그 소문을 고려한 게 아니었을까.

만에 하나 훗날 그 일이 표면화된다면 법원은 경을 치르게 된다. 합의와 다르게 '유죄'로 한 것이니까. 한 사람을 평생 감옥에 처박는 일이 법절차에 위반해 이루어졌다는 거니까. 물론 정남희와 민지욱이 공개 선언이라도 하지 않는 한 합의와 선고가 달랐는지 사실 여부를 확인할 순 없다. 그렇다 하더라도 풍문과 의혹만으로도 시끄러워질 게 분명하다. 하지만 김유선이 무죄를 받으면 이런 부담은 상당 부분 해소된다. 결과에 덮이고 마니까. 항소심에서 무죄로 했을 땐 그런 고려도 들어 있지 않았을까. 물론 유무죄를 심리하는 판에 그런 정책적 요소를 고려했으리라는 건 순전히 내 상상이지만, 일을 저지른 당사자 입장에서는 자꾸만 끈적끈적하게 들러붙는 의혹을 떨쳐버리기 힘들었다.

또 다른 의혹이 거미줄처럼 이어졌다. 만약 그렇다면, 거꾸로 김유선의 무죄라는 결과를 이끌어내기 위해 누군가가 그런 소문을 퍼뜨렸다고도 생각할 수는 없을까? 표 안 나고 시끄럽지 않게 무죄라는 자신들의 입장을 관철시키는 방편으로 말이다.

그렇다면, 내부 사정을 알면서 동시에 김유선이 무죄라는 입장을 취했던 정남희, 민지욱 둘 중 한 사람일 수밖에 없는데. 민지욱은 그렇다 치고 정남희에게 그만한 의지가 있었을까, 심증으로는 그녀도 김유선이 유죄라고 믿는다고 했는데? 과연 누구였을까…….

아니, 이런 생각은 너무 나아간 공상이다. 예전에도 생각해봤지만 그들에겐 이유, 동기가 없었다. 설마 두 사람 중 한 명이 그렇게까지 내게 악의를 품었을까. 그렇게까지 이 사건에 어떤 의지를 가졌을까. 나는 머리를 흔들었다.

아무튼 내 쪽에서도 누구에게 대놓고 물어볼 수 있는 일이 아니었기에 의혹으로 그칠 뿐이었다. 모든 게 그럭저럭한 수준에서 마무리되었다. 그런 연유건 다른 연유건 간에 김유선은 무죄를 받았고, 이제 와서 문제될 가능성은 거의 없다. 의문들은 다시 가슴에 묻어야 했다.

20

정남희 판사와 '그 이야기'를 나눈 건 순전히 우연이었다. 퇴근하다가 엘리베이터 앞에서 기다리고 있던 정남희와 마주쳤다. 원래 배석판사가 굳이 부장 방에 와서 출근 인사나 퇴근 인사를 하지는 않는다. 그편이 서로 편하기 때문이다. 퇴근시간이 우연히 일치해 엘리베이터에서 만나는 일은 꽤 드문 우연이다. 난 이 우연이 특히 불편했다. 합의를 어긴 판결 선고를 하는 만행을 저지른 후로, 합의부 세 사람이 같이 있는 자리라면 몰라도 그중 두 사람만 있는 자리는 불편했다. 그렇다고 정남희 판사의 얼굴을 보고 사무실에 무언가를 두고 온 척 서툰 연기를 하며 뒤돌아 갈 수도 없는 일이다. 나는 일부러 가볍게 인사를 건넸다.

"정 판사, 오늘은 일찍 가네. 늘 야근이던데."

"아녜요. 부장님 덕분에 요즘은 쉬어요."

"내가 뭘."

"요즘 형사부장님들끼리 사건 떼는 경쟁이 붙었단 건 다 아는 사실이예요. 그래도 부장님은 일정대로만 선고하시잖아요."

정남희 판사는 또 기분 좋은 말을 해주었다. 왠지 일부러 그래주는 것 같아 더 신경이 쓰였다.

"하하, 그야 일 많이 하려니 내가 힘들어서지."

엘리베이터가 도착했고, 우리는 같이 탔다. 아무도 없었다. 정남희가 말했다.

"부장님, 방향도 비슷한데, 제 차 같이 타고 가세요."

"아냐. 지하철 타면 돼."

나는 황급히 손을 흔들었다.

"아녜요. 부장님. 같이 타세요. 가다가 내려드릴게요."

정남희는 한 번 더 강하게 권했다. 정남희가 왜 이럴까. 두 사람만 있는 자리도 어색한데 차에 동승하다니. 그렇다고 여기서 또 한 번 거절하면 마치 기를 쓰고 차를 타지 않으려는 싸움이 벌어진 것처럼 정말 이상한 상황이 돼버린다.

"아, 그래. 그러지 뭐. 고맙네."

우리는 지하 주차장까지 내려갔다. 조마조마했다. 정남희가 둘만 있는 자리를 굳이 만들려는 느낌이었다. 혹시 정색하고 그 이야기를 꺼내려는 게 아닐까. 그러면 난 어떤 말을, 변명을 해야 할까. 미처 생각해보지 못한 상황이었다.

정남희의 아반테 앞을 가로 주차한 차량이 막고 있었다. 내가 차를 밀려 했지만 정남희는 마다하고 능숙하게 차량을 빼냈다.

내가 조수석에 올라탔고, 차는 곧 법원 주차장을 빠져나갔다.

교대역까지 가서 신호를 대기하고 좌회전을 해서 테헤란로로 접어들 때까지 우리는 별 말이 없었다. 그저 내가 "정 판사, 운전 잘하네" 하며 뜻 없는 말을 던졌을 뿐이었다.

정남희 판사가 문득 입을 뗴었다.

"부장님은 정말 미우셨던가 봐요."

가슴이 철렁했다.

"응?"

"김유선 말이에요."

"음⋯⋯."

뭐라 대꾸할 말이 없었다. 기어코 정남희는 그 일을 화제로 꺼내 버렸다. 아마 그럴 작정으로 차에 강권하다시피 태웠으리라.

"그땐 정말 깜짝 놀랐어요."

"그 일은 할 말이 없네⋯⋯."

"역시 다른 부장님들하곤 좀 다른 분이세요."

"⋯⋯."

"전 알죠."

"뭘."

난 맥없이, 근근이 대꾸만 이어갈 뿐이었다. 정남희 판사가 이끄는 대로 대화에 끌려가는 기분이었다. 정남희가 물었다.

"부장님은 궁금하지 않으셨어요?"

"뭐가?"

"일방적으로 선고하신 후에도 왜 제가 별로 서운해하지 않았는지."

사실 궁금했다. 정남희가 그걸 정식으로 문제 삼았다면 난 치명적인 타격을 입었을 텐데. 뒤에서 무슨 말을 했는지는 모르겠지만 어쨌든 겉으로 항의한 적은 한 번도 없었다.

나는 침묵으로 그렇다는 대답을 밝혔다. 도로는 꽉 막혔고, 차는 겨우 움찔거리는 수준이었다. 정남희가 앞차에 눈길을 주면서 말했다.

"제게는 얼굴도 못 본 큰아버지가 계세요. 저희 아버지하곤 나이차가 아주 많이 나셨다고 해요. 어렸을 때는 그저 군대에서 후방으로 후송되는 트럭을 타고 오시다가 떨어져 돌아가신 걸로만 알았어요. 어머니가 그렇게만 말씀해주셨거든요."

엉뚱하게 정남희의 큰아버지 이야기가 나오자 나는 어리둥절해져 고개를 돌려 그녀의 옆얼굴을 쳐다보았다. 정남희는 앞 도로에 시선을 고정한 채 담담하게 말을 이었다.

"근데 삼 년 전에 저희 아버지가 섬망 증상을 일으켜 병원에 실려 가신 일이 있었어요. 다행히 나중에 회복하셨지만 그때는 곧 돌아가실 줄로만 알았었죠. 그때 밤에 엄마가 몰래 눈물을 훔치면서 이야기를 해주시더라구요. 큰아버지에 관한 진실을요."

나는 귀를 기울였다.

"제 본가는 경상북도 경산 쪽이에요. 큰아버지는 해방 이후에 거기서 어찌어찌하다 보도연맹에 가입됐던 모양이에요. 그때 겨우 열여덟 살 고등학생이었죠. 무슨 이념이나 그런 걸 알고 하셨을까요. 그냥 젊은 혈기에 데모 몇 번 하다가 좌익으로 찍힌 거 아니었겠어요. 근데 아무튼 그 명단에 있다는 이유만으로 한국전쟁이 발발하자 거창 계곡으로 끌려가 처형당했답니다."

"음......."

난 팔짱을 끼고 낮은 신음을 냈다. 보도연맹. 1949년, 좌익운동을 하던 사람들을 관리하기 위해 만들어진 조직이다. 1950년 한국전쟁이 일어나자, 보도연맹 조직원들이 반정부 활동을 벌일지 모른다는 불안감에 내몰린 극우 단체와 군인들이 조직원들을 무차별적으로 체포해 집단 처형한 사건이 있었다. 정남희 판사의 집안에 그 사건의 피해자가 있었을 줄은 몰랐다.

"마을 할머니들은 아들, 손주가 군인들한테 끌려가자 우리 아들 죽는다며 데굴데굴 굴렀고, 거창 냇물에는 며칠 동안 핏물이 흘렀대요. 물론 그런 이야기는 저희 어머니도 할머니로부터 들은 이야기지만요. 큰아버지가 그렇게 돌아가신 일은 집안의 비밀이었어요. 제가 사법시험 2차까지 붙었어도 부모님은 3차 면접을 치르고 발표가 날 때까지 한숨도 못 주무셨대요. 큰아버지 일 때문에 불합격될까 봐서요. 최종 합격 명단에서 제 이름을 보고서야 안도의 한숨을 내쉬셨대요."

"……그런 일이 있었나."

기억이 났다. 이 년 전, 내가 민사합의부를 맡고 있던 시절, 정남희 판사가 배석판사였고, 우리재판부에도 보도연맹 사건이 한 건 있었다. 그 무렵 보도연맹 관련 민사재판이 전국 법원에 산재해 있었다. 그 경위는 다음과 같았다.

2005년 과거의 인권문제나 의문사 등을 조사하기 위한 과거사정리위원회가 만들어졌고, 이 보도연맹 사건도 다루어졌다. 당시 유족의 신청을 받아 희생자가 누구인지 확정하는 작업을 거쳤는데, 주된 자료는 당시의 처형자 명부였고, 명부에 기재되어 있지 않은 사람은 다른 보조적 자료나 남아 있는 사람의 증언을 기초로 삼았다. 희생자로 확정된 사람의 유족 대부분이 국가를 상대로 손해배상을 청구하였는데, 희생자의 수가 많고, 전국적으로 분포되어 있다 보니 법원 각 민사재판부에 동시에 몇 건씩 계류될 정도가 되었던 것이다.

이 소송에는 두 가지 문제가 있었는데, 첫째가 소멸시효 문제였다. 손해배상 청구권은 사건이 있은 때로부터 십 년이 지나면 소멸한다. 이것을 소멸시효라고 하는데, 보도연맹 사건은 1950년대 초반에 일어난 사건이라 시효가 지나도 한참 지났다. 그래서 이 시효의 문턱을 넘지 못하는 한 모든 손해배상 소송이 일거에 사멸할 위기에 처했다. 대법원은 여기에 구제의 그물을 던졌다. 이 경우 국가가 소멸시효를 주장하는 것은 '권리남용'에 해당한다고 판결한 것이다. 법률개념으로서의 '권리남용'은 풀어 말하자면 '말 바꾸지 마시오' 혹은 '권리가 있다고 해서 막 쓰지 마시오' 정도의 의미이다. 말하자면 국가가 과거사정리위원회 활동을 통해 피해를 회복해주겠다는 제스처를 실컷 취해놓고는 막상 소송이 제기되자 새삼스럽게 소멸시효를 주장하면서 배상 못 하겠다고 말을 바꾸는 건 안 된다고 선언한 것이다.

둘째 문제는, 희생자 확정 문제였다. 과연 소송을 제기한 원고 측이 보도연맹 사건으로 희생된 사람 혹은 그 유족이 맞느냐, 하는 문제인데, 대법원은 과거사정리위원회가 희생자로 인정했다는 것만으로는 부족하고, 희생자가 맞다는 사실을 민사소송에서 새로 입증해야 한다는 입장을 취했다. 그래서 과거사정리위원회가 인정한 희생자이면서, 민사소송에서는 자료부족으로 희생자로 인정되지 못하는 경우가 발생했다. 우리가 담당했던 사건도 그런 경우였다. 과거사위원회는 희생자로 인정했지만, 그것 말고는 그가 희생자라는 객관적인 자료가 충분하지 못했다. 그래서 청구가 기각되어야 할 사안이었다.

하지만 우리는 국가에게 배상을 명하는, 원고 승소 판결을 했다.

정남희의 말이 이어졌다.

"저희 집안은 과거사위에서 희생자 신청을 받을 때도 빠졌어요. 큰아버지 이름이 웬일인지 처형자 명부에도 실려 있지 않았거든요. 이 년 전 보도연맹 사건을 맡았을 때 남의 일 같지 않았습니다. 부장님도 아시겠지만 우리 사건 원고는 과거사위 희생자 명단엔 이름이 있지만, 그것 말고는 희생자라고 확정할 만한 증거가 부족했죠. 전 어디까지나 판사로서, 법 논리에 비춰 생각했습니다. 고민했습니다. 예전 국가가 불법행위를 했고, 세월이 흘러 그 대상자를 선별해서 보상해주기로 약속해놓고는, 다시 확인할 수 없다며 말을 바꾸는 행동이 정당한지를요. 전 아니라고 판단했습니다. 그래서 합의할 때 부장님께 그런 결론을 말씀드렸죠. 국가가 배상을 해주는 쪽으로요. 전 부장님이 단호하게 거부하실 거라고 예상했고, 각오도 했습니다. 희생자임을 새로 입증해야 한다는 대법원의 입장하고는 정면으로 배치되는 결론이었으니까요. 그런데 부장님은 그러지 않으셨죠. 대법원 판례와 다르다고 일거에 내쳐버리실 수도 있었는데, 그러지 않으셨어요. 논리적으로는 정 판사 말이 맞는 거 같네, 하시면서 하루 고민하시다가 다음 날 제 결론을 승인해주셨죠."

기억한다. 그때도 그 사건을 둘러싼 정치와 이데올로기에는 관심이 없었다. 다만 정남희 판사의 논리가 옳다고 판단했기에 동의했다. 대법원 판례와 어긋난다는 이유만으로 내치지는 않았다. 자로 잰 듯 엄격하게 운영되어야 할 소멸시효 판단에서 예외적으로 권리남용 이론을 적용했다면, 희생자 인정이라는 다소 가변적인 사실 확정 단계에서는 더욱 더 권리남용 이론을 적용하는 게 일관되고 논리적이지 않을까. 물론 소멸시효 문제는 성립한 권리의 연장 문제고, 희생자 확정은 권리의 원천에 관한 문제라서 같은 선상에서 놓고 판단할 수 없을 수도 있지만, 한번 해볼 만하다고 여겼다. "정말 이렇게 해도 되겠어요?" 하며 오히려 걱정하는 정남희 판사에게, "하급심에서 자꾸 들이받아줘야 대법원도 연구할 거리가 있지, 뭐" 하며 가볍게 웃어넘겼었다.

"엄연히 대법원 판례가 있는데도…… 부장님한테 정말 고마웠습니다. 가족의 한이 풀린 느낌이었어요. 아무튼, 그래서 이번 일에도 서운함을 가질 수 없었어요. 그것보다 더 크게 부장님께 고마웠었거든요. 이번 일도 그런 측면에서 이해했어요. 늘 하던 대로 처리하면 그만이라는 생각을 가진 분이셨다면 보도연맹 사건에서도 그런 판결에 절대 동의하시지 않았겠죠. 대법원 판결에 명시적으로 어긋나는, 파기될 게 뻔한 판결에도 오로지 논리적이라는 이유만으로 동의해주신 부장님이었습니다. 그랬기에 젤리 살인사건에서도 이런 선고를 하신 거라고, 그렇게 이해했거든요. 그런 말씀을 드리고 싶었어요……."

나는 침침한 눈으로 말없이 전방을 주시했다. 정체가 풀리고 정남희의 차는 조금 속도를 내기 시작했다.

잠시 후, 정남희는 나를 우리 집 한 블록 앞 도로변에 내려주고 갔다.

멀어지는 정남희 판사의 차 뒤꽁무니를 멍하니 바라보다가 퍼뜩 그런 생각이 떠올랐다.

고등법원에 소문을 퍼뜨린 인물이 아무래도 정남희는 아니었던 것 같다…….

그런 느낌이 강하게 들었다.

나한테 고맙다는 말. 정남희 판사의 행동과 어투에서 진심이 전해졌다. 그런데 일부러 은밀하게 소문을 내서 나를 곤경에 빠뜨린다?

나는 고개를 저었다. 아파트로 돌아온 후에 컴퓨터를 켜고 이 년 전 선고했던 보도연맹 판결문을 찾아 다시 찬찬히 읽어보았다.

21

겨울의 한가운데였다. 한 해가 거의 저물었고 거리에는 크리스마스캐럴이 들렸지만 별 감흥이 없었다. 그저 재판 일정이 없는 연말에 조금 숨통을 돌리게 되었다는 안도감이 있을 뿐이었다.

점심을 먹고 난 후부터 머리가 아프고 오한이 일었다. 버텨보려 했지만 악화되기만 했고, 종내는 기록이고 모니터고 도무지 눈에 들어오지 않았다. 전산으로 조퇴를 신청하고 법원 앞 병원에 들렀다. 흔해빠진 감기몸살이라 했고, 과로하지 말고 쉬라고 했다. 줄기차게 달리다가 잠깐 쉬면서 오히려 긴장이 풀리고 면역력이 떨어진 모양이었다. 그길로 택시를 잡아타고 집으로 향했다.

목도리를 친친 감고 맥없이 차창에 머리를 기댔다. 눈동자의 초점도 멍해져서 딱히 어디를 향해 있지는 않았다. 그런데도 마침 요란한 장면이라 눈에 띄었던 것 같다.

택시가 달리는 도로 옆으로 새로 개업한 휴대전화 가게가 한창 개업 행사를 하고 있었다. 만국기를 걸어놓고 행사도우미 여성 두 사람이 율동과 함께 소리를 높였다.

문득 눈에 익은 얼굴이 스쳤다. 저 사람은 분명……?

"기사님, 잠시만요!"

급히 택시를 세우고 요금을 치렀다. 목도리로 코 위까지 가리고
서 택시가 막 지나친 휴대전화 가게 근처로 되돌아 걸었다. 차마
정면으로 다가가지는 못했다. 마침 버스 정류장이 있어 거기서 버
스를 기다리는 척하며 힐끔힐끔 매장을 보았다.

행사도우미 중 한 명. 그녀는 분명 이준호의 누나 이소윤이었다.
이준호가 스무살을 겨우 넘긴 나이였으니 누나라고 해봤자 20대
중반일 것이다. 법정에서 증언대에 섰을 때와는 옷차림도 표정도
달라졌지만 난 확실히, 금방 알아볼 수 있었다.

이소윤은 얼룩덜룩한 옷을 입고 마이크를 입가에 부착하고 무언
가를 연신 외쳐댔다. 한껏 웃음을 짓고 있었다. 하지만 내가 사정
을 아는 탓일까, 억지로 만들어낸 듯한, 입만 웃는 듯한 웃음에 슬
픔이 묻어 있는 듯했다. 어쩌면 분노였는지도 모르겠다. 어색한 긴
장감. 그리고 절박함. 그렇게 느낀 건 분명 내 마음 탓만은 아니라
고 느껴졌다. 난 조용히 발길을 돌렸다.

남은 사람은 어떻게든 살아야겠지…….

조부모와 같이 생활하고 있었다지. 두 남매가 아르바이트로 겨
우 지탱해가던 생활이었다. 그것마저 동생 사건 재판에 정신없이
뛰어다닌 통에 제대로 이어가지 못했으리라. 지금은 죽은 동생을
가슴에 묻고 증오를 묻고 재판에의 불신도 묻고, 먹고살기 위해 웃
음 띤 얼굴로 목소리를 높이고 있다.

이제 아무도 기억해주지 않는 일이었다. 그나마 신문에 보도되
는 동안에는 많은 이들도 공분해주었지만, 지나갔다. 피해자들이

어떻게 살고 있는지 관심을 두고 있는 이도, 실제적으로 기댈 수 있는 것이 무언지 말해주는 이도 이제는 없다. 더구나 그들이 살인자로 확신하고 있는 자는 버젓이 대로를 활보하고 있다. 이소윤은 어떤 심정일까. 아니, 이 땅에서 살고 싶기나 할까?

"재판이란 건 말야, 시늉이야, 시늉."

언젠가 들었던 동료 판사 노진태의 자조적인 목소리가 떠올랐다.

"법정이란 말야, 정의 그 자체보다 정의가 행해지는 것처럼 보이는 게 중요한 곳이거든."

그건 나도 부정할 수 없었다. 극단적으로 말하면 형사소송법, 민사소송법이 바로 그런 용도로 만들어진 것 아닌가. 그는 또 이런 말도 했다.

"법으로 구제를 받거나 보상받는다는 건 환상이야. 무조건 선빵 날리는 놈이 이득이야. 당하는 사람만 바보 되는 거지."

"그렇긴 하지."

"판사들이 너무 좀팽이야. 우리나라에서 가장 소심한 인간들 박박 긁어모은 데가 법원이거든."

노진태는 몇 해 전 판사직을 그만두었다. 싫증났다, 라고만 말했는데, 그 한마디에 많은 뜻이 담겨 있음을 알고 있었다. 그는 변호사는 더더욱 하기 싫다면서 개업도 하지 않고 어디론가 사라져 소식이 끊어졌다. 귀농했다는 소문도 들렸다.

그 친구를 보면서 다훈이만 아니면 나도, 하는 생각이 들었다. 다훈이가 대학을 졸업하고 취직도 하고 하면, 그땐 이 책상 위 서류뭉치와 지루한 동료들, 인간사 다툼을 떠나 이 넓은 세상을 방랑

하고 싶다. 그런 막연한 꿈은 지금도 갖고 있다. 볼리비아의 우유
니 사막쯤에서 픽 쓰러지면 좋겠지. 시베리아의 끝없는 자작나무
숲으로 사라지면 어떨까. 하와이의 빅 아일랜드 화산구에 뛰어들
어 최후를 장식한다면?

　노진태의 표현에 따르면, '시늉'에 불과한 법에 과한 기대를 걸
었던 이준호의 가족은 큰 실망을 맛보았으리라. 이제야 겨우 생업
전선으로 돌아간 모양이지만 그저 살아야 하기에 그런 것 같다. 김
유선을 보호해주었던 무죄추정 원칙이라든가 합리적 의심 없는 증
명의 법리 같은 것들은 만에 하나 생길지 모를 정말로 억울한 이들
을 위해 반드시 필요한 추상 원리일지는 모른다. 그 원리가 누구에
게든 어떤 상황에서든 빠짐없이 적용된다고 믿는 건 시민의 예견
가능한 생활을 위해 꼭 필요하기도 하다. 그 원리를 포기할 수 없
는 한 김유선 사건도 달리 해볼 도리가 없다. 개별적인 희생을 낳
는 건 '원칙'의 숙명이다. 김유선은 법 원리의 반사적 혜택으로 좁
은 구멍을 빠져나가 자유를 누리고 있는 것뿐이다. 하지만 왜 일반
공중의 상징적 이익을 위해 가족을 죽인 살인자가 자유롭게 풀려
나는 것을 그들이 눈 뜨고 보아야 하는지에 대해서는 그저 재수가
없었다는 말 외에는 아무도 설명을 붙이지 못한다. 그들에게 법은
기울어진 땅에 서서 균형추의 눈금을 맞추는 머저리처럼 보일지도
모른다.

　하지만.

　아직 모든 게 끝난 건 아니다.

　난 조용히 그 장소로부터 잔걸음으로 멀어져 다른 택시를 잡아
탔다. 입술을 내내 잘근잘근 씹고 있었다는 걸 택시에서 내릴 때가

되어서야 깨달았다.

집에 도착해보니 텅 비어 있었다. 다훈이는 아직 오지 않은 모양이다. 쌍화탕을 마시고서 거실 소파에 누웠다. 다훈이는 밤늦게까지 돌아오지 않았다. 생각해보니 학원에 가는 날이었다.

뭔가를 해야겠다는 생각을 굳힌 건 그날 밤 무렵이었다.

다음 날 퇴근 무렵, 나는 그 휴대전화 가게를 찾았다.

"어서 오세요!"

힘찬 인사가 들렸다. 나는 싱글벙글 웃는 젊은 점원에게 다가가 말했다.

"죄송한데 말씀 좀 물으려고요."

직원은 대답 없이 턱만 쳐들었다.

"어제 여기서 홍보 행사하던 아가씨들, 어느 업체인지 좀 알 수 있을까요?"

"행사업체요?"

그는 떨떠름해했고, 이어 의심스런 눈으로 나를 보았다.

"사실은 요 옆에 갈빗집 개업을 앞두고 있는데요, 어제 보니까 하도 행사를 잘해서 그쪽에 일 좀 맡기려고요."

말을 던져놓고 약간 마음을 졸였다. 그래도 이 정도면 예민한 개인정보는 아니다. 어차피 영업을 목적으로 하는, 널리 알려져야 하는 업체다. 답해주지 않을 이유도 없을 것이다.

직원은 사장으로 보이는 남자에게 몇 마디 물었다. 가게 사장이 가볍게 고개를 끄덕였다. 그는 서랍을 열고 조그만 종이를 꺼내더니 내게 다가와 건네주었다. '해피 이벤트'라는 상호가 찍힌 명함이었다.

"거기 잘합니다. 다른 곳에 비해 비용도 저렴해요. 제가 소개했다고 하면 잘해줄 겁니다."

다행이다. 아마 이 가게 사장은 그 업체의 매출에 신경 써줄 만한 친분이나 인연이 있는 모양이다.

"이거 참, 다짜고짜 찾아와서 실례했습니다. 고맙습니다."

나는 명함을 받아 품에 집어넣고 감사의 인사를 했다.

"갈빗집 대박 나십쇼!"

사장이 말했다.

가게를 나와 추위를 피해 옆 건물 안으로 들어갔다. 휴대전화를 꺼내들고 명함에 적힌 번호로 전화를 걸었다. 벨이 두 번 울리고 신호가 떨어졌다. 해피 이벤틉니다, 하는 젊은 여자의 목소리가 들렸다.

"이소윤 씨하고 좀 통화할 수 있을까요."

"네? ……소윤 씨요?"

"예. 이소윤 씨요."

"혹시 뭐 실수한 거라도?"

의심이 묻어나는 목소리였다.

"아뇨, 개인적인 일입니다."

"개인적인 볼일이면 직접 하세요."

말투에 경계심이 여전했다.

"휴대전화 연락처를 몰라서 직장으로 했습니다."

대답이 궁했다. 이런 상황에 대비한 시나리오를 미리 짜지 않은 것이 후회되었다.

"이소윤 씨는 여기에 늘 있는 게 아니고요. 일 잡히면 개별적으로 연락하거든요. 지금은 없어요."

"전화번호를 좀 알려주시겠습니까?"

"그건 본인 허락 없이 곤란하죠."

"그럼 제 번호를 알려드릴 테니까 전화 좀 달라고 해주세요. 용건은 동생분 일이라고 해주시고요."

"……네, 알겠어요."

여자는 맘에 들지 않는 듯이 대답하고는 끊었다.

그래도 전달은 해준 모양이다. 전화벨은 두 시간 만에 울렸다. 모르는 번호로 걸려오는 전화가 거의 없기에 바로 이소윤의 전화라는 걸 직감했다.

"여보세요."

이소윤이 경계심을 누그러뜨리도록 최대한 정중하고 차분하게 말투를 골랐다.

"동생 일로 통화를 원하셨다고요……."

조심스러운 목소리가 수화기를 건너왔다.

"일단 좀 뵙고 말씀을 드리고 싶은데요."

"만나서요? 절?"

"네. 갑작스럽게 죄송합니다만, 전화로 하기엔 좀 길고 곤란한 얘기가 될 수 있어서요. 또 저에 대한 신뢰도 당장은 없을 테고."

"근데 누구신지……?"

"만나면 금방 아실 사람입니다. 하지만 이소윤 씨한테 해롭지 않은 사람이라는 것만은 분명하게 말씀드릴 수 있습니다."

"방송국 쪽 분이세요?"

"아닙니다."

"기자세요?"

"기자도 아닙니다."

"그런데 무슨……?"

"만나서 말씀드리겠습니다."

내가 낼 수 있는 최대한의 신뢰감이 깃든 목소리로 말했다. 전화기 건너편은 잠시 침묵했다. 이윽고 대답이 들렸다.

"알겠어요. 언제로 할까요?"

그녀는 더 묻지 않았다. 약간의 설득 과정이 필요하리라 예상했는데 비교적 쉽게 응해주어 놀랐다. 낯선 사람에 대한 의심이란 게 없는 건지, 아니면 그만큼 동생 사건이 가슴에 맺혀 있었던 건지. 아마도 모두가 잊은 그때, 사건에 약간의 관심이라도 보이는 사람이 있다는 사실 자체에 마음이 움직였는지 모르겠다.

나는 만날 시간과 장소를 정하고 전화를 끊었다.

다음 날 오후 7시. 장소는 평범하게 정했다. 둘만의 이야기를 하려면 구석지고 폐쇄된 곳이 낫지 않을까 싶었지만 아무래도 낯선 남자의 전화에 경계심이 클 거라는 생각이 들었다. 반포상가 근처, 핸드드립 커피를 전문으로 하는 카페의 통유리 창가 자리에 앉아 기다렸다. 나를 관찰할 기회를 준 것이고, 가장 공개된 장소로 정한 것이다.

나는 두리번거리지 않고 시선을 테이블 위 휴대전화로만 향하고 있었다. 내게서 먼저 시선을 느끼면 불안할까 봐서였다.

약속 시간이 십여 분쯤 지났을 때, 내 자리로 다가오는 인기척이 느껴졌다.

"······놀랐어요."

나지막한 여자의 목소리. 나는 그제야 고개를 들었다. 이소윤이 조심스럽게 앞자리에 앉았다. 한 손에는 휴대전화를 쥐고 있다. 단발머리, 패딩 점퍼, 청바지. 이쪽이 평소의 모습이겠지.

"알아보시는군요."

"설마 준호 사건 판사님이리라고는······."

이소윤은 말을 잇지 못했다. 나는 의식적으로 이소윤을 똑바로 봄으로써 다른 꿍꿍이가 없음을 알리려 했다. 이소윤이 법원이며 판사, 판결을 혐오스러워할지는 몰라도 나 개인을 미워하지는 않을 거라고 믿었다. 그래도 난 김유선에 무기징역을 선고한 사람이니까. 내가 판사직을 걸고 그렇게 한 걸 알면 조금 더 고마워할지 모르지만 그런 이야기는 할 수 없다. 이소윤의 얼굴에 당혹스러움은 떠 있었지만 역시 혐오나 증오 같은 종류의 감정은 그림자도 보이지 않았다. 경계심도 많이 누그러진 것 같았다. 안심하자 입이 쉽게 떨어졌다.

"마음고생이 많으시죠? 뭐라 위로를 드릴 말씀이 없네요."

이소윤은 말이 없었다. 내가 생각해도 공허한 말이었다.

"만나자고 하신 용건은······?"

이소윤의 말에서 아직 남은 조금의 경계심이 묻어났다.

"커피부터 주문하실까요?"

이소윤은 고개를 끄덕이고서 다가온 종업원에게 바닐라 라테를 시켰다.

"솔직히 말씀드리겠습니다."

나는 마시고 있던 커피를 한 모금 더 들이켜 목을 축이고는 운을 뗐다.

"사건이 확정된 지금 새삼스럽게 이렇게 연락을 드려서 이상하다고 여기실 것 같습니다. 실은 며칠 전 우연히 일하시는 모습을 보았습니다."

"그러셨어요……."

이소윤은 민망한 듯 시선을 조금 앞으로 숙였다.

"동생은 비극적인 일을 당했고, 범인은 빠져나가버렸고, 남은 가족은 더 힘들어지고…… 그런 모습을 보면서 제가 뭔가 도움이 되는 말씀이나마 해드리고 싶단 생각이 들어서였어요."

당장 용건을 꺼낼 수는 없었다. 그녀가 가진 마지막 경계심을 지우고 앞으로의 이야기를 풀어나가려 적당한 말로 운을 떼고는 잠시 침묵했다. 이소윤은 테이블 모서리를 조그만 손가락으로 만지작거리며 가만히 앉아 있다가 입을 열었다.

"그랬네요……."

이소윤은 조금 망설이다가 말했다.

"판사님껜 먼저 죄송하단 말씀을 드려야겠어요."

"네?"

"의심했거든요. 어제 전화를 끊고 나서 생각해보니 지금 그 일로 나한테 연락할 사람이 도무지 없는 거예요. 그러다 김유선의 장난질이라는 생각이 퍼뜩 들었어요. 무슨 수작을 부리는 게 아닐까……. 화를 못 참고 메시지를 보냈어요. 만나자고 하는 게 너인 줄 모를 거라고 생각했냐, 무슨 수작이냐, 하고요. 그런데 답 문자가 온 걸 보니 그게 아닌 것 같더라고요. 그래서 다시 답장은 안 했고…… 이렇게 나온 거예요. 근데 준호 사건 판사님일 줄은 정말 꿈에도 상상 못 했어요…….”

“그거야 당연히 그럴 수 있죠. 제가 누군지 밝히지도 않고 연락을 드렸으니…… 아무래도 법원이나 판사란 사람들한테 감정이 좋지 않으실 것 같아서 선뜻 밝히기가 좀 그랬습니다.”

“그래도 판사님은 알아주셨잖아요.”

이소윤의 말에 난 힘을 얻었다.

“더구나 판사님이 신경이 쓰여 직접 찾아오셨다니, 그걸로 감사해요. 사건이 일어났을 때 끝까지 내 편을 들어줄 것처럼 호들갑떨던 방송국이나 기자님들 다 지금은 코빼기도 안 보이거든요.”

“그 사람들도 어쩔 수 없겠지요. 새로운 사건들이 또 생기니까…….”

이소윤은 대꾸하지 않았다. 종업원이 다가와 그녀가 주문한 음료를 테이블 위에 놓았다.

“판결 때문에 많이 화나시죠.”

이소윤은 또 말이 없었다. 하긴 딱히 무어라 반응하기 곤란한 질문이다.

“저는 그 결론에 동의하지 않습니다만…… 법 논리로는 어쩔 수 없는 면이 있기도 합니다.”

실수였다. 대화를 풀어가려고 꺼낸 말이 그녀를 자극해버렸다.

“어쩔 수 없다고요?”

이소윤은 카페 안의 온기에 녹아 발그레해진 얼굴을 들며 말했다. 그제야 아차, 싶었다.

“사람을 죽인 인간을 풀어주는 것도 모자라 대놓고 무죄라고 판결하는 게 어떻게 어쩔 수 없는 일이에요?”

이소윤의 말이 빨라졌다.

“……”

당장 대꾸할 말이 없었다.

“도대체 어떻게 그런 판결이 나올 수 있는 거죠? 판사님들은 대체 무슨 생각을 하고 있기에?”

“저도 그 무죄 판결이 잘못되었다고 생각합니다. 아시다시피 저는 김유선이 유죄라고 믿는 사람이고요.”

“알아요, 아는데…….”

말끝을 흐리던 이소윤이 마음 먹은 듯 입을 열었다.

“무죄로 한 판결문도 읽어봤어요. 하지만 전혀 납득이 안 되던걸요? 의사들 몇몇의 애매한 이야기로 왜 우리 준호의 죽음을 이렇다, 저렇다 단정해버리는 거죠? 아니, 의사들 이야기는 그래도 이해할 수 있어요. 전문가들이니까 자기 지식으로 그렇게 말할 수 있다 쳐요. 그렇다면 그런 줄 알 수밖에요. 하지만 다른 부분들은 너무 어이가 없었어요. 김유선이 보험에 가입한 것도 준호의 암 병력을 걱정해서였다고 하질 않나, 보험금 받는 사람 명의를 김유선으로 바꾼 것도 준호가 원해서였다고 하질 않나, 어느 것 하나 말이 되는 게 없잖아요. 준호는 내가 누구보다 잘 알아요. 김유선의 됨됨이도 잘 알고요. 물론 준호를 통해서지만 판사님들보다는 훨씬 잘 알 거예요. 준호는 그때 김유선이 인성에 근본적으로 문제가 있는 여자라며, 이제는 끔찍하다며 헤어지겠다고 했어요. 근데 김유선이 준호를 억지로 붙들고 있던 거였어요. 그런데 준호가 보험금 수령자를 김유선으로 바꾸었다고요? 게다가 원래 수령자로 되어 있던 가족을 내팽개치고? 기가 막혀요. 이게 말이 돼요? 그 똑똑하다는 판사님들이 어떻게 그런 판단을 할 수 있어요? 준호의 암을 걱정해서 보험을 들기로 했다구요? 자기하고 헤어지려는 준호를? 김유선이 어떤 인간인지 알고나 그런 말씀을 하는 거예요?"

이소윤의 말소리는 점점 높아지고 빨라졌다.

"준호는 젤리 같은 걸 절대 먹는 아이가 아니라고, 내가 피를 토하는 심정으로 얘기했는데 판사님들은 아무도 들어주지 않았죠. 사람이 그렇잖아요. 안 먹는 음식은 안 먹어요. 아무리 술이 들어가도 마찬가지예요. 사진 보셨죠? 다 썩어 빠져버린 준호 치아 사진. 단 음식이 독이나 마찬가지라고 의사들이 그랬는데, 평소에 그렇게 음식을 조심해왔는데, 젤리 같은 걸 왜 먹어요? 그 밤중에?

왜, 도대체 왜! 내 말은 아무도 들어주지 않았죠? 말도 안 되는 김유선의 변명은 일일이 다 들어주었으면서!"

가만히 듣고 있을 수밖에 없었다. 이소윤이 조금이나마 화가 풀리기를 기대하면서. 하긴 반박할 여지도 없었다. 나도 같은 생각이었으니까.

"만날 때마다 김유선은 말이 바뀌었어요. 첨 병원에서 봤을 땐 준호가 젤리를 베어 물다가 그렇게 됐다고 했다가 나중에는 컵 젤리를 입안으로 털어 넣다가 그랬다고 하고, 그 뒤로도 여러 번 말이 달라졌어요. 보험금 얘기도, 그때 법정에서도 이야기했지만 얼토당토않은 변명만 대다가 연락을 뚝 끊어버렸어요. 그러고는 우리 준호가 죽은 지 얼마 되지도 않아 다른 남자하고 해외여행 다니고 새 차 사느라 돈을 다 썼어요. 그런데도 준호를 위해서 암보험을 든 거라고요? 난 법을 몰라요. 하지만 이건 법이 아니잖아요. 상식이에요. 어떻게 그런 생각을 할 수 있는지가 이해가 안 돼요. 법을 공부하면 상식도 바뀌는 거예요? 왜 모두들 살인자의 편을 들지 못해 안달인 거죠? 생각만 바꾸면 살인자가 착한 사람으로 둔갑이라도 하는 거냐구요……."

말끝을 흐리던 이소윤은 두 손으로 얼굴을 감쌌다. 난처했다. 아니나 다를까, 카페 안의 젊은 여성 몇몇이 내 쪽으로 힐끔거리는 시선을 보냈다. 하지만 난 비교적 이런 상황에의 대처가 익숙하다. 아니, 내가 익숙한 게 아니라 내 일이 이런 상황에 익숙하다. 판사들 특유의 처세를 잠시 빌려왔다. 나는 당황하는 대신 당당하고 뻔뻔한 표정을 지으며 사무적인 몸짓으로 이소윤에게 손수건을 건넸다. 내가 원인이 아니며 나와는 무관한 일로 이소윤이 울고 있다는 무언의 해명이다. 힐끔거리던 여자들이 다시 고개를 돌려 자신들의 대화로 돌아갔다.

"충분히 이해합니다. 저도 소윤 씨의 말에 전적으로 동감하고요."

나는 잠시 말을 끊었다. 이소윤은 얼굴을 덮었던 손을 내렸지만 여전히 고개를 숙인 채였다. 어설프게 감성적으로 말했다간 더 감당이 어려울 것 같았다. 그녀가 감정을 추스르도록 냉정하고 사무적으로 말해야 한다는 직업적 의무감 비슷한 것이 밀려왔다.

"나쁜 놈은 충분히 처벌되지 않고, 손해배상은 늘 부족합니다. 그게 재판의 현실이에요. 하지만 그렇다고 해서 소윤 씨의 마음이 위로가 되지는 않겠죠……."

이소윤은 슬픈 얼굴로 말이 없었다.

"기본적으론 그렇습니다. 차갑게 들리시겠지만, 재판은 '남 일'이거든요. 이 '남의 일'에 대해 사람들이 어떻게 말하고 느끼는지를 생각해보면 알 수 있을 겁니다. 끝 모를 만큼 괴로운 자기 일도 입장이 바뀌어 남 일이 되고 보면 '뭘 그런 걸 갖고 그래, 잊어버려, 용서해' 하고 쉽게 말하게 되죠. 자기 일에 느끼는 분노가 타오르는 불길이라면 남의 일을 향한 분노는 뜨뜻미지근한 온돌바닥 정도일 겁니다. 판사들이 다루는 게 전부 이런 종류의 '남 일'입니다. 그래서 처벌도 낮고, 배상도 적은 건지 모릅니다. 늘 피해자의 감정을 온전히 공유하다간 신경이 견디지 못하겠죠. 그래서 오히려 무뎌지려 애쓰기도 합니다. 또, 재판의 잣대는 같아야 하니까, 사건의 일관성 있는 처리에 치중하다 보면 피해 회복이라는 원래 목표에서는 더 멀어지고요. 마치 냉장고 작동법을 적은 매뉴얼처럼 삭막한 법전을 들고서 이런저런 얘기들을 하게 됩니다. 그 모습을 보노라면 피해자들은 복장이 터집니다. 그 점은 저도 안타까워요. 형벌이란 건 원래 응보, '복수'의 감정에서 탄생한 것이거든요. 아무리 중대한 범죄라도 피해자가 괜찮다면 굳이 처벌할 필요가 없는 거죠. 하지만 피해자가 분노하고 복수를 원하니까 처벌을 하는 거 아니겠습니까. 그 감정이 형벌의 원천인 거죠. 그런데 정작 실무에서는 그쪽이 뒤로 밀리고 '기준에 따른 사건 처리'란 것이 앞에 섭니다. 판단자들이 사건을 자신의 일처럼 여긴다면 자칫 가혹한 처벌로 흐르거나 균형을 잃을 수도 있겠지만 피해자들의 분함은 위로받을 수 있을 겁니다. 원시적일 수도 있지만 전 후자 쪽이 더 재판 본연의 기능에 가깝다고 생각하고 있어요……."

이소윤은 여전히 대꾸하지 않았다. 언뜻 그녀를 앞에 두고 내 넋두리를 하고 있다고 느꼈다. 이러려고 온 게 아닌데. 나는 말의 흐름을 조금 바꾸었다.

"법원도 나름의 노력은 합니다. 근데 그게 갇힌 방 안에서 거울 보는 식이라 한계가 있어요. 많은 사람들이 원하는 방향으로 선뜻 가기가 쉽지 않습니다. 판사들이 세상과 섞여서 인생 경험도 많이 하고 어떨 땐 피해도 당해보고, 뭐 그런 것들이 필요하죠. 근데, 또 판사가 너무 사람과 섞이면 불필요한 오해를 낳고 그 이유만으로 지탄의 대상이 되기도 합니다. 물의를 일으킨 사람과 점심식사 한 번 했다는 이유만으로 법복을 벗기도 해요. 그래서 더 빗장을 단단히 걸어 잠급니다. 사람을 만나지 않고 모임에도 나가지 않죠. 골방에서 판례나 찾고 논문을 뒤적입니다. 세상이 개방을 거칠게 요구할수록 세상과는 멀어지죠. 악순환입니다……."

해놓고 보니 이 또한 넋두리였다. 이소윤에게는 전혀 와닿지 않는 이야기일 것이다. 말을 꺼낸 김에 더 이야기를 이었다.

"이십 년 전만 해도 강간죄의 평균 양형이 얼마였는지 아세요? 2년 6개월이었어요. 달랑 2년 6개월. 피해자는 어쩌면 평생 동안 상처를 안고 참혹한 기억 속에서 살아야 하는데. 그런데, 판사 사회에선, 사건 합의할 때 누군가 2년 6개월 이상을 주장하면 좀 심하게 말해서 인격 파탄자 같은 취급을 했습니다. 어찌 그리 사람이 독하고 못됐냐, 뭐 이런 거죠. 형을 관대하게 할수록 마음씨 좋은 사람이고 인생을 아는 사람이다, 형을 세게 하는 사람은 어딘지 좀 독한 사람이다, 세상을 덜 살았다, 뭐 이렇게 보는 정서가 암암리에 있었던 겁니다. 물론 형을 높일수록 무조건 좋다는 이야기는 아닙니다만 어쨌든 과거엔 절대형량이 너무 낮았죠.

대인, 호인, 그런 종류의 이미지를 얻기란 어렵지 않습니다. 관대한 형을 남발해서 판사 사회에서 좋은 사람 이미지도 얻고, 변호사들한테도 칭송 듣고, 그런 유혹이 있었던 거죠. 제가 아는 어떤 부장판사 한 분은 정말 말도 안 되는 사건조차 모조리 집행유예로 풀어줘서 보살이라는 칭호를 얻기도 했습니다. 피해자들은 얼마나 기가 막혔겠습니까.

변명하자면 그건 사실 판사의 한계이자 시대의 한계이기도 합니다. 법원이란 곳은 변화를 주도하는 기관이 아니에요. 모든 것이 변할 때 가장 나중까지 남아 있다가 뒤처리를 하고서야 자신도 모습을 바꾸죠. 당시만 해도 남성 중심, 가부장적인 의식이 강했으니까……. 요즘에는 시대의 흐름이 바뀌었죠. 성범죄 양형이 대폭 올라간 건 결국 시대가 변했기 때문입니다. 판사는 그걸 따라가는 존재에 불과해요."

나는 판사로서의 변명과 반성적인 회고를 적절하게 섞었다. 그만큼 솔직하고 진술한 심정으로 이 자리에 왔다는 걸 보여주기 위한 것이기도 했다.

"……모르겠어요. 그렇다고 해서 살인자가 무죄가 되나요? 그건 좀 다른 거 아니에요?"

"유족 입장은 그러실 테죠. 김유선이 감옥에 가기는커녕 어엿하게 면책을 받고, 세상에는 외려 억울한 사람으로 인정도 받고, 그런 모습이 가장 견디기 힘드시리라 생각돼요."

"그래요. 법원에서 내린 그 무죄 판결 때문에……."

"예. 실은 오늘, 그 무죄 판결 때문에 찾아왔습니다."

"네?"

이소윤이 고개를 들었다.

"김유선은 무죄를 받았지만 그렇다고 다 끝난 건 아니거든요."

"안 끝났다고요? 대법원까지 가서 판결이 났는데 어떻게 더 해요?"

이소윤은 의심이 가득한 어조로 물었다.

"물론 그 판결은 바뀔 수 없습니다. 김유선은 무죄입니다. 영구히."

"그런데요?"

"하지만 어디까지나 형사사건에서죠."

"형사사건요?"

"예, 형사사건."

난 커피를 한 모금 들이켜고 말을 이었다.

"민사소송으론 얘기가 다르단 거죠."

"민사소송요……?"

"그렇습니다. 민사적으로는 달리 볼 여지가 있습니다. 아니, 반드시 달리 판단될 겁니다. 김유선을 상대로 민사소송을 제기하면 거액의 손해배상 판결을 받아낼 수 있습니다. 그 말은 즉 김유선은 살인자로 인정돼 이 사회에서 평생 얼굴을 못 들고 다닌다는 의미죠. 지금으로선 유일하게 남은, 사실상의 제재방법이죠."

이소윤은 이해할 수 없다는 듯 눈을 끔벅였다.

"그게 가능할까요? 분명히 무죄라고 판결을 받았는데, 이번엔 또 유죄로 인정이 된다구요?"

"O. J. 심슨 사건 아시나요?"

"O. J. 심슨요?"

이소윤은 의아한 듯 눈을 끔벅이며 말했다.

"잘…… 모르겠어요."

"미식축구계의 흑인 슈퍼스타였어요. 백인인 전처 니콜을 살해했다는 혐의로 재판을 받았지만 결국 무죄 판결을 받았습니다. 경찰차에 쫓기면서 고속도로 추격전을 벌이다 체포됐고, DNA, 혈흔, 피 묻은 장갑 같은 수많은 증거물이 있었음에도 말이죠. 배심원단은 흑인이 다수였고, 변호사는 심슨을 수사한 경찰이 인종차별주의자라면서 사건을 인종차별 이슈로 몰아갔습니다. 당시 심슨 변호인단 대다수는 범죄사실을 인정하고 형량을 깎자는 입장이었는데, 조니 코크런이라는 변호사만이 무죄 전략으로 고집을 피웠고, 성공했던 겁니다. 어떻게 보면 증거의 질과 양 모든 면에서 이준호 씨 사건보다 더 높았음에도 무죄 판결을 받았습니다. 그 재판은 명백히 범죄자로 보이는 사람을 사회로 돌려보냈습니다. 재판 누수라고나 할까요. 이런 건 우리나라만의 문제가 아니라 현 인류가 채택하고 있는 법률 시스템의 기본적인 버그이자 한계라고도 할 수 있겠죠. 하여간 각설하고, 니콜의 유족은 그 뒤에 심슨을 상대로 민사소송을 제기했습니다. 니콜을 살해했으니 배상하라면서. 그 민사재판에서는요, 심슨이 니콜을 살해했다고 인정했습니다. 그리고 어마어마한 액수의 배상을 명했습니다."

"잘 이해가 안 되네요. 한쪽 재판에서는 무죄라고 하고, 다른 재판에서는 유죄라고 하고……. 그런 게 가능한가요?"

"민사재판과 형사재판의 본질적 차이 때문에 생기는 일입니다."

"민사재판과 형사재판의 차이……요?"

"네. 형사재판은 아시다시피 피고인을 두고 이 사람이 죄를 지었나, 아닌가를 따지는 절차죠. 무죄라면 물론 석방되지만 유죄로 인정이 되면 평생 감옥에서 지낼 수도 있습니다. 그만큼 무겁고 중하니, 유죄 인정에 극도로 신중하게 됩니다. 법리적으로는 '합리적 의심 없는 증명'이란 걸 요구하는데요, 말하자면 조금의 의심도 없이 피고인이 범인이라고 인정이 되어야 유죄 선고가 가능합니다. 수치로 말하면 조금 무리겠지만 거의 100퍼센트에 가까운 증거가 필요하단 겁니다.

반면에 민사재판은 좀 다릅니다. 서로 권리를 주장하는 원고와 피고, 두 당사자 간의 싸움입니다. 단순하게 말해서, 한쪽이 다른 쪽보다 증거가 조금이라도 더 많기만 하면 이기는 소송입니다. 법률적으로는 '증거의 우월'이면 족하다고 표현하는데, 굳이 수치로 말한다면 51퍼센트의 증거만으로 이길 수 있단 겁니다. 그게 민사 소송의 원칙입니다.

단순하게 말해서, 심슨 사건 같은 경우는 심슨의 범행을 가리키는 증거가 이 51퍼센트와 100퍼센트의 사이에 있었던 겁니다. 51퍼센트는 넘지만 100퍼센트에는 미달. 그래서 100퍼센트를 요구하는 형사재판에서는 무죄가 되었고, 51퍼센트 이상을 요구하는 민사재판에서는 졌습니다."

"그렇다면……."

"맞습니다. 이준호 씨 사건도 하등 다를 바가 없습니다. 100퍼센트까지는 몰라도, 민사재판에서 살해를 인정할 만한 증거는 넘칩니다. 민사재판을 하시면 승소는 확실합니다. 형사재판에서 증거가 기준치에 못 미쳐 무죄를 선고할 수밖에 없었던 판사들도 이번 민사재판에서는 아주 기꺼이, 반가워하며 판결을 내릴 겁니다. 물론 김유선이 살인을 했다고 인정하는 판결을요."

이소윤은 곰곰이 생각하는 눈치였다.

"그럼 실제로 어떻게 된다는 말씀인가요……."

"김유선이 이준호를 살해했다, 그러니 이준호 씨 혹은 유족이 입은 손해를 배상해야 한다는 식으로 판결이 나올 겁니다. 이준호 씨가 평생을 살았더라면 벌었을 돈과, 위자료 같은 것들이 배상 내역에 포함됩니다. 액수야 지금 예측할 수 없지만, 겨우 20대 초반에 명을 달리했으니, 평생의 수입 손실만 따져도 몇 억 원이 되겠죠. 김유선한테 그만한 돈이 없을 테니 집행은 안 되겠지만, 판결문이 있는 한 평생 김유선을 상대로 수입이 있거나 재산이 생길 때마다 압류해서 돈도 받아내고 고통을 줄 수 있죠. 물론 그것보다 더욱 중요한 건, 김유선이 살인자라는 선언을 법이 한다는 겁니다. 사람을 죽인 인간이라는 명에를 지고 김유선은 평생 살게 될 겁니다. 평생을 따라다니는 손해배상 판결문과 살인자라는 낙인. 무기징역보다 나은 인생이라고 감히 단정할 수 없을지도 모르죠. 그렇게 된다면 준호 씨도, 유족들도 한이 조금은 풀리지 않을까요."

나는 말을 마치고 이소윤을 지긋이 바라보았다. 이소윤은 아랫입술을 깨물고 있었다. 생각을 곱씹는 모양이었다. 반 이상 남은 커피는 식어 있었다.

"물론 소윤 씨가 결정할 문제지만, 그런 방식으로 실제적인 처벌을 받게 하는 길도 있다는 걸 이야기해드리고 싶었습니다. 전 어디까지나 김유선의 유죄를 믿는 사람이니까요. 그리고……."

이준호의 죽음에도 깊이 공분한다는 말을 하려다 삼켰다.

"민사소송에서는 거의 확실하게 이길 수 있다고요……. 알겠습니다. 판사님이 그렇게 말씀하시니 맞겠죠. 일단 생각을 좀 해볼게요. 제가 그 방법을 선택할지, 아니면 다른 방식으로 고통을 극복해나갈지를요……."

이소윤은 조그맣게 고개를 끄덕였다.

나는 더 말하지 않고 커피잔으로 손을 뻗었다. 왠지 이소윤이 그 방법을 택하지 않을 것 같다는 느낌을 받았다. 이 여자는 너무 선하다. 악당에게 목숨을 잃은 동생 때문에 세상이 미울 수는 있겠지만, 꼭 내가 권하는 방법으로 피해를 회복하려 들지는 미지수다. 오랜 세월 그저 자신의 마음을 다스리는 것으로 세상에 대한 선의를 회복하는 길을 택하지는 않을까.

이소윤을 찾아가기 전에, 김유선에게 돈을 지급한 보험사에 소송을 권해보려는 생각도 했었다. 이소윤에게 권한 것과 마찬가지 논리로 형사재판에서는 보험금을 노린 살인으로 인정되지 못했지만 보험사가 제기한 민사재판에서는 인정될 가능성이 있다. 그렇게 되면 김유선은 살인자로 공인되고 보험금도 토해내야 한다. 하지만 이 소송은 유족이 제기하는 것보다는 현실적으로 승소 가능성이 낮다. 판사들에게도 판단의 정서란 게 있고, 유족에게 가는 마음과 보험사에 가는 마음이 다르다. 만약 괜히 제기했다가 패소하면 김유선이 무고하다는 공식적 선언만 한 번 더 받게 될 뿐이다. 그리고 무엇보다, 영리가 첫째 목적인 보험회사는 그다지 이익이 되지 못할 게 뻔한 이런 소송 제안에 응하지 않을 것이다.

어쩌면 난 이소윤으로 하여금 꼭 민사재판을 하도록 권하려는 마음으로 만난 것조차 아닐지도 모른다. 그저 내가 할 수 있는 건 다 했다는 자기만의 만족을 갖고 싶었던 것은 아닐까. 법률식으로 표현하자면 특정한 결과를 꼭 이루어야 하는 의무가 아니라 그저 결과를 위해 최대한의 노력만 기울이면 되는 의무. 결과채무가 아닌 수단채무. 누구보다 나 자신을 가장 잘 아는 나는 그런 생각이 확신에 가깝게 들었다.

나는 자리에서 일어섰다.

22

다음 날 아침 출근시간이었다. 밤사이 한층 추워졌다. 외투를 껴입고 아파트 현관문을 밀고 나왔을 때부터 섬뜩한 한기가 몸을 덮쳤다. 뺨에, 목덜미에, 허리춤에 칼날 같은 오한이 느껴졌다.

지하철역까지는 도보로 약 십오 분 거리. 아파트 단지 입구를 나서 길게 이어진 담벼락을 따라 걸었다. 며칠 전 내린 눈은 꽁꽁 얼어붙었고, 미끄러운 바닥을 조심하며 눈이 언 곳을 피해 조심스레 발걸음을 옮겼다.

누군가 내 옆에 가까이 다가왔다고 깨달은 건 담벼락 중간쯤 갔을 때였다. 지나가는 행인과, 내게 볼일이 있어 다가오는 사람은 거리와 기척으로 구분이 간다. 나를 향해 온 사람이라고 느낀 순간, 상대가 말했다.

"많이 춥죠?"

고개를 돌렸다. 젊은 여자였다. 당장은 알아볼 수 없었다.

"누구……."

난 입을 닫아버렸다. 추위로 부옇게 김이 서린 안경알 너머로도 금방 알 수 있었다. 김유선이었다. 법정에서 늘 보던, 수의 입은 초췌한 모습과는 완전히 딴판이었다. 머리카락은 황갈색으로 염색해 풍성하게 세워놓았다. 얼굴은 살이 올라 부티가 흘렀고, 캐시미어 코트 차림에 루이비통 백을 들고 갈색 펌프스를 신었다.

온몸에 소름이 쫙 올라왔다. 아마 판사라면 가장 두려워하는 상황이 이런 게 아닐까. 자신으로부터 우호적이지 못한 재판을 받은 당사자와 맞닥뜨리는 상황. 게다가 이건 절대 우연이 아니다. 일부러 내 집 앞까지 찾아왔다. 난 아마도 표정은 그럭저럭 꾸밀 수 있었겠지만 정신은 이미 혼미해져 있었다.

"바깥에서 이렇게 자유로운 몸이 되어 판사님을 만나니 새롭네요."

"무슨 일이오?"

나는 걸음을 멈추고 짐짓 화난 듯한 목소리로 물었다. 외투로 꽁꽁 감싼 몸이 덜덜 떨려왔는데, 추위 때문만은 아니었다. 혹시 앙심을 품고 테러를 가하려는 걸까?

"저도 여기까지 오게 될 줄은 몰랐어요."

김유선이 그렇게 말했지만, 내용이 일순 와닿지 않았다. 무슨 말을 더 하려나, 입만 쳐다보았다.

"왜 그러셨나 궁금해서요."

역시 무기징역을 선고받았던 것에 대한 원한인가. 김유선이 어떻게 내 집을 알아냈는지는 둘째 치고 어떻게든 이 상황을 벗어나야 했다. 그녀를 상대로 무작정 분노하기보다는 감정을 가라앉히도록 설득해야 했다.

"……판결 때문이라면, 이렇게 찾아오는 건 대단히 부적절합니다. 나는 내 입장에서 내 일을 한 것뿐입니다. 정당한 절차였고, 당신도 항소해서 결국 무죄 받은 걸로 아는데요."

"오해가 있으시네요."

"무슨 오해요?"

"판결 때문이 아닙니다. 나는 판결이 맘에 안 든다고 판사를 찾아와 해코지하는 수준의 인간은 아니에요."

"판결 때문이 아니라면…… 조금 전에 왜 그랬냐고 따진 건……."

"왜 이소윤을 만났느냐는 거죠."

"뭐?"

난 소리를 버럭 높이고 말았다. 추위 속에서 머리가 핑 돌았다.

"무슨 소립니까? 만나다니, 누가?"

일단은 부인해야 했다.

김유선은 조그맣게 씩 웃더니 백 안으로 손을 넣었다. 혹시 흉기라도 가져온 걸까? 섬뜩한 느낌에 반걸음 뒤로 물러섰다.

하지만 그건 기우였다. 가방 안에서 빠져나온 김유선의 손에는 휴대전화가 쥐여 있었다. 그녀는 몇 번 화면을 터치하더니 내게 내밀었다. 이번에는 눈이 핑 돌았다. 나와 이소윤이 테이블을 사이에 두고 마주 앉은 모습이 찍혀 있었다. 구도로 보아 이소윤과 만나던 카페 유리창 바깥에서 촬영된 것이었다. 얼굴이 크게 나오지는 않았지만 나, 그리고 이소윤인 건 누가 봐도 알 수 있을 정도였다.

"이걸 대체…… 어떻게……?"

김유선은 대답 없이 휴대전화를 쥔 손을 코트 주머니에 집어넣었다.

"왜 만나셨죠?"

주변에 쌓인 얼음보다 더 차가운 말투였다. 나는 겨우 정신을 차렸다. 퍼뜩 이소윤의 말이 생각났다. 내 전화를 김유선의 장난질로 착각하고 그녀에게 메시지를 보냈었단 말. 그다음에…… 이어가던 생각을 김유선의 말이 잘랐다.

"아까 이렇게 찾아오는 건 부적절하다고 말씀하셨죠, 그런데 정말 부적절한 건 판사님 쪽 아니에요? 자기가 재판했던 사건의 피해자 가족을 왜 만나신 거죠?"

"그건……."

말머리를 꺼내보니 내 어조는 차분해져 있었고, 그건 마음에 들었다. 다행이란 생각이 들었다. 재판에 대한 항의로 테러를 가하러 온 게 아닌 건 분명했다. 마음이 좀 가라앉았다.

"당신이 범인이라고 믿었다가 대법원에까지 가서 무죄를 받았으니 얼마나 허탈할까 싶었습니다. 안타까운 맘에 위로해주러 갔던 겁니다."

"위로해주러? 대한민국 판사님은 항상 그렇게 피해자 가족들을 위로하러 다니나요? 그렇게 한가하세요?"

"그 사건은 내가 특히 관심이 많았기 때문에 그랬어요. 사람마다 마음이 가는 사건이란 게 있어요. 다른 오해는 말았으면 합니다."

"글쎄요……."

김유선은 언 땅에 발을 비비적댔다.

"판사님은 유독 날 미워했죠. 재판 도중에도 날 미워하는 걸 느꼈어요."

"그건 아닙니다. 난 어디까지나 선입견 없이 증거에 따라서……."

"참, 혹시 판사님의 말투나 표정에 그런 게 다 드러난다고 누가 말해주지 않던가요? 하긴 재판을 받으면서 그런 말을 할 사람은 없겠죠."

뭐라 대꾸할 말이 없었다. 김유선이 말을 이었다.

"판사님은 결국 증거도 없는데 절 유죄로 한 데다 무기징역까지 매겼어요. 그리고 대법원에 가서 무죄가 확정되기까지 했는데 이번에는 피해자 측을 만나고 다닌다……? 이걸 어떻게 해석해야 되죠?"

말을 하는 동안 김유선의 표정은 진지했다. 어르고 달래는 협잡꾼의 이미지는 전혀 없고, 오로지 '공적인 불의를 향한 서민의 항의' 같은 것이 시퍼렇게 살아 있었다. 영화의 한 장면이라면 김유선은 일부러 야비하게 이죽거리는 게 자연스럽겠지만, 그건 하수다. 역시 그녀는 단수가 높을 뿐만 아니라 탁월한 연기자였다. 비록 우리 둘 사이지만 자신 쪽이 핍박받는 정의라는 입장을 획득하고 있었다. 그러니 나 역시 그녀를 나무라기보다는 방어적이 될 수밖에 없었다.

"오햅니다. 내가 누굴 특별히 미워할 리가 있겠습니까? 그건 내 직무상 판단이었을 뿐입니다. 그리고 이소윤 양을 만난 건 그저 너무 안돼 보여서예요. 내 아들하고 나이차도 얼마 안 나고 해서……."

아차, 싶었다. 김유선 앞에서 아들 이야기를 해버린 것에 왠지 모를 불안함이 깃들었다.

"좋아요."

김유선은 내 눈을 쏘아보았다.

"일단 이 정도 해명을 듣고 돌아가죠. 판사님이 어떻게 생각하실지 몰라도, 난 범죄자도 아니고 양아치도 아니거든요. 하지만 난 나를 지키기 위해서는 무엇이든 할 거예요."

김유선은 말에 힘을 주었고 내 눈을 정면으로 쏘아보았다. 나는 차마 맞받지 못하고 시선을 피해버렸다.

"그런데 만약."

"만약?"

"단지 위로하는 정도가 아니라 무슨 일을 꾸미는 거라면, 그땐 절대 가만있지 않겠어요."

김유선은 주머니에 넣었던 손을 꺼내 휴대전화를 흔들었다. 나는 말없이 고개를 끄덕였다. 그녀는 내 위축된 반응에 만족한 듯 코끝을 한번 찡그리더니 성큼성큼 반대 방향으로 걸어가버렸다.

한동안 그 자리에 못 박힌 듯 서서 꼼짝할 수 없었다. 심장이 두근거리면서도 옥죄어왔다. 더 이상 추위도, 저려오는 발도 느끼지 못했다. 기묘하게도 당장 느낀 건, 어떤 위협보다는 그녀의 압도적인 젊음과 공격성, 그리고 그 앞에서 발이 저리는 나의 소심함이 이루는 불균형이었다. 내가 김유선을 심판할 수 있었던 건 내가 나은 인간이어서가 아니라, 그저 그 시간 그 장소에서 법복을 입은 입장이라는 것 덕분이었다. 법정 밖에서는 김유선과 게임이 되지 않았다.

잠시 후 발걸음이 떨어졌다. 후들거리는 다리는 양복바지 아래 감췄지만 구두가 자꾸만 땅을 빗나갔다. 매일 왕래하는 지하철역까지 본능적으로 걸으며 머릿속으로는 온통 조금 전의 상황에 매달렸다.

김유선이 어떻게 내 집을 찾아왔을까. 조금 전 이어가던 생각이 다시 떠올랐다. 이소윤은 김유선에게 메시지를 보냈었다. 만나자고 하다니 무슨 수작이냐고. 김유선은 아니라고 답은 했지만 무언가 수상하다는 걸 감지했을 것이다. 신원을 밝히지 않은 누군가가 자신이 살해한 사람의 누나를 만나자고 했단 얘기니까. 김유선은 이소윤을 미행한 게 아닐까. 그러다 나와 만나는 장면을 포착했고, 사진까지 찍어놓은 게 아닐까. 그리고 그길로 내 뒤를 밟았던 것 같다. 나는 지하철로 출퇴근을 한다. 승용차가 있지만 주말에 대형마트에 장을 보러 갈 때 외에는 거의 사용하지 않는다. 이소윤을 반포에서 만난 후 집에 갈 때도 지하철을 타고 잠실에 있는 내 아파트로 향했다. 김유선은 어제 내 뒤를 밟아 내 아파트까지 알아냈다. 그러고는 오늘 아침 다시 날 찾아와 기다린 것이다.

김유선의 방문은, 만약 목적이 나의 움직임을 봉쇄하는 것이라면 참으로 유효적절했다. 난 완전히 얼어붙어버렸으니까.

김유선은 지나가듯 말했다. 판사님이야말로 부적절하군요. 그녀의 입에서 나온 '부적절'이라는 단어가 폐부 깊숙이 와닿았다. 부적절. 부적절한 관계. 이만큼 묘하게 상상력을 자극하는 뉘앙스를 가진 말이 또 있을까.

그녀는 이렇게도 말했다. '나를 지키는 거라면 무엇이든 할 겁니다.' 누구에게나 해당되는 당연한 말. 하지만 그건 협박죄가 성립되지 않는 선에서의 완벽한 협박이었다. 그리고 그녀가 집 앞에 찾아옴으로써 내 집을 안다는 사실을 은연중에 밝힌 효과도 있었다. 다훈이가 사는 내 집을. 나는 당황한 나머지 아들 이야기를 그녀 앞에서 꺼내고 말았다.

그나마 다행은, 그녀가 나와 이소윤이 만났다는 사실을 자신의 안전을 위한 장치로만 사용할 의사를 갖고 있다는 것이었다. 하지만 그건 어디까지나 현재의 의사다. 마음은 언제든 변할 수 있고, 그게 반드시 나한테 유리한 쪽일 거라는 보장은 전혀 없다.

그래도 테러를 당한 건 아니었다며 가슴을 쓸어내린 것도 잠시, 마음이 불안해졌다. 현직 판사, 피해자 가족과 부적절한 개별 접촉! 신문 헤드라인부터 떠올랐다. 물론 그 사건은 끝났지만, 그로부터 거슬러 올라가 이전의 재판 절차에 의심을 드리울 수도 있다. 과연 그렇다면 처음부터 그 재판은 공정한 것이었을까, 편파적이지 않은 것이었을까. 물론 그렇지 않다! 이소윤은 나중에 우연히 힘들게 사는 걸 목격하고 도와주고 싶어 만난 것이다! 하지만 한번 불러일으킨 의혹의 시선은 결코 잠재울 수 없다. 물론 김유선을 향한 좋지 못한 시선도 있지만 그건 어디까지나 별개의 문제였다. 판사가 편파적이어서는 안 되고, 그런 의혹을 살 수 있는 사실을 숨기고 재판을 해서도 안 된다. 그건 법체계, 시스템의 문제고, 김유선이 유죄냐 무죄냐는 것과는 다른 문제다. 법원이 크게 시끄러워질 게 분명하다. 그리고 내 삶은 엉망이 될 것이다.

그날은 사무실에 출근해서도 일이 손에 잘 잡히지 않았다. 몇 번을 읽어도 기록 속 글씨들은 망막에만 걸칠 뿐 대뇌에까지 전달되지 않았다. 서면의 문장들이 머릿속에 떠서 뱅뱅 겉돌았다.

"부장님, 몸이 안 좋아 보이세요."

수영이 걱정스러워하며 감기 예방에 좋다는 따뜻한 감잎차를 내왔고, 나는 "어, 오늘 몸이 좀 안 좋네" 하며 마음의 갈등을 숨겼다.

다만 이런 점에서 판사 업무의 장점은 있다고 해야겠다. 영업직이라든지 보통의 회사원이라면 하루 종일 사람을 만나야 하니 표정을 숨기느라 애를 먹겠지만 판사는 사무실 안에 덩그러니 혼자 앉아 일한다. 기록 보고, 모니터 보고, 판례 찾고……. 그러니 내가 인생고로 죽을상이건 화가 나서 인상을 쓰건 아니면 미친 듯이 낄낄대건 볼 사람이 없다. 어떤 코미디언은 부친상을 당한 다음 날도 관객을 웃기러 무대에 올랐다지 않은가. 그에 비하면 어느 정도는 표정 관리를 않고도 지낼 수 있다는 것, 그 점은 확실히 독립적인 판사 업무가 주는 혜택이라면 혜택이다. 아마 그날 거울을 봤다면 당장 사람이라도 죽일 듯한 얼굴을 하고 기록을 넘겨대는 내 모습을 확인했을 듯하다.

집에 와서도 마찬가지였다. 다훈이는 늦게 왔고, 아빠 왔어, 하곤 제 방에 틀어박혀버렸으니 내가 뭔가 보통 때와 다르다는 걸 눈치챌 일은 없었다. 잠을 조금 뒤척였지만 역시 혼자였다.

하지만 불안과 걱정에 시달린 건 이틀 정도였다. 눈앞에 보이지 않으면 없었던 일로 여기고 마음이 가라앉는 게 사람의 얄팍함인 모양이다. 며칠간 무슨 이상한 뉴스 기사라도 뜨지 않는지 샅샅이 검색했지만 없었다. 사흘, 나흘, 일주일이 흐르도록 아무 일도 일어나지 않았다. 역시. 그 정도로 겁주고 간 모양이라고 생각하며 마음이 걱정에서 해방되고 푸근해지는 것이었다.

생각해보면 그랬다. 그 사건이 어떤 형태로든 다시 문제가 되고 화제에 오르면 김유선으로서도 결코 유쾌한 일이 못 된다. 판결은 무죄를 받았지만 그럼에도 그녀가 유죄라고 믿는 사람이 다수였고, 판결을 떠나 그녀에 대해 좋지 않은 느낌을 가진 사람이 절대다수였다. 가라앉은 침전물을 굳이 휘저어 얻을 이익이 그녀에게도 거의 없다. 있다면 미운 나를 곤경에 빠뜨리겠다는 동기뿐일 텐데, 아무래도 방아쇠로서는 좀 약하다.

한편으로 나도 더는 이 사건에 관여하고 싶지 않다는 생각이 뼈저리게 들었다. 아무리 이준호 가족이 눈에 밟혀도 여기서 더 발을 들였다간 모든 걸 잃을 수도 있다는 실제적인 위험을 감지한 탓이었다. 좀 더 솔직히는 이 사건을 다시는 생각지 않으리라 마음먹었다. 꿈도 꾸지 않았다. 나는 얼어붙었고 전의를 상실했다. 그 정도가 김유선이 노리는 바였다면, 완벽한 봉쇄라고 해야겠다.

그렇게 열흘이 지났다.

23
2019년 1월

돌이켜보면 일은 항상 신문 기사에서 시작되었다. 그만큼 언론의 주목을 받고 세상의 이목을 끈 사건인 탓이리라. 하긴 그렇지 않았다면 그런 인과의 진행과 그런 결말을 겪지 않았을지도 모른다.

아침에 출근하자마자 신문을 펴든 겨울날 아침이었다. 달력이 새걸로 바뀌었을 뿐 여느 때와 다름없는 일상 속에서 내 시선을 빼앗은 헤드라인이 있었다.

젤리 살인사건의 유족, 피고인 상대로 민사소송 제기

내용은 읽지 않아도 알 수 있었다.

결국 했구나.

아마 고민 끝에 소송을 제기하기로 결정을 내린 모양이었다. 내 말을 듣고 다른 변호사들도 찾아가봤겠지. 확실하게 이기는 소송이라며 다들 권했으리라. 유명한 사건인 만큼 언론의 주목을 받을 수 있으니 변호사들도 앞다투어 나섰을 것이다.

일단은 후련했다. 내가 권하는 대로 나서줬으니. 그렇게 하기 위해서 굳이 찾아가 만났었다. 아마 시간은 걸리겠지만 재판 진행과 결론이 눈에 빤히 보였다. 형사재판에서 제출된 증거만 복사해서 제출해도 민사소송은 끝. 김유선이 이준호를 살해한 사실이 인정되고, 거액의 배상 판결이 내려지리라. 뒤늦게나마 정의란 말에 어울리는 조그마한 결말에 도달할 것이다.

잠시 후 약간의 불안이 스며들었다. 김유선은? 시한폭탄의 뇌관 같은 존재가 되어 있는 그녀가 혹시 눈치채지 않았을까. 사건이 다 끝난 판에 제기된 민사소송을 내가 이소윤을 만난 사실과 연관시킨다면? 내가 이소윤을 단지 위로하기 위해 만났다는 말은 거짓말이며, 만나서 소송을 부추겼다는 사실을 깨달을 수도 있지 않을까.

하지만 이런 불안은 내 천성적 낙관과 일에 묻혀 이내 가라앉았다.

그 불안에 대한 해답은 일주일 후 알게 되었다.

오후 늦은 시각 퇴근을 준비할 무렵, 책상 전화벨이 울렸다. 부속실 수영의 목소리가 먼저 들렸다.

"부장님, 초등학교 동창이시라고 하면서 어떤 여자분이 전화하셨는데요. 이름은 밝히지 않고서요."

느낌이 좋지 않았다. 동창이라면 내 개인 휴대전화로 전화할 것이다. 내 전화번호를 모른다 하더라도 다른 친구에게 물으면 될 일이다. 더구나 이름을 밝히지 않았다니. 보통은 이름이라도 확인한 다음 바꾸라고 하겠지만, 뭔지 모를 기분 나쁜 느낌이 오히려 전화를 받으라고 재촉했다.

"어, 바꿔줘요."

잠시 후 딸깍하는 소리가 들렸다.

"여보세요."

한 0.5초 정도였을까. 판단에 필요한 짧은 순간이 지나고 바로 알 수 있었다. 김유선의 목소리. 잊을 리가 없다. 그날 아침, 내 머리칼을 송두리째 세워버린 그 목소리. 아마 잠재의식 속에서 그녀의 전화를 받을지도 모른다고 두려워하고 있었는지도 모르겠다.

"네. 전화 바꿨습니다."

찰나도 못 되는 사이 뇌리에 떠오른 수십 가지 생각을 지우며 애써 차분하게 응대했다.

"제가 누군지 아시죠?"

"……압니다."

모른다고 해봐야 불필요한 시간만 잡아먹는다. 빨리 용건을 들어야 했다.

"거짓말을 하셨어요."

"……"

"그냥 위로하기 위해 만났다고요?"

"그건……."

김유선이 내 말을 끊었다.

"아, 혹시라도 유족들이 민사소송을 제기한 건 나와 관계없다, 뭐 그런 말을 하려거든 관두세요. 그 정도 변명이 저한테 통할 거라고 생각했다면 실망이고요."

유도신문인지는 모르지만 변명하지 않기로 했다. 그랬다간 나 자신이 너무 구차하게 느껴질 것 같았다.

"무슨 이야길 하고 싶은 겁니까?"

"전 지금 대단히 화가 많이 나 있어요. 분명히 말씀드리지만 전 준호를 죽이지 않았어요. 오히려 사랑하던 남자가 죽었으니 피해자, 유족과 비슷한 입장이라고 할 수도 있어요. 그런데 살인죄로 몰려 재판까지 받았고, 이제는 민사소송까지 당했습니다. 그 중심에는 판사님이 있어요. 왜 그렇게까지 절 못 잡아먹어 안달이죠?"

"아니, 못 잡아먹어 안달이라니요……."

더 할 말이 생각나지 않았다. 그저 낭패라는 생각만이 머리를 채웠고, 목구멍도 꽉 막혀버렸다. 수화기를 든 손은 후회로 떨리고 있었다.

유족이 정말로 민사소송을 제기하게 되면 약삭빠른 김유선이 분명 나와의 연관성을 알아챌 거라고 왜 생각하지 못했을까. 안이했다.

일이 이렇게 되었으니 김유선이 나한테 어떤 방법으로든 공격해오리란 건 불을 보듯 뻔했다. 단지 시간과 방식의 문제가 남았을 테지. 지난번처럼 또 집으로 찾아올 수도 있었고, 나나 다훈이에게 어떤 위해를 가하려고 음모를 꾸밀 수도 있었다. 아니면 날 찾아오지 않고 곧장 언론에 판사와 피해자가 부적절하게 만났다면서 사진을 공개해버릴 수도 있었다. 김유선은 그 어느 것도 아닌, 내게 전화를 하는 평범한 방법을 택했지만 내가 느끼는 위협감은 조금도 덜해지지 않았다. 다시 심장이 옥죄면서 두근거리기 시작했다.

"대체 이소윤을 굳이 왜 만나셨죠?"

무슨 대답을 하기도 전에 김유선이 또다시 말했다.

"아, 이소윤이 예뻐서 그러신 거예요? 내가 김유선한테 무기징역을 해주지 않았느냐, 그러면서 어떻게 한번 해보려고?"

"말조심해!"

나도 모르게 흥분해 소리를 지르고 말았다. 만약 김유선이 이런 방향으로 사건을 몰아간다면 그야말로 최악의 전개다.

김유선은 혹시라도 녹음될지 모른다는 가정하에 대화를 하고 있다는 느낌이 들었다. 처음부터 굳이 자신이 이준호를 죽이지 않았다는 전제를 깔고 대화를 시작했고, 내가 이소윤을 만난 의도에 관해, 거론되는 것만으로도 내가 구설에 오르고 타격을 입을 말 또한 굳이 던져놓았다. 자신이 지금부터 할 일과 말에 대해 나름의 정당성을 부여하고, 한편으로는 내가 외부에 대화를 공개하지 못하도록 하는 포석이었을 것이다. 곧 본론이 나오겠지.

김유선은 내 고함에 코웃음치고는 말했다.

"저도 주변에 좀 알아봤거든요. 만약 소송에서 지면 몇억 원대의 판결이 나올 수 있다고 그러대요."

"그래서?"

가슴이 세차게 두근거렸다.

"그런 판결이 나온다면 다 판사님 때문 아니겠어요. 일방적으로 피고인을 미워하며 무기징역을 내리고, 무죄가 확정된 판국에도 굳이 유족을 찾아가 민사소송하도록 배후조종하고."

김유선은 잠시 끊었다가 다시 말했다.

"그러니 말이에요, 저도 그 배상을 판사님한테서 받아내야겠단 거예요."

"배상?"

"배상이죠. 손해 본 걸 물어주는 게 배상 아니에요? 제 경우엔

재수 없으면 한 5억쯤 판결을 받을지도 모르겠네요. 그러니까 그만큼을 판사님이 내주셔야겠어요."

머릿속이 아득해졌다. 이건 또 다른 최악의 전개다.

"무슨 말도 안 되는 소리야!"

"법을 다루는 판사님이 그런 말을 하시면 안 되죠. 남한테 손해를 입혔으면 물어내야 하지 않겠어요? 제가 이소윤한테 배상하라는 판결을 받게 되는 건 거의 필연적이라고 하던데요. 그러니 그걸 주도한 판사님이 나한테 배상해주셔야죠. 그 '5억'을요."

김유선은 의도적으로 '5억'을 힘주어 발음했다. 김유선의 혀끝에서 굴러 떨어지는 그 뒤틀린 발음에 내 정신도 아득하게 나락으로 굴러 떨어지는 것처럼 느껴졌다.

"판사님이 배후에 있다는 증거도 있어요. 지난번에 보여드린 걸로 기억하는데요."

그 이야기, 하리라 예상했다. 이소윤과 만나는 장면이 찍힌 휴대전화 사진. 이제 김유선은 협박이 아니라 정당한 배상금을 요구하는 양 말도 안 되는 논리를 펴고 있었다. 내가 먼저 이 사실상의 협박을 외부에 흘릴 리는 만무하지만, 만에 하나, 혹시라도 대화가 녹음되고 문제가 됐을 경우에 대비하는 것 같았다. 최소한의 방어 장치로서 막무가내의 협박보다는, 은근하면서 나름의 이유가 있는 요구를 내세우는 전략을 취하는 것이다. 어쩌면 김유선은 이소윤의 소송 건이 없었다 하더라도 언젠가는 그 사진을 빌미로 내게 거액을 요구해왔을 것 같다는 생각이 퍼뜩 들었고, 그 생각이 확신으로 변하는 데에는 긴 시간이 걸리지 않았다.

"지금 협박하는 겁니까? 사진을 내세워서."

김유선의 협박의사가 명백히 드러나면 그 또한 협박죄라는 하나의 부담을 지게 된다. 그러면 이 게임은 비등해질 수도 있다.

"이상한 쪽으로 몰고 가지 마세요. 이건 협박이 아니라 정당한 요구예요. 손해를 입게 된 사람의 타당하고도 합리적인 요구. 손해배상을 해달라는 게 협박인가요, 판사님?"

김유선은 역시나, 내가 설치한 '협박' 프레임에 빠져들지 않았다. 나는 잠시 숨을 가다듬고 말투를 다시 정중하게 되돌렸다.

"지난번에도 말했지만 이소윤 씨를 만난 건 순전히 돕고 싶어서였어요. 민사재판을 하는 방법도 있다는 걸 모르고 있을 테니 정보를 준 것에 불과하고요. 그런 것 때문에 내가 오해를 받거나 궁지에 몰릴 이유는 없습……."

"하지만."

김유선이 내 말을 막았다.

"남들도 그렇게 생각할까요? 일단 저부터도 그렇게 여겨지지 않는데?"

"당신이 그렇게 믿고 싶다면 어쩌겠어요? 하지만 난 분명히 말했습니다. 그건 순전히 선의였다고. 난 당신한테 돈을 지불할 이유도, 의사도 없어요."

"겨우 5억 원 가지고 그러세요? 저한테야 평생 가도 만져보기 힘든 액수지만 판사님한테야 껌값 아니겠어요?"

"대체 무슨 얼토당토않은 소리를…… 그만한 돈은 내 전 재산을 탈탈 털어도 없어요."

"재판정 밖에서 사건 당사자와 몰래 만나기까지 하시는 분이 그만한 돈도 못 모으셨단 말이에요? 설마 월급만으로 산다는 말을 제가 믿을 거라고 생각하시는 건 아니겠죠?"

김유선의 조롱에 울컥했지만 침을 꿀꺽 삼키고 참았다. 저런 말에 일일이 반응해 발끈할수록 주도권은 김유선에게 넘어가고 내처지만 어려워진다.

"없어요. 남은 평생 월급, 연금 다 모아도 그만큼 안 될 거요."

"그런 거짓말은 딴 데 가서 하시고, 아무튼 전 판사님 덕분에 그만한 손해를 보게 되었으니 배상해주셔야겠습니다. 아, 절 설득할 생각은 마세요. 전 그렇게 믿고 있으니까. 바뀌지 않아요. 그리고 판사님이 몰래 이소윤과 만났다는 사실도요. 더불어, 사람들이 그 사진을 보면 온갖 상상을 할 거라는 사실도 같이 환기시켜드리고 싶네요."

젠장! 더러운 인간! 개 같은!

마음속으로 온갖 욕이 튀어나왔다.

"제가 성격이 급해서요. 빠른 시간 안에 결정해주세요. 제 연락처는……."

김유선은 휴대전화 번호를 불렀고, 난 이를 갈면서도 홀린 듯 받아 적었다.

"잘 아시겠지만, 저한테 전화할 때는 공중전화를 이용하세요. 될 수 있으면 법원에서 멀리 떨어진 동네에서요. 이유는 아시죠?"

난 수화기를 쥔 채 멍하니 듣고 있을 수밖에 없었다.

"너무 늦으면 제가 다시 이 사무실로 전화를 드릴 수도 있으니까, 알아서 준비하시고요. 아, 그리고 미리 말해두는데."

김유선은 무언가가 생각났다는 듯 말을 잠깐 멈추었다.

"에누리 따위는 없어요. 만약 그런 말씀을 한마디라도 하시면 전

바로 얘기 끝내고 행동에 돌입할 거예요."

김유선은 전화를 끊었다. 전화기의 조그만 LCD 창에서 발신목록을 확인해보니, 02로 시작되었다. 공중전화인 것 같았다.

메모지에 휘갈겨놓은 김유선의 휴대전화 번호를 망연히 내려다보았다. 끝장이다. 지독한 인간한테 걸려들고 말았다.

가장 먼저 찾아든 건 후회였다. 너무 게을렀다. 무엇보다 중요한 일이었는데. 소송이 제기되기 직전에 내가 이소윤을 만난 사실을 김유선은 안다. 실제로 소송이 제기되면 김유선이 내가 개입했다는 짐작을 곧장 할 거라는 생각은 왜 안 했던 걸까? 조금 일찍 깨달았다면 비겁하지만 이소윤을 다시 찾아가 이런저런 이유를 대며 민사소송을 하지 말라고 말릴 수도 있었을 텐데. 그저 사태를 낙관적으로만 믿고 싶었던 걸까. 내 마음속 불안이 그런 생각을 떠올리지 못하게 막은 건지도 모른다. 설마 뭐 나쁜 일이야 있겠어, 하는 근거 없는 위로. 당장 편하고 싶었던 마음의 방어기제. 그건 도피에 불과했다. 사태가 어디로 번질지에 대해서는 생각하고 싶지 않았던 것이다. 내가 눈을 감는다고 현실이 사라지는 것도 아닌데.

"부장님, 먼저 퇴근할게요."

수영이 문을 빠끔히 열고 인사했다. 표정과 말투에 걱정이 묻어 있었다. 눈치 빠른 수영은 내 상태가 평소와 다르다는 걸 알아챈 것 같았다.

"어, 수고했어."

의식적으로 톤을 높이려 했지만 내가 듣기에도 노인네 머리카락처럼 가늘고 힘없는 목소리가 맥없이 흘러나왔다.

수영이 문을 닫고 난 후 나는 의자에 몸을 묻고 완전히 퍼져버렸다.

집에 돌아가서도 침대에 누워 꼼짝도 하지 않았다.

"아빠, 벌써 자?"

다훈이가 돌아와 방문을 열고 알은척을 했고 나는 이불을 뒤집어 쓴 채 어, 좀 졸리네, 하고 대답할 수밖에 없었다. 일어나 방 밖으로 나갈 기분이 나질 않았다. 다훈이가 곧 제 방에 들어가버려 다행이었다.

김유선과의 통화 내용이 자꾸만 떠올랐고, 도무지 해결 방법이 떠오르지 않았다. 이소윤과 찍힌 사진과 5억 원 사이에서 내가 선택할 수 있는 건 없었다. 사진이 공개되면 판사로서의 경력은 끝나게 되지만, 그렇다고 5억 원을 지불할 능력 또한 내게는 없다. 아니, 집을 담보 잡히고 대출을 받는다든지 해서 어찌어찌 돈을 마련한다 해도 그걸로 끝난다는 보장이 없다. 꼬리에 꼬리를 무는 협박 사건, 허다하게 봐오지 않았던가. 5억 원으로 살 수 있는 건 겨우 얼마간의 여유뿐이리라.

모든 것이 공개되었을 때, 김유선 역시 협박죄나 공갈죄로 대가를 치를 수는 있을 것이다. 그래봤자 벌금, 집행유예? 다수의 전과를 보유한 김유선에게는 그저 이미 넘치는 범죄 프로필에 한 줄 추가하는 것에 불과하다. 그것과 내 인생의 추락을 같은 저울에 놓고 비교할 수는 없다.

난 법원 근무를 따분해하며 가끔은 저주하기도 했지만 그걸 잃을지 모른다는 실제적인 위협을 앞두자 비로소 깨달았다. 그건 내 인생이며, 내 생계이며, 나를 규정하는 무언가였다는 것을.

그날 밤, 발이 진창에 빠진 채 무언가를 피해 죽을 힘을 다해 도망치는 꿈을 꾸었다.

자다 깨다를 몇 번이나 반복했을까. 아침에 일어나자 눈은 퀭하고, 머리는 어질어질했다. 거울 속에는 입가가 축 늘어진 노인이 있었다. 흔한 표현대로, 하루 만에 십 년은 늙어버린 것 같았다.

출근하고, 기록을 보고, 점심을 먹고, 다시 자료를 찾고, 그런 일상이 이어졌지만 모두 내 껍데기가 하는 일에 불과했다. 머릿속은 걱정으로 채워졌고, 목구멍이 타 들어갔다. 가슴이 옥죄어왔고, 위장은 기능을 멈추어 점심 먹은 걸 다 토하고 말았다. 사람 얼굴을 많이 안 봐도 된다는 내 직업의 장점 덕분에 겨우 하루를 버텼다.

사흘, 나흘이 지나도 김유선한테서 연락은 더 오지 않았다. 눈앞에 없으면 실제로 없다고 믿는 낙관적인 나였지만 이번만은 달랐다. 눈앞에 없어서 더 불안했다. 어떤 일이든 일어나기 전이 더 괴롭다. 그래도 처음 며칠은 다른 사건에 파고들고, 배석판사들과 밥을 먹으며 의식적으로 다른 화제에 몰두하면서 그때그때 잊을 수 있었다. 하지만 이건 산비탈에서 굴러 떨어지는 눈덩이였다. 갈수록 불어나기만 했다. 불안은 내 핏줄을 타고 몸속 구석구석, 신경의 말단까지 침투했다.

차라리 모든 것이 폭로되고 경력과 평판이 망가져버렸다면 훨씬 견디기 쉬웠으리라. 내가 잃을 것보다, 잃을지 모른다는 두려움이 더 무서웠다. '끝'보다 '끝의 예고'가 더 고통스러웠다. '손실의 가능성'은 아무리 커봐야 '손실'보다 작아야 한다. 하지만 그런 공리가 도무지 통하지 않았다. 아무리 스스로 납득하고 진정하려 해봐도 헛수고였다. 그 간단한 이치가 통하지 않는 것, 그것이 약하디

약한 사람의 마음이었다.

김유선의 협박은 머리를 망치로 쾅 내리치는 것 같았다. 그래도 처음엔 내 의지로 잠시 잊을 수 있었다. 뭐, 그까짓 것. 해봐야 뭘 어떻게 하겠어? 일 터지면 이까짓 것 다 버리면 되지……. 차분히 생각하면 별일이 아니었다. 적어도 머리를 쥐어뜯을 만큼 고민할 문제는 아니었다. 돈은 도저히 마련할 여유가 없으니 그냥 김유선더러 사실을 밝히라고 하면 된다. 사표를 내야 하겠지만, 이까짓 판사직, 미련도 없다. 세상에 이보다 재미없고 갑갑한 직업이 어디 있겠는가. 변호사가 내 적성에 분명 더 맞을 거야. 아니, 이게 문제가 돼서 변호사 일조차 못한대도 뭐가 그리 대순가. 조그맣게 슈퍼를 하면서 연금을 타서 살아도 된다. 물론 당장 직장을 잃는 것 말고도 손실은 더 있다. 여론의 비난. 제 역할도 모르는 바보, 등신, 나아가 사건 당사자와 부적절하게 만나려 한 파렴치한……. 아마도 십자포화를 맞겠지만, 그건 시간이 해결해준다. 제각기 먹고살기 바쁜 요즘에 어느 누가 이틀 이상 내 일을 기억할까.

이렇게 생각하면 마음이 편안해졌다. 마치 호걸이 된 것마냥 가벼운 마음이 되어보기도 했다. 하지만 잠시였다. 난 이 사건이 불거졌을 때의 상실을, 무엇보다 일거에 쏟아질 사회적 비난을 견딜 수 없을 거란 걸 마음속으로는 알고 있었던 것 같다. 조금만 방심하면, 이성으로 되돌렸던 마음의 평화는 온데간데없이 사라지고 다시금 심마가 찾아왔다. 조용한 손이 다가와 내 심장을 거머쥐었고, 목을 짓눌렀다. 그리고 그 상태는 일상이 되었다. 내 이성의 자기위안은 도도히 밀려가는 썰물 안에서 그것을 거스르는 잔파도 정도에 불과했다. 자기 파괴로, 절망으로 달려가는 흐름을 되돌릴 순 없었다. 협박은 바이러스였다. 연고를 바르면 당장은 고개를 숙이지만 몸속 깊숙이 숨어 있다가 어느 틈엔가 또 고개를 들이미는 악성 바이러스. 의지로 눌러놓은 막을 뚫고 어느 틈엔가 삐죽이 고개를 내밀었다. 마음 밖에 버렸다고 생각했던 김유선의 협박이 불현듯, 때때로 떠올라 불쾌하게 만들었다. 뭘 자꾸 그딴 걸……. 고개를 젓지만, 하루에 한두 번 생각나던 그것이, 한 시간에 한 번씩 떠오르고, 정신을 차려보면 온종일 그 생각에 사로잡혀 있었다.

그래도 마음 한구석에 실낱같은 위안을 품기도 했다. 정말 실낱에 불과했던 그것은, 김유선은 그저 욱하는 마음에 내게 시비를 걸어온 게 아닐까, 돈 이야기도 한번 던져본 게 아닐까, 하는 마음이었다. 물론 그렇지 않다는 건 내 이성이 무엇보다 확실하게 알고 있었으니, 그럴지도 모른다는 해석은 스스로 위안을 받으려는 안간힘이었으리라.

그 희미한 기대조차 얼마 못 가 박살났다. 김유선은 내 생각보다 훨씬 지능적이었고, 고도의 전략과 전술로 움직이는 여자였다.

퇴근하고 법원 정문을 나와 힘없이 교대역으로 발걸음을 옮기던 중이었다. 어깨가 휘청거렸고, 몸뚱아리는 무언가에 툭 걸리면 바로 나자빠질 것처럼 힘이 없었다. 끈 떨어지고 모자 잃은 허수아비. 내 표정이 그보다 낫지는 못했으리라.

문득 반발심이 일었다. 김유선이 다 무언가. 범죄자 아닌가. 그 여자 하나 때문에 내 생활이 이렇게 무너질 필요는 없잖아.

거울을 보고 싶어졌다. 나 자신의 몰골을 똑똑히 보고 힘을 내보려 했다. 고개를 돌려 카페 유리창에 내 모습을 비춰보았다.

그 옆에 누군가 있었다.

언뜻 시야에 비쳤을 뿐이지만 낚싯바늘처럼 눈을 잡아끌었다. 지나가는 사람들, 약속을 기다리는 사람, 거리엔 다른 많은 이들이 있었지만 하필 그 누군가가 내 눈에 압인되듯이 들어왔다. 단지 눈에 익은 사람이라는 이유만은 아니었다.

김유선이 사람들 사이를 뚫고 시선을 꽂듯이 나를 보고 있었다. 입가에 애매한 미소를 머금은 채.

검은색 바지, 헐렁한 외투. 옷차림은 누구의 눈에도 띄지 않을 테지만 내 눈만은 불을 붙인 것보다 더 맹렬하게 반응했다. 2차원 배경 속에 그녀만이 두드러져 나온 것 같았다. 심장이 덜컹했다. 손에 닿은 미모사처럼 위축되어버리는 나를 순간적으로 느꼈다.

김유선의 입매가 늑대처럼 길게 찢어졌다. 김유선은 어깨에 멘 백에 손을 집어넣더니 무언가를 꺼냈다. 인화된 사진이었다. 조금 거리는 있었지만, 내가 이소윤과 만나는 장면을 찍은 사진이란 걸 분명히 알 수 있었다. 김유선은 상냥하게 웃으며 사진을 얼굴 가까이 들고 살랑살랑 흔들었다.

나는 후들거리는 다리로 서서 슬로비디오처럼 펼쳐지는 그 장면을 똑똑히 보았다. 아무도 김유선을, 그 사진을 신경 쓰고 있지 않았지만, 그건 그 복잡한 거리에 서 있던 내 뇌리를 하얗게 비게 만들고 내게 일순간 캄캄한 굴로 떨어지는 느낌을 주기에 너무도 충분했다. 다가갈 수도 없었다. 그녀의 시선은 그걸 원하는 것 같지도 않았다. 그녀가 원하는 건 명백했다. '내가 대답을 기다리고 있어'라는 메시지. 나의 두려움. 그리고 나의 돈이었다.

그 자리를 도망치듯 떠나 정신없이 지하철을 탔고, 집에 도착하자마자 뛰어 들어갔다. 김유선한테서 멀어지고 싶었다. 현실로부터, 그 사진으로부터. 뒤통수를 누군가가 당기는 듯한 기분, 내 심장을 누군가 거머쥔 듯한 기분으로부터 도망치고 싶었다.

물 한 잔 마시지 않고 거실 소파에 누워 있었다. 다훈이가 없어서 천만다행이었다. 있었다면 무슨 표정을 짓고, 어떤 말투로 말해야 할지 알 수 없었을 것이다. 바보가 된 기분이었다. 거실은 점점 어둠에 잠겨갔다.

김유선이 혹시라도 느슨해진 나를 쪼아붙일 작정이었다면 그건 참으로 효율적이고 적절한 방식이었다. 잠깐 눈앞에 나타났을 뿐이지만, 그 장면은 안간힘을 써서 추스르려던 마음에 풍랑을 일으켰고, 가끔은 찾아오던 망각을 깨뜨렸고, 그녀가 어떤 의지를 품고 내 근처에 있다는 사실을 확실히 각인시켰다. 더구나 아무런 흔적도 남기지 않았다. 내게 전화를 한 것도 아니고 만난 것도 아니다. 그러니 협박했다고 주장하려 해도 근거가 없다. 김유선은 길가에 서서 사진을 꺼내보았을 뿐이다. 하지만 그 행동은 낮을 집어삼키는 어둠처럼 내 마음을 불안으로 완전히 물들이고 말았다.

이건 싸울 수 없다.

내 어떤 부분을 버릴 각오를 한다고 해도 결코 대등해질 수 없다.

코뚜레 꿰인 짐승이 아무리 몸부림쳐봐야 고삐를 쥔 자에게 이길 수 없는 법이다.

도무지 승산이 없는 게임이다.

얼마쯤 시간이 지났을까. 김유선의 잔상이 조금은 엷어지면서 심장의 쿵쾅거림이 잦아들었다. 열이 오른 것 같던 머리도 식어갔다. 이성이 어느 정도 회복되면서 후회가 겨울 바다의 밀물처럼 차디차게 밀려왔다.

하필이면 그날 사진이 찍혔을까. 하필이면 김유선 같은 인간하고 얽히고 말았을까.

…….

운명을 탓하고 싶었다. 하지만, 난 희미하게 고개를 흔들었다.

생각해보면 모두 자초한 것이었다.

내가 이소윤을 만나지 않았다면 일어날 리 없는 일들이었다. 애초에 냉정하게 법대로만 처리하고 끝냈으면 스치지도 않았을 인연이었다. 사건에 감정을 몰입하지 말았어야 했다. 어설픈 짓이었다. 판사실격.

평소에 답답하게만 여겼던 판사들의 처신이 새삼스레 값있게 보였다. 아무도 만나지 않고, 그들만의 리그 속에서 관계를 맺고, 어디서건 자신을 드러내지 않는다. 아무것도 하지 않음으로써 확보되는 권태로운 안전. 모범생들의 처세. 수많은 판사들이 그렇게도 오랫동안 이해 안 될 만큼 고지식하고 재미없게 사는 데에는 이유가 있었다. 그들이 바보여서가 아니었다.

나도 그들처럼 살았더라면. 서류를 보고, 판례를 검색하고, 집에 가서 저녁을 먹고, 골프를 치고, 그렇게 하루를 보내고, 일주일을 보냈더라면. 무엇보다 사건에 지나친 감정이입을 하지 않았더라면. 짜릿한 모험이나 충족감은 없겠지만 이런 더러운 인연에도 얽이지 않았으리라.

사건에 개입한 대가로 난 일상을 잃었다.

난 등신이다.

머저리다.

되돌릴 수만 있다면.

그날 밤은 결국 하얗게 새우고 말았다. 침대에서 뒤척였고, 타들어가는 가슴을 안고 새벽에 겨우 잠들었지만 옥죄는 심장을 느끼며 금세 깨고 말았다.

이후의 나날들은 거의 기억이 나지 않는다. 출근하고, 차를 마시고, 기록을 뒤적이고, 퇴근하고, TV를 보았겠지만 기억에 없다. 대신 내 마음의 망상과 불안만은 그 어떤 것보다 생생했다.

난 그 일이 있기 전에 바닥으로 떨어졌다고 생각했지만, 틀렸다. 김유선이 나타난 이후 내가 발 디디고 있던 땅이 덜커덕 열리며 그 아래 끝 모를 어둠으로 또 추락했다. 내가 딛고 있던 건 땅이 아니라 살얼음판이었다. 김유선이 발 한번 구르면 와르르 무너지는 소도구에 불과했다.

김유선은 처음에 아파트로 찾아왔고, 두 번째는 전화를 했다. 그래도 설마 그렇게까지야, 했지만 김유선이 세 번째로 등장했다. 길거리에서 사진을 흔들며 내 남은 희망을 뭉개버렸다. 내 숨통을 끊겠다는 분명한 의지를 보여주었다.

더는 의지나 의도적인 망각으로 잠시나마 덮을 수 있는 상태가 아니었다. 불안과 두려움이 완전히 마음을 뒤덮었다. 그 사실을 인정할 수밖에 없었다. '그까짓 것' 하는 거짓으로 나를 속일 단계는 아득히 지나 있었다.

김유선의 위협은 시시각각 여러 모습으로 성장해갔고, 도저히 내가 어찌해볼 수 없는 존재로 변해갔다. 협박은 홀로 생명력을 얻어 어느 틈엔가 완전체로 둔갑해 순간순간 나를 갉아먹었다. 손끝에 조그맣게 감염된 독이 서서히 올라와 심장에 온몸에 퍼지는 것마냥, 지켜보는 것 외엔 막을 수도 어찌할 수도 없었다. 거의 한순간도 벗어날 수 없었다. 어떤 생각을 하든, 어떤 감정을 갖든, 맛있는 것을 먹을 때나, 재밌는 TV 프로를 볼 때나, 일에 빠져 있을 때나, 다훈이의 얼굴을 볼 때나, 지하철 안 낯선 사람을 멍하니 쳐다볼 때나. 애써 몰입하는 척하고, 애써 크게 웃어보지만 내 마음 밑바닥에는 탄탄하게 타설된 콘크리트처럼 언제나 불안이 도사리고 있었다.

반복이란 참으로 무서운 것이었다. 위협도 일회성이면 잊힌다. 그런데 두 번째, 세 번째부터는 사정이 다르다. 이 협박이 계속될지 모른다. 언제까지 이어질지 모른다. 끝날 때를 알 수 없다. 그 불확실성이 나를 병들게 했다. 이 지경에 들어서면 의지만으론 벗어날 수 없다. 사람이 지탱하고 선 두 발 자체를 날려버린다. 일어서려 해도 일어설 수가 없다.

나는 김유선의 위협에 완전히 집어삼켜졌고, 협박에 어떻게 대처할까 하는 실제적인 생각조차 갖지 못하는 지경에 이르렀다. 김유선은 무시무시한 존재로 커져갔다. 인간을 넘어선 그 무엇. 나를 지배하는 악마. 퍼펫 마스터. 물론 그렇지 않다는 건 머리로 알지만, 소용없었다. 김유선이 내 목덜미에 줄을 꽂고 큰 입이 찢어져라 웃으면서 이리저리 당기고 있었다. 김유선이 나를 어르던 장면은 현실의 위협이 아니라 손댈 수 없는 환상 같았다. 요괴의 저주였다.

인정해야 했다. 항복할 수밖에 없었다. 해결과 해탈, 달관은 내 몫이 아니었다. 내가 할 수 있는 것은 오로지 도피였다. 현실을 잊으려는 노력뿐이었다. 사무실에서는 맡은 사건에 관해서만 생각하려 했고, 집에 와서는 예능 프로그램을 틀어놓고 낄낄거리려 애썼다. 약속을 피하고 사람들을 만나지 않았는데, 도무지 정상적인 얼굴로 그들을 대할 수 없어서였다. 내 마음이 괴로운데 누굴 만날 엄두가 나지도 않았다. 술로 잊어보려 놀기 좋아하는 친구한테 연락을 해보았다. 그 친구는 날 반포에 있는 한 나이트클럽에 데리고 갔다. 술, 그리고 냉장고만 한 스피커에서 울리는 귀를 찢는 음악이 아주 잠시 현실을 잊게 해주었다. 하지만 뒤이어 찾아온 내 심장 박동에 결국 견디지 못하고 그 자리를 뛰쳐나오고 말았다. 내가 얻은 건 위안이 아니라 철저한 소외감이었다.

가슴이 답답했다. 숨도 크게 쉬어지지 않았다. 위장의 위쪽이 조그만 불로 지진 것처럼 늘 아팠는데, 그건 기분이나 느낌이 아니라 실제적인 통증이었다. 목이 옥죄어 목소리는 늘 잠겼다. 운동도 할 수 없었다. 도무지 내키지 않기도 하거니와. 가슴에 통증이 있는 채로는 운동을 해봐야 더 아플 뿐이었다.

나는 완벽하게 머저리가 되어갔다.

동료 판사들에게 말해주고 싶었다. 판사가 그럭저럭 대우받고 살 수 있는 건, 사람들이 판사에게 요구하는 모습대로 사는 경우에 한해서였다고. 그걸 벗어나면 진창에 버려지는 건 순간이다. 판사란 껍데기는 아무것도 아니다. 최종판단자라는 권위의 철옹성 속에서 힘과 자부심을 느끼고 싶겠지만, 어쩌면 그건 무지에서 비롯한 건지도 모른다. 판사의 머리 바로 위에는 큰 칼이 가느다란 줄에 매여 허공에 대롱대롱 달려 있다. 그 사실을 인식하지 못하기에 당신들은 맘 편하게 지내고 있는 거다. 그걸 의식하는 순간부터 사는 건 조금 긴장해야 할걸. 실제로 그 칼날이 당신들의 목을 향할 때부터는 사는 게 사는 게 아니거든. 판사는 마그마가 꿈틀거리는 거대 단층 위에 200층 빌딩을 지어놓고 사는 직업이다. 단지 그 사실을 알지 못하기에 멀쩡하게 지낼 수 있는 것일 뿐……

육체의 단련도 심하게 하면 나가떨어지듯이 마음도 그런 지점이 있는 모양이다. 내 뇌는 불안에 시달리다 못해 어느 순간 신경이 뚝 끊어졌던 것 같다.

김유선의 협박에 시달리면서 조금은 엉뚱하게도 아내의 일이 겹쳐졌다. 결혼생활을 더 회상하고 싶어서는 아니었다. 두 일은 닮은 데가 있었다. 둘 다 끔찍이도 피하고 싶었던 것이었다. 그리고 둘 다 내가 스스로 선택하고 초래한 일이었다.

결혼이라는 굴레는 김유선의 협박보다 농도가 옅었을지 모르지만 너무나도 길었고, 그때는 영원할 것만 같았다. 어떠한 희망도 없는 잿빛 쳇바퀴였다. 김유선의 위협이 나를 단기간에 박살냈다면 결혼은 하루하루 야금야금 나를 죽여갔다.

그런데 결혼생활이 돌연 끝났다. 아내가 죽었다. 심장에 문제가 생겼다는 진단과 함께……. 그리고 마법처럼 난 해방되었다. 갑작스럽게 막을 내린 어색한 연극 같았다. 평생 벗어나지 못할 거라고 생각했는데. 마치 내가 어떤 든든한 운으로 지켜지는 것 같은 기분이었다.

한편으로 망상 같은 것이 일었다. 아니다. 운이 아니다. 내 의지가, 내 바람이 그렇게 만든 것이다. 정말 간절히 원한다면 이루어진다고 하지 않던가. 물론 단지 원하기만 해서야 판타지에 지나지 않겠지. 아무도 모르겠지만, 뒤늦었지만, 운명을 만든 것이다. 내가.

김유선은 아내와 닮았다. 어떤 종류의 힘으로 내 인생을 뒤흔들려는 사람들. 하마터면 평생을 아내의 감옥 안에서 살 뻔했고, 겨우 벗어났는데, 인생의 후반부를 또 그렇게 살아야 한다면? 대개는 평생을 살면서 한 번도 만나지 않을 인연을 두 번이나 만났다. 한숨이 나왔지만 결국 우연은 아니었다. 결국 둘 다 내가 선택한 것이었다. 난 다르게 할 수 있었고, 다르게 살 수 있었다. 모험적인 결혼을 하지 않고, 주위 동료들처럼 남들 하는 것만 하고, 남들 하지 않는 건 하지 않고, 그렇게 살았으면 됐다. 아무도 같은 잘못을 두 번 하라고 시키지 않았다. 그렇게 한 건 나다.

그렇지만, 만약 운명을 관장하는 어떤 존재가 있다면, 항의해보고 싶다. 난 잘못을 했다. 하지만 그건 사건의 인과율상 내가 원인이었다는 의미에서다. 그게 과연 도덕적인 잘못이었냐 말이다. 적어도 내가 그걸 감수해야 할 만큼?

끔찍했다. 또다시 그렇겐 살 수 없다. 절대로.

방법이 없을까.

마법이 다시 한번 발휘될 순 없을까.

24
2019년 1월 28일

당연한 일이겠지만 업무상의 실수가 잦아졌다. 배석판사들이 철저히 사건을 검토하고 정확한 판결문을 만들어오지 않았더라면 벌써 큰 구멍이 생겼으리라.

"부장님, 요즘 안색이 안 좋으세요. 건강검진이라도 받아보세요."

구내식당에서 함께 점심을 먹던 정남희 판사가 말했다. 민지욱도 그 말에 동감한다는 듯 나를 물끄러미 보았다.

"일이 좀 많아서 그렇지. 검진은 뭐."

난 가볍게 넘겼다. 배석판사들에게 내색할 수 없는 일이었다. 그들뿐 아니라 다른 어느 누구에게도 이야기하지 않았다.

이제 와 생각해보면, 주변의 누구에게도 알리지 않음으로써 '만약의 경우'를 벌써 무의식적으로 대비하고 있었던 게 아닌가 싶다.

정남희 판사의 말을 듣고야 건강검진을 권유받을 정도로 내가 초췌해 보인다는 걸 알았다. 내 얼굴이나 태도에서 고민하는 빛이 주위 사람에게 느껴진다는 건 좋지 않은 일이다. 나중에 어떤 일이 발생했을 때, 내가 그 무렵 심하게 고민하는 것처럼 보였다는 사람들의 진술이 나올 수 있으니까. 그때부터 의식적으로 표정관리를 하고 목소리의 톤을 높이기로 했다.

다행인 것은 김유선이 항상 공중전화로 연락했다는 사실이다. 처음에 만났을 때도 내 집 앞에 직접 찾아왔다. 이메일이나 휴대전화 같은, 김유선과 나와의 접점이 어디에도 드러나 있지 않았다. 그녀 입장에서도 직접 찾아오거나, 공중전화를 이용하는 등의 방법을 택한 건 나름의 안전장치가 아니었나 싶다. 만일의 경우를 대비해 나와의 연결 흔적을 남겨놓지 않았던 것이다.

그건 오히려 내 입장에서도 유리한 점이 될 수 있다. 김유선은 그것까지는 생각지 못했을 것이다. 내가 판사라서 딱 그만한 행동밖에 하지 못하리라고 쉽게 생각했던 모양이다.

난 김유선의 전화를 받은 이래 처음으로 입가에 실처럼 가는 웃음을 머금었다.

은행에 들렀다. 적금을 깨고, 신용대출을 받았다.

현금으로 달라고 하니 창구 직원은 깜짝 놀라는 얼굴을 했다. 하긴 5천만 원을 현찰로만 찾아가는 사람은 거의 없을 테니까.

그 자리에서 숄더백에 돈을 채워 넣었다. 백은 가득 들어찼다.

가방을 집으로 들고 가는 동안 조심했다. 지하철에서도 꼭 안고 가다시피 했다.

집에서 혼자 저녁을 먹고 밤이 되기를 기다렸다. 김유선의 집은 알고 있다. 내가 쓴 판결문에 김유선의 주소가 기재되어 있었다. 김유선은 고등법원에서 재판받을 때까지 구속되어 있었다. 무죄 판결을 받으면서 풀려났을 테고, 그 이후로 대법원 판결을 거쳐 넉 달쯤 지났으니, 아직 거주지는 그대로이리라.

시간이 되었고, 나는 숄더백을 메고 지하 주차장으로 내려갔다. 주말 외에는 거의 사용하지 않는 내 흰색 SUV 맥스크루즈가 웅크린 짐승처럼 조용히 나를 기다리고 있었다.

돈이 든 숄더백을 조수석에 집어던지고 반대편으로 가 운전석에 올랐다. 키를 돌렸고, 짐승이 깨어나는 듯한 엔진 음이 올라왔다.

나는 내비게이션을 켜고, 김유선의 주소를 찍었다.

25

2019년 1월 30일

유난히 피곤한 아침이었다.

김유선을 찾아갔던 건 불과 이틀 전 밤이었지만 벌써 아득하게 느껴진다. 잊고 싶어서인지도 모른다.

피곤하고 우울한 아침, 수영이 가져다 놓은 차는 한 모금도 줄지 않은 채 식었고, 내 시선을 잡아끈 신문 사회면은 사신의 부고처럼 차갑게 놓여 있다.

허구한 날 벌어지는 일일 테고 아직은 별 내용도 없는 이 사건에 사진까지 첨부되어 꽤 큰 지면이 할애되어 있었다.

그 이유에 대한 설명은 기사 헤드라인에 있다.

'젤리 살인사건'의 피고인, 뺑소니 사건으로 사망

지난해 서울 논현동 모텔에서 벌어진 소위 '젤리 살인사건'으로 재판을 받았던 30대 김모 씨가 29일 새벽 뺑소니 차에 치여 숨졌다. 남양주경찰 서에 따르면……

숨졌다고 했으니 김유선은 확실하게 죽은 것이다.

난 또다시 해방되었다.

안심이었다.

모진 인간이었지만 그래도 한 사람이 죽었으니 안타까운 마음이 들었다……고 해야 할까. 아니, 그렇게 말한다면 그건 분명 위선이고 거짓이다. 기뻤다. 잠시나마 내 인생에 암막을 드리웠던 김유선으로부터의 위협은 이제 완전히 사라졌다.

내 가슴은 세찬 바람에 먹구름이 밀려가듯 말갛게 개기 시작했다. 오랜만에 깊은 숨이 쉬어졌다.

누군가가 본다면 정말 어떤 마법사가 있어 나를 괴롭혀온 인간들을 차례차례 제거해주는 것 같다고 여길 만도 하다.

하지만 난 그렇지 않다는 걸 알고 있다.

마법사 따위가 아니었다.

인간의 의지가 개입되어 있었다.

과실 따위가 아닌, 분명한 고의.

적어도 한 번은 그랬다.

그날 저녁, 혼자 Zen에 들렀다. 술을 마시러 간 건 아니었다. 지하 계단을 내려가며 이루 말할 수 없는 착잡함을 느꼈다. 컴컴한 층계참은 내 마음 같았다.

"어머, 현 부장님."

마침 문간에 있던 마담 홍현주가 나를 반겼다. 이른 시간이어서 다른 손님은 없는 듯했다.

"오랜만이에요."

"좀 그렇게 됐네."

"벌써 한잔하신 거 같은데요."

홍현주가 눈을 찡긋했다.

"어. 3차야."

나는 말을 흘리면서 카운터 자리를 지나 구석 자리로 가 앉았다. 네 명 정도가 딱 맞게 들어갈 공간에 칸막이가 있고, 커튼이 쳐져 있는 자리다. 친구들하고 올 때 자주 찾던 자리였다.

"더 오세요?"

"아니."

"혼자 드실 거예요?"

"일단 맥주 좀 주고."

잠시 후 홍현주가 맥주 세 병과 땅콩 안주를 가져왔다.

"잠깐 얘기 좀 할까?"

나는 홍현주를 앞자리에 청했다. 의아한 표정으로 자리에 앉은 그녀에게 맥주를 한 잔 따라주며 다짜고짜 물었다.

"내가 지난봄에 들렀을 때, 젤리 살인사건 이야기했던 거 기억나지?"

"젤리 살인사건은 알죠. 현 부장님이 그 얘길 했던 것도 기억나고요. 왜요?"

"아니, 별일은 아니고."

"뭔가 있구나. 혹시…… 부장님이 그 사건 담당하셨던 거예요?"

역시 눈치가 빠르다.

"대수로운 건 아냐. 그냥 혹시 나하고 나눈 이야기를 누구한테 한 적 없나 싶어서."

"그 일로 곤란해지셨어요?"

"전혀. 벌써 끝난 지가 언젠데."

짐짓 대수롭지 않게 말하자 홍현주는 빙그레 웃었다.

"하여간 판사님들은 뭔가 이상한 데가 있어요. 알 수 없는 구석이 많다니깐."

"있긴 있었군."

"하필 바로 다음 날 저녁에 제갈성 부장님이 들렀어요."

"제갈성이?"

"현 부장님하고 친한 사이시고 해서 현 부장님 얘기도 자연스럽게 나왔죠. 그때 전날 오셔서 젤리 살인사건 얘기도 하고 갔다고 했죠."

"나하고 했던 얘기를 그대로 다 전했겠군."

"제갈성 부장님이 하도 꼬치꼬치 캐물어서요. 호호호, 왠지 몰라. 그래서 지금도 기억이 나요."

홍현주는 영문을 모르겠다는 듯이 웃으며 일어섰다. 나는 맥주 한 컵을 숨도 쉬지 않고 비웠다. 쓴맛이었다.

역시.

합의에 반하는 선고를 했다는 사실의 발설자는 정남희나 민지욱이 아니었다. 바로 나였다. 오늘 저녁 여기 와서 확실하게 알았다.

내가 홍현주와 나눈 대화를 전해 들은 제갈성은 눈치챘던 것이다. 배석이 애를 먹인다는 내 말, 이어진 마담과의 대화, 내 태도를 통해 약빠른 그라면 충분히 알 수 있었으리라. 내 의견은 유죄이며, 배석들과는 달랐다는 것을. 제갈성은 밥맛없는 놈이지만 무능한 놈은 아니니까. 그렇다면 내부적으로는 2대 1의 합의로 무죄.

그런데 나중에 무기형이 선고되자, 의문을 품었을 것이다. 그래서 배석판사들한테도 넌지시 캐물었을 거라. 그는 가끔씩 돈키호테처럼 불거지는 내 성향과, 나의 확고한 유죄 의견도 잘 알고 있다. 어느 정도 확신이 서자 직접 항소심을 담당하는 고등법원 쪽에 슬쩍 말을 흘렸으리라. 고등법원 배석판사 중에 제갈성의 동년배 법관은 얼마든지 있으니까. 물론 근거는 없으니 아님 말고 하는 식이었을 것이다. 그것만으로도 내게 타격은 충분하다.

그 의도는…… 명백하다. 미운 놈 뒤통수를 쳐놓고 역시 자신은 뛰어나다며 자위하고 있겠지. 아니면, 자기 맘에 안 들면 어떻게든 보복을 당한다는 걸 알아야지, 하며 키득거리고 있을까. 웃을 때면 쥐처럼 일그러지는 그의 코밑 주름이 떠올랐다.

다음 날은 재판 기일이었다. 그날 저녁에 재판부 회식이 있었다. 보통 한 달에 한 번꼴로 재판부 회식을 해왔는데, 이번은 남다른 의미가 있었다. 다가올 2월에는 인사이동이 있고 그러면 재판부도 흩어지게 된다. 재판부 해산을 앞둔 시기여서 소위 '해단식'을 겸하는 자리이기도 했다.

재판이 모두 끝나고, 정남희, 민지욱 판사, 김연창 참여관, 이희진 실무관, 부속실 한수영, 속기사 백은미, 법정경위 임정면, 그리고 나까지 모두 여덟 명이 교대역 뒷골목 양곱창 집에 모였다.

곱창과 대창이 불판 위에서 지글지글 익어가고, 술잔과 젓가락도 바삐 오갔다. 다들 한 잔씩 건넨 터라 나는 빠른 속도로 취해갔다.

"지난 일 년간 우리 부가 분위기가 제일 좋았던 것 같습니다."

김연창 참여관이 소주잔을 부어주며 말했다.

"맞아요. 다른 실무관들도 제 자리로 오려고 엄청 탐냈거든요."

이희진 실무관이 싹싹하게 웃으며 맞장구쳤다.

"그럼요. 다른 배석들도 우리 부를 많이 부러워했어요."

정남희 판사도 거들었다. 일 년간 우리 부가 제일 편하고 좋았다는 자평은 다른 재판부에서도 하는 말이니 전체 법원으로 보면 모순이지만 회식 자리에선 꼭 나온다. 하긴, 헛말만은 아니라고 믿는 것이, 나는 비교적 재판을 일찍 끝내는 편이었고, 길어져도 오후 6시를 넘기지 않는 걸 원칙으로 했다. 적어도 몸은 조금 더 편했으리라.

"내가 한 게 뭐 있나. 그냥 숟가락만 얹었지."

"그래도 부장님이 재판을 일찍 끝내주신 덕에 많이 편했어요."

이희진 실무관이 말했다. 역시 그게 컸던 것 같다.

"길게 하려니 내가 힘들어서 말야. 하하."

나는 소주를 연거푸 들이켰다.

이어 일 년을 결산하는 자리답게 온갖 이야기들이 쏟아져 나왔다. 공통의 화제는 주로 우리가 했던 재판이다. 엽기적인 피고인 이야기, 불성실한 변호사 이야기는 항상 도마 위에 오른다. 그들의 시선에서 포착된 재판의 다른 모습들을 엿볼 수도 있다.

"지난 기일에 법정 구속된 아줌마 있잖아요. 사실은 재판 도중에 매일 과로 찾아오고 난리를 부렸어요. 상대가 공무원이고 여자면 무조건 머리채를 휘어잡는 버릇이 있대요. 한동안 그 아줌마가 덤벼들면 도망가려고 운동화를 신고 다녔다니까요."

이희진 실무관이 뒤늦게 털어놓았다. 웬만하면 나한테 그런 얘기를 했을 법도 한데, 재판이 끝나기 전까지는 판단에 영향을 미칠까 봐 말을 삼갔던 모양이다. 속이 깊다.

"지난번 그 찜질방 성추행범 아저씨 있었잖아요. 법정에서 눈물을 막 흘리던. 근데 법정 밖 복도로 나가자마자 '존나 귀찮네' 하며 시시덕거리더라구요. 나 참."

임정면 경위는 법정 밖에서의 이야기를 전해주기도 했다.

이런저런 이야기들이 쏟아졌다. 하지만 젤리 살인사건을 화제로 꺼내는 사람은 없었다. 배석판사들뿐 아니라 참여관, 실무관 모두 약속이라도 한 듯 입에 올리지 않고 있었다. 사건도 사건이지만 피고인이었던 김유선이 며칠 전 뺑소니 사고로 죽었으니 화제에 오르는 게 당연할 텐데, 얘기를 꺼내는 사람이 없다는 게 오히려 어색하다.

역시 애써 피하는 걸까. 유죄로 했다가 고등법원과 대법원에서 무참히 깨져버린 그 판결에 대해 내 심기가 편치 않으리라는 걸 배려한 모양이다.

생각보다 내가 표를 많이 낸 모양이군. 하지만 다 지나갔어…….

소주를 다시 들이켰다.

편하지만은 않은 일 년이었지만, 어쨌든 모든 게 끝났다.

오가는 술잔이 더해지면서 그간 나를 목 졸랐던 남은 긴장감은 봄날 눈 녹듯 사라졌다. 그게 얼굴에 드러났나 보다.

"부장님, 요즘 좀 건강이 안 좋아 보이시던데, 오늘은 힘이 넘치시네요."

이희진 실무관의 그 말에 뜨끔했다.

"그런가? 난 똑같은데."

나는 급히 얼버무렸다.

2차로 자리를 옮겨 호프를 한잔 더 걸치고 헤어졌다. 어수선하게 인사를 나눴고, 모두가 뿔뿔이 흩어졌다.

지하철을 타고 가는 민지욱과 나는 역까지 동행이 되었다.

민지욱 판사는 조금 뒤처져서 말없이 따라왔다. 평소에 워낙 말이 없는 친구라 침묵이 불편하지는 않다.

교대역으로 내려가다 보면 길 안쪽에 놀이터가 하나 있다.

웬일인지 벤치 앞에 반으로 잘린 드럼통이 놓여 있고, 그 안에서 장작이 타고 있었다. 사람은 없었다. 겨울 추위가 거의 누그러진 포근한 밤이었지만 그래도 불을 보니 반가웠다.

"여기서 불 좀 쬐고 갈까?"

나는 민지욱을 보며 말했다.

"네."

민지욱은 짤막하게 대답하고 불가로 걸었다.

벤치는 나무 재질이었고, 불기운에 달궈져 차갑지 않았다. 내가 앉자 민지욱도 조금 떨어져 앉았다. 나는 불 쪽으로 양손을 내밀었다. 온기가 뺨을 타고 올라와 얼큰한 취기와 섞였다.

26

"많이 마셨나?"

"아닙니다. 조금밖에 마시지 않았습니다."

민지욱은 꼿꼿하게 허리를 세우고 독일 병정처럼 대답했다.

"일 년 동안 힘들었지?"

"아닙니다. 부장님께서 많이 배려해주셔서요."

"민 판사답지 않게 인사치레는."

"인사치레 아닙니다."

민지욱은 고개를 곧바로 들고 나를 보았다.

나는 시선을 앞으로 돌렸고, 우리는 다시 말이 없어졌다. 나는 불에서 손을 거두고 호주머니에 집어넣었다.

어디서부터 어떻게 말을 꺼내야 할까.

"해가 바뀌었으니까, 민 판사도 인제 서른둘이겠네."

의미 없는 말이 튀어나왔다.

"예. 맞습니다."

"이 사람, 뻣뻣하긴. 정말 덜 마셨구만."

민지욱은 옆머리를 살짝 긁는 것으로 대답을 대신했다.

"젊었을 때 재밌게 살아야지. 내가 보니깐 너무 일만 하는 거 같던데."

"전 충분히 재미있습니다."

"하하, 그런가."

말이 막혔다. 내 말에 뭔가 호응이 있다면 그땐, 일만 하고 살면 지나고 나서 허망해, 건강 상해봐야 조직에선 능률 떨어진다고 귀찮게 생각할 뿐 아무도 돌봐주지 않아, 자기만의 취미라도 가져봐…… 이런 말들을 줄줄이 할 법한데, 본인이 재미있다는데 어떡할 것인가. 네가 찾는 재미는 재미가 아니다, 이렇게 말할 수도 없는 일이다. 대신 마음속으로 그런 말을 했을 뿐이다.

이러니 친구가 없지.

외롭지.

약간의 침묵이 흐른 후 내가 힘들게 입을 뗐다.

"김유선 사건 때…… 화 많이 났지? 맘대로 선고해서."

민지욱은 대답이 없었다. 대신 고개를 돌려 외면했다. 하지만 서운한 낯빛은 아니었다.

"미안하오."

나도 조금은 취한 모양이다. 민지욱은 뒤늦은 사과를 받기가 민망한지 시선도 돌리지 않고 "아닙니다" 하고 대답할 뿐이었다.

겉치레 대화는 그만해야 했다. 해야 할 이야기가 있었다. 특히 김유선을 찾아갔던 사흘 전 그날 이후로는. 나부터 속마음을 털어놓기로 했다. 술김이었는지도 모르지만, 나중에 후회할지도 모르지만, 지금 그러고 싶었다.

"무죄로 하는 게 좋았을 거야."

말머리를 꺼내자 민지욱이 주춤하는 기색이 느껴졌다. 뻔한 인사말이나 겉치레가 아니란 걸 감지한 듯하다.

"물론 김유선에게 제일 좋았을 거고, 내게도 좋았을 거야. 김유선도 피고인으로서 아무런 불만이 없었을 거고, 내게도 이런 참혹한 결말이 없었을 테지."

그 말에 민지욱이 눈을 들어 나를 보았다. '참혹한 결말'이란 말에 의문이 생긴 모양이었다.

"정말이야. 지금은 그렇게 생각해. 결말의 정당성을 떠나, 판사로서는 그 입장이 여러 모로 유효해. 그랬다면 합의가 누설되었느니 뒤집어졌느니 하는 말이 없었더라도 상급심에서도 무리 없이 수긍되었을 거야. 아니 수긍되는 정도를 넘어, 이 정도로 여론의 압력이 크고 혐의가 무거운 사안에서조차 엄격한 증거법칙을 따라 무죄로 선고한 원칙주의자 판사, 신중한 판사로 자리매김했겠지. 대중의 분노를 샀을지도 모르지만, 세상과 조직은 역시 그 사람을 다시 보게 되는 법이거든. 존재감은 역설적으로 커지고. 물론 내 커리어에도 아무런 지장이 없었을 거야.

그리고 사실 김유선이 정말 억울한 사람일 가능성도 있지 않은가. 동전을 던져서 모로 서는 경우가 없으란 법은 없으니까. 합리적 의심 없는 증명. 그걸 전가의 보도로 삼아 최대치까지, 아슬아슬하게 밀어붙이는 거야. 그거 아주 편리하다고. 무슨 얘긴지 민판사도 알지? 우리끼리니까 정말 솔직히 말하는 거야. 어떤 사건에서든 '합리적 의심이 없다'고 주장하려면 뭔가 판사로서 성급하고 어설프고 가볍다는 이미지를 뒤집어쓸 각오를 해야 하잖나. 또 그건 의심이 있다고 주장하는 쪽이 거의 항상 이기는 싸움이지. 다른 논쟁에서도 마찬가지야. 출발점이 승패를 갈라버리는 경우가 많거든. 이를테면 어떤 일을 금지하자는 측과 허용하자는 측이 싸우면 거의 허용하자는 주장이 이겨. 왜? 왜 꼭 그래야 하는가? 하고 캐묻고 들어가면 금지의 논거는 박약해지고, 우리는 항상 자유를 갈구하니까. 신중함을 요구하는 합리적 의심 같은 법리도 마찬가지인데…… 이런, 말이 너무 엉뚱한 데까지 나갔군. 오해는 하지 마, 민 판사가 그런 심정으로 그랬다는 건 절대 아니야. 그저 푸념 정도로 생각하고 들어주었으면 해.

난 아직도 합리적 의심 없는 증명이라는 이 괴물을 어떻게 다루어야 할지 모르겠어. 판사는 이 원칙으로 재판을 하지만, 만약 판사 자신이 피해자라면 이 원칙 아래 진범이 빠져나가길 원할까? '내가 싫은 일은 남에게 요구하지 말라'는 도리가 들어맞지 않는 희한한 지점이 바로 여기거든. 또 너무 이론적으로 파다 보면 '합리적 의심'이 아니라 '궤변적 의심'만으로 유죄가 깨지기도 해.

아무튼 젤리 사건에는 무죄가 백 번 나왔어. 그녀를 위해서도, 나를 위해서도. 내가 앞세웠던 정의감? ……허허. 늦었지만 이제라도 깨달았으니 다행이야. 괜한 정의감에 나섰다가 호되게 당했어. 나만 병신될 뻔했어. 그쪽이 안전했어. 안전한 결론이었어……."

'호되게 당했다'는 말에 민지욱의 의문이 더 짙어진 걸 느꼈다.

내 말이 끝나자 침묵이 하염없이 흘렀다. 민지욱은 내 말을 곰곰이 되새겨보는 것 같았다. 아무래도 직접적으로 털어놓아야 할 것 같다.

드럼통 안 불꽃이 혓바닥처럼 넘실거렸다. 나는 불길을 바라보며 무심하게 말했다.

"김유선한테 갔었어."

민지욱은 천천히 고개를 돌려 나를 보았다. 그로서는 놀람을 표현하는 최대한의 몸짓일 것이다.

"민 판사한테는 털어놓아야 할 것 같군. 그간의 일을 말이야."

민지욱은 여전히 말이 없다.

"처음부터 끝까지 미안한 이야기야. 민 판사는 김유선의 무죄를 확신했지만, 난 유죄라고 믿었어. 글쎄, 확신 이상의 믿음이랄까. 아마 감정 이입이 됐던가 봐. 그렇지 않고서야 내가 나중에 한 일이 설명이 안 돼. 감정을 장악당하지 않았다면 사람이 그런 일을 하지 않으니까. 논리적 인간인 민 판사는 이해 못할 일이겠지만.

대법원 무죄 판결을 접하고 나는 분했네. 아주 분했어. 민 판사는 자신의 논리가 그대로 항소심에서, 또 대법원에서 반복되었으니 자랑스러웠겠지만 말이야. 아무튼 난 유죄 쪽이었으니 마음속으로 이 결말에 불만을 품고 있었어. 그러다가 우연히 행사도우미 일을 하는 이소윤을 봤어. 이준호의 누나 말이야. 참 안돼 보였어. 동생을 죽인 자는 법의 혜택을 온몸으로 누리며 활보하고 있는데, 이소윤은 생활고에 시달리면서 억지로 웃어야 하는 일을 하고 있다니 말이야. 모두가 그들을 잊었지.

민 판사 눈에는 우습겠지만, 난 판사에 맞지 않는 인간이야. 논리보다 감성이 앞서서 행동해버리는 때가 종종 있거든. 그때도 그랬어. 이소윤을 찾아갔어. 그러고는 말했지. 김유선을 상대로 민사소송을 제기하라고. 그러면 분통한 마음을 조금이나마 달랠 수 있지 않을까 하고 말이야.

271

그런데 그 장면을 어떤 우연한 경로로 김유선이 본 거야. 사진을 찍고 뒤를 밟아 집까지 찾아왔더군. 내게 사진을 보여줬어. 판사와 사건 당사자의 부적절한 만남, 뭐 그런 표현을 써가면서 말이야. 그러고는 돈을 요구했어. 민사소송을 걸어온 이소윤한테 지면자신이 돈을 물어줘야 하는데, 그게 내 탓이니 그 정도 돈을 달라는 거야. 5억 원을. 불과 얼마 전의 일이었어. 많이 고민하고 시달렸지. 사람들도 알아보더군. 요즘 몸이 아프냐면서. 민 판사도 내가 이상해진 걸 느꼈지? 실은 그런 일이 있어서 그랬던 거야……."

　나는 말을 멈추었다. 민지욱은 내가 말을 맺은 것을 확인한 후, 입을 조심스럽게 열었다.

　"그런 일이 있었을 줄은 생각지도 못했습니다……."

　그의 표정에는 역시 변화가 없다. 평소와 조금도 다름 없이 무뚝뚝하다. 놀랄 만한 이야기일 텐데, 그의 얼굴은 그저 오늘의 주가지수 이야기를 하는 정도로만 보였다.

　"실망했나?"

　"그렇지 않습니다."

　"그렇지 않다고? 민 판사라면 당연히 실망할 줄 알았는데."

　"그것보다."

　민지욱은 조금도 자세를 고치지 않고 말을 이었다.

　"그런 이야기를 왜 저한테 하시는 건지…… 의아합니다."

　"그게 궁금하다고…… 그게……."

　난 말을 줄였다. 다시 침묵. 장작에서 불티가 날아올랐다. 민지욱의 얼굴 절반이 환하게 빛났다. 나는 이윽고 결심했다. 나머지 이야기를 하기로.

"일종의 고해성사라고 생각해도 좋아. 다른 누구도 아닌 민 판사한테 하고 싶었어……."

민지욱을 힐긋 보았다. 여전히 그는 돌로 만든 사람처럼 반응이 없다.

"김유선을 찾아간 건 사흘 전 밤이야. 그날 돈을 찾았지. 현금 5천만 원. 그걸 김유선한테 건넬 생각이었어. 왜냐고? ……나로서도 마지막 승부수였다고나 할까. 5억 원은 내 능력 밖의 액수였어. 그렇다고 이소윤과 만나는 사진이 악의적으로 퍼져 내 경력과 인생이 무너지는 것도 두고 볼 수 없었지. 그렇다고 언제까지 구석에 몰린 햄스터처럼 눈치만 볼 수는 없지 않나. 김유선 같은 인간한테 앞날의 처분을 맡기고 덜덜 떨고 있다는 건 무척 자존심이 상하는 일이었고, 앞의 두 경우에 못지않은 치욕이었어.

그 며칠 동안 깊이 생각했어. 고민했어. 짧지만 내게는 너무나 긴 시간이었어. 그리고 결심했지. 왜, 살고자 하면 죽고 죽고자 하면 산다는 옛말이 있잖은가. 그게 지금의 내 경우에 적용된다고 생각했어.

김유선을 찾아가 돈 5천만 원을 건네려고 했어. 시간이 촉박해서 이것만 마련했으니 나머지 돈은 조금 더 기다려달라고 하면서. 주머니에 소형 녹음기도 준비했어. 그 대화와 모든 과정을 녹음하려고.

이를테면 지렛대 효과 같은 걸 노린 건데…… 김유선은 나를 협박했지만 그게 문제되어봤자 내가 잃을 것에 비하면 너무나 미약했어. 그때까진 그저 겁주는 말만 건넸을 뿐이니까 체포되어도 '협박'이나 기껏해야 '공갈미수'가 되어 집행유예를 받겠지. 이미 범죄전력이 있어서 가중되겠지만 실형을 받는다 해도 4개월? 6개월? 미약할 거야. 하지만 5천만 원을 받는다면 얘기는 완전히 달라져. 이제 미수는 현실화되어 공갈죄의 기수로 되고, 게다가 거액이야. 양형기준도 있지만, 그게 아니더라도 죄질이 워낙 나쁘니 최소 3, 4년의 징역형은 떨어질 테지.

돈을 준 다음 날 김유선한테 알리는 거야. 너한테 5천만 원을 주면서 대화를 녹음했다. 더 이상의 행동을 그만두면 그거라도 건지고 끝나겠지만, 만약 더 요구하거나 사진을 공개하거나 하면 나도 너를 공갈죄로 고발하겠다. 어차피 모든 걸 잃는 판국이라면 나로서도 그럴 수밖에 없지 않느냐. 그러면 넌 최소한 삼 년 이상은 감방에 있어야 할 거다. 나도 망가지겠지만 그게 너의 목적은 아니지 않느냐. 그러려고 삼 년 이상의 교도소 생활을 감수할 거냐. 나를 더 궁지에 몰았다가는 같이 박살날 수밖에 없다. 어리석은 욕심 부리지 말고 그 정도로 만족하고 끝내라…… 이렇게 이야기할 작정이었어. 내 나름의 마지막, 유일한 승부수였지."

"……."

민지욱의 낯빛이 하얗게 변했다. 적지 않게 충격을 받은 모양이었다. 그래도 한 해 동안 부장이랍시고 같은 재판부에서 일했던 사람이 겨우 이런 수준의 인물이었다니. 보통의 경우라면 이런 실망감을 느낄 것이다. 하지만 민지욱의 얼굴은 다른 종류의 당혹감에 휩싸여 있는 듯 보였다. 그리고 난 그 실체를 알고 있다.

내가 물었다.

"민 판사한테 궁금한 게 하나 있어."

민지욱은 대답이 없었다.

"도무지 풀리지 않는 의문이야."

여전히 말이 없다.

오늘 밤 그의 입은 영원히 열리지 않는 걸까.

다시 물었다.

"왜 김유선을 죽였나."

27

민지욱은 천천히 내 쪽으로 고개를 돌렸다. 조금 전보다는 한층 차분해진 모습이었다. 자신을 통제하는 능력만은 내가 도저히 쫓아갈 수 없을 만큼 탁월한 친구다.

"보셨습니까."

무심한 어투였다. 부정하지 않으리라 짐작은 하고 있었지만 그의 어투가 너무나 침착한 탓에 조금 당황스러울 정도였다.

"차를 멈추고 내리기 직전, 보았어. 흰 차가 김유선을 치는 걸. 분명 사고가 아니었어. 조금도 멈추려는 기색이 없더군. 김유선은 몇 미터나 튕겨져나갔지. 차는 김유선을 치고도 아무런 주저함이 없이 달려가버렸어. 결코 사고가 아니었어. 의도한 거였지. 조금 멀었지만 난 똑똑히 보았어. 앞 유리창에 얼핏 비친 민 판사 얼굴을."

민지욱은 대꾸하지 않고 발치를 내려다보고 있었다.

"그냥 크게 다쳤을까 싶었는데, 신문을 보니 죽었다더군……."

나는 말끝을 흐리고 입을 다물었다. 민지욱이 천천히 고개를 들었다.

"김유선이 부장님을 협박하고 있었을 줄은 몰랐습니다."

"도대체 어떤 이유로……?"

"이유……요?"

"그래, 이유. 아무리 생각해봐도 도무지 납득이 가지 않았어. 더구나 민 판사는 김유선이 무죄라고 그리도 강력하게 주장했던 사람 아닌가."

"제가 김유선을 죽인 이유……."

민지욱은 말을 반복한 뒤 조금 쉬었다가 차분하게 말했다.

"그 여자가 마지막 공판에서 우리한테 인사를 했기 때문입니다."

난 멍해졌다.

"인사를 했다고? 그게 대체 무슨……."

나는 질문을 채 끝맺지 못했다. 마침 노숙자 한 명이 우리 벤치로 다가왔기 때문이었다. 그도 따뜻한 불가가 그리웠던 모양이다.

그가 내 옆자리에 털썩 앉았다. 그 옆에서 살인에 관한 이야기를 더 나눌 수는 없었다.

우리는 일어나 걸었다. 지하철역 반대 방향이었다.

집과 멀어지고 있었지만 둘 다 이의하지 않았다.

골목 안쪽 가로등 불빛이 희미하게 뿌려졌고, 민지욱의 얼굴 위로 밤 그늘이 졌다. 이상하게도, 추위는 전혀 느껴지지 않았다. 그건 민지욱도 마찬가지인 모양이었다.

나는 가로등 아래에 섰다. 민지욱 쪽으로 몸을 돌리고 물었다.

"그게 무슨 말이야."

질문이되 질문이 아니었다.

대답이 없었다. 내 말은 허공을 맴돌 뿐이었다.

게슴츠레한 눈으로 어둠 속을 노려보았다.

그늘 속에는 아무도 없었다.

그 뒤로 민지욱을 만나지 못했다. 다음 날도 그다음 날도.

그는 출근하지 않았다. 며칠 후, 법원장에게 돌연 우편으로 사직서가 날아왔다. 사무실 짐은 사람을 보내 가져갔다. 전화도 받지 않았다. 나뿐 아니라 법원 사람 어느 누구도 그와 연락이 닿지 않았다.

이런 식의 중도 사직은 이례적인, 아니 전무후무한 일이었지만 외부에 알려지면 괜한 구설수에 오를 것이 뻔하니 표나지 않게 처리되었다. 다행히 법관 정기 인사철에 겹치는 시기라 사직서를 낸 다른 판사들에 묻혀 민지욱의 원에 따라 그만두는 것으로 자연스럽게 정리된 것이다.

나 역시 민지욱을 살인사건의 용의자로 경찰에 신고한다든가 하는 일은 하지 않았다. 민지욱도 따로 내게 그런 류의 부탁을 하지 않았다. 아마도 그날 내 눈에서 그러지 않으리란 신뢰를 본 것 같다.

28

2019년 4월

"피고인 장인혁, 들어오세요."

강도살인사건의 선고일이었다. 살인 혐의를 받는 피고인이 당당하게 법정에 걸어 들어오는 모습은 이제 익숙하다. 강도, 강간 등 수많은 범죄전과의 소유자답게 법정에서도 전혀 거리낌이 없다. 하지만 차마 글로 표현하기 어려운 친족 성폭행의 전력이 있음에도 이렇게까지 부끄럼 없는 태도를 취하는 건 오랜 재판 경험에도 여전히, 인간으로서, 이해하기 힘들다.

털레털레 걸어가 피고인석에 털썩 앉는 태도를 보니 재판에서의 운명을 포함해 모든 걸 포기한 것 같기도 하다. 그동안 몇 번이나 구치소에 틀어박힌 채 공판 기일 참석을 거부해 애를 먹이기도 했다. 선고일에는 피고인이 반드시 출석해야 하기에 오늘은 마지못해 나왔을 것이다. 그는 여전히 뚱한 표정이다.

나는 고개를 돌려 좌우 배석판사의 표정을 힐끔 보았다. 우배석 손정규, 좌배석 김서현. 3월에 새로 재판부가 구성되어 배석이 모두 바뀌었다. 재판장은 이 년 연속으로 맡지만 배석판사는 일 년마다 자리를 옮기도록 되어 있다. 어차피 민지욱이 사직하기도 했다.

두 사람 다 석고 가면을 쓴 것 같다. 역시 타고난 판사 체질이군. 못 따라가겠어. 속으로 감탄하면서 고개를 앞으로 했다.

이 사건은 젤리 살인사건만큼은 아니지만 소위 '엣지 담배 살인사건'으로 불리면서 꽤 관심을 모았다.

삼 년 전인 2016년 9월의 어느 날, 아침 7시경 대모산 8부 능선 등산로 옆 수풀에서 40대 중반 여성의 시신이 발견되었다. 피해자인 조은영은 흉기로 목과 가슴 등이 여러 차례 찔렸고, 사체 주변으로 조은영의 피가 다섯 군데 정도 튀어 있었으며, 피우지 않은 '엣지' 담배 두 개비가 발견되었다. 조은영의 휴대전화와 신용카드가 들어 있는 조그만 가방이 발견되지 않은 점으로 보아, 경찰은 강도의 소행으로 추정하고 수사를 펼쳤다.

국립과학수사연구원의 유전자 분석 감정 결과, 이 사건 범행 현장에 떨어져 있던 담배 두 개비 중 한 개비에는 신원미상인 남자의 타액이 묻은 것으로 밝혀졌다. 또 다른 한 점에는 필터 반대쪽에 조은영의 타액이 묻어 있었다. 남자의 신원을 알 수 없어 경찰은 이 DNA를 국립과학수사원의 현장 증거물 DNA 데이터베이스로 보관하였다.

이 엣지 담배는 과연 누구의 것일까. 조금 애매한 것이, 조은영의 딸은 엄마가 가끔 담배를 피웠다고 진술했고, 조은영의 모친은, 가평 소재 요양원에 십 년 넘게 정신질환으로 입원해 있는 조은영의 남동생에게 조은영의 이름으로 매달 엣지 담배를 보내주었다고 말했다. 그렇다면 담배는 범인의 것일 수도, 조은영의 것일 수도 있다.

최초 발견자는 등산 중인 부부였는데, 남편인 김성수는 이렇게 증언했다.

"그날 아침 대모산 약수터를 지나 정상으로 올라가는 도중에 여자 비명소리를 들었습니다. 그로부터 5, 6초 후 열 걸음 정도 걸었을 때 15, 20미터 앞에 검은색 모자를 쓴 어떤 남자가 서 있는 것을 목격했고요. 계속 올라가다 보니 그 남자가 사라졌는데 어느 방향으로 이동했는지는 정확히 보지 못했습니다. 정상에 올랐다가 다시 왔던 길로 내려오던 중 남자가 서 있던 위치에서 좀 더 아래쪽 좌측으로 5, 6미터 떨어진 지점에서 피해자를 발견했죠. 당시 그 남자가 검은색 계통의 옷을 입었던 것 같지만 정확하게 기억나지는 않고 그에 관해서는 아내가 정확히 목격했을 겁니다."

아내인 오민지의 진술도 비슷했지만 조금은 달랐다.

"약수터에 다다르기 전 대모산 초입 부근에서 여자의 비명을 들었어요. 그러고는 3, 5분 후 위쪽에서 어떤 남자가 서 있는 것을 목격했죠. 왼손에 약 30센티미터 길이의 무언가를 들고 오른손에는 길게 늘어뜨린 하얀 천 같은 것으로 왼손에 든 무언가를 막 감고 있었어요. 그 남자는 황토색 바지에 밤색과 베이지색이 섞인 가느다란 줄무늬 반팔티를 입고 있었고, 청색 모자를 쓰고 있었습니다."

오민지는 경찰에서 열 명 중 한 명의 사진을 골랐는데, 장인혁이었다. 그 사람과 정확히 일치하는 얼굴은 없었고 비슷한 사람을 골라보라고 해서 고른 것이라고 증언했다. 하지만 법정에서도 검사가 같은 열 장의 사진을 보여주자 장인혁을 목격 당시의 남자로 지목했다.

　직접 목격자는 아니지만, 사건과 관련해서 경찰에 신고를 해온 신규종이라는 노숙자가 있었다.

　"범행 현장과 가까운 등산로 옆 수로터널 안쪽에서 노숙을 하고 있었습니다. 그날 아침 잠을 자고 있는데 제가 살고 있는 터널 옆에 있는 배수로 쪽에서 누군가가 빨래를 비벼서 빠는 것 같은 소리가 들리더라구요. 그 때문에 잠을 깼는데 그 사람은 한 이십 분 정도 계속 빨래를 하면서 작은 소리로 헛기침을 하면서 왔다 갔다 하는 것 같았고 이내 조용해졌습니다. 그래서 수로터널 밖으로 나와 빨래 소리가 났던 곳으로 가보니까 배수로 입구 쪽에 점퍼, 바지, 와이셔츠, 우산, 엣지 담배 빈 갑 같은 게 떨어져 있어서 제가 돌 위에 올려놓았습니다. 그 후로 이 사건을 알게 되었는데, 그달 말쯤에 양초를 켜고 위 배수로에 들어가 자세히 보니 옷가지가 떨어져 있던 데보다 조금 더 깊은 곳에 과도하고 라이터가 떨어져 있어 신고하게 되었습니다."

　한편 신규종은 "그날 이후 배수로 입구에 두 명 정도 용변을 보고 갔고, 한 명은 그냥 배수로 쪽으로 들어왔다가 나가기도 했습니다. 또한 요 근래 꼬마들이 배수로 입구 쪽에서 수영을 하곤 했습니다"라는 진술도 첨가했다.

　신규종의 신고를 받은 경찰은 터널 옆 배수로 현장으로 출동했다. 그곳에서 점퍼, 검은색 바지, 검은색 체크무늬 긴팔 와이셔츠, 과도 한 점, 다이어리 속지로 보이는 찢겨진 종이 한 장이 둘둘 말린 것을 노란색 테이프가 감싸고 있는 칼집 모양의 물건 한 점, 빈 엣지 담뱃갑, 엣지 담배꽁초 등을 수거했다. 과도에서는 혈흔이 확인되었지만 유전자형은 검출되지 않았고, 담배꽁초도 마찬가지였다. 나머지 물품들에 대하여도 혈흔 음성반응이 나왔다.

그 뒤 용의자의 몽타주를 만들어 돌리는 등 수사에 박차를 가했지만 진척이 없었다. 이 사건은 한동안 미제사건으로 분류되어 있었다. 그러던 중, 당시 강도강간으로 진주교도소에서 복역 중이던 장인혁의 DNA와 현장의 것이 일치한다는 통보가 경찰에 도착했다. 사건은 전환점을 맞았고, 삼 년 만에 재수사가 시작되었다.

장인혁은 일관되게 부인했다. 그 무렵에는 지방에서 노숙생활을 했으며, 서울로 올라온 일이 없고, 대모산은 알지도 못한다고 발뺌을 했다. 그런데, 진주교도소에 보관되어 있던 장인혁의 영치물을 조사하던 경찰은 시선을 끄는 물건을 발견했다. 장인혁이 소지한 다이어리의 속지가 배수로에서 발견된, 칼집으로 사용된 것으로 보이는 찢겨진 다이어리 한 장의 속지와 유사했던 것이다. 속지에 적혀 있는 글씨체 또한 비슷했다. 다이어리 중 한 장이 찢겨져 있기도 했다.

장인혁은 과거 서울에 있는 동안에도 담배를 산 적이 없다고 했지만 그가 담배를 일주일에 두세 번 사갔다는 슈퍼 주인의 진술이 나왔다. 종류는 기억하지 못하지만 싼 담배를 사갔고, 당시 슈퍼에서는 비교적 저렴한 엣지 담배를 판매했다고도 증언했다.

장인혁은 서울 청계산 등산로에서 혼자 등산하는 여자를 상대로 칼을 들이대며 돈을 강취하거나 강간을 한 범죄전력이 있었고, 이 사건의 범행수법과도 매우 유사하다는 점에 경찰은 주목했다. 의심스러운 정황은 더 있었다. 장인혁은 여러 차례 진술을 거부하거나 법정 출석을 거부했는데, 무고한 사람이라면 적극적으로 해명하려 드는 게 보통인 점에 비추어 의혹을 사는 행태였다. 거짓말 탐지기 수사에서는 '거짓' 반응이 나왔다.

이 사건의 심리가 모두 끝난 후, 합의 시간에 피고인의 유무죄를 두고 약간의 갑론을박이 있었다. 그리 길지는 않았다. 결국 2대 1로 운명이 갈렸다. 이번에 나는 두 명 쪽에 속했다. 흐뭇했다.

다수에 속한다는 일은 항상 마음을 편하게 한다. 너무도 자연스럽고 당연하게, 그 결론을 선언하면 되는 일이었다.

한 번 더 장인혁의 얼굴을 보았다. 무표정하다. 포기한 듯한 얼굴 뒤로 온갖 악이 구깃구깃 구겨 넣어져 있는 것 같다.

법정에 선 피고인들이 모두 고개를 숙이고 눈시울을 붉히며 닥쳐올 운명의 무게에 몸을 가누지 못해 휘청거릴 거라고 생각하지만 그렇지 않은 경우도 있다. 건들거리며 걸어 들어와 선고를 귓전으로 흘려듣고 다시 들어간다. 놀라울 정도로 시크하다. 대체로 전과가 많은 사람들일수록 그렇다. 법대 앞에 서는 일이 그들에겐 그저 체중계 위에 올라섰다 가는 정도로 여겨지는 것 같다. 아니면 판사의 농담 한마디를 듣고 가는 일이거나. 수감생활이 괴롭지 않은 건 아니겠지만 익숙해지기는 하나 보다. 이미 자신의 형을 예측하고 나왔기 때문인지는 모르지만, 그들의 얼굴을 보고 있노라면 과연 이들에게 고통을 줄 수 있는 게 있기는 할까 싶어진다. 적어도 재판이 그들의 범죄 때문에 피해자들이 겪는 만큼의 고통을 주지 못하는 건 확실하다.

장인혁도 그랬다. 무심하고 도도했다. 범죄와 투옥으로 점철된 한평생이었다. 그의 태연한 얼굴을 보며 오히려 내 쪽의 감정이 출렁임을 느꼈다. 황급히 판결문으로 고개를 숙였다. 그리고 읽어나 갔다. 오늘은 판결 주문이 아니라 이유부터 상세히 읽기 시작했다.

"신규종은 이 사건 범행 현장 근처 배수로에서 누군가가 어떠한 행위를 하는 장면을 목격한 것이 아니라 단지 '빨래를 하는 것 같은' 소리를 들었을 뿐이다. 그 소리가 과연 범인이 그 범행 흔적을 은폐하기 위해 빨래를 하면서 낸 소리라고 단정할 수 없다. 설령 그렇다 하더라도 칼집으로 사용된 다이어리 속지 한 장이 피고인이 소지하던 다이어리의 속지라는 사실만으로는 피고인이 바로 그 소리를 낸 사람이라고 단정할 수 없다.

또 배수로에 있던 물건은 사건 발생일로부터 한참 후에 비로소 확인되었고, 신규종의 진술에 의하면 그동안 배수로에 여러 사람이 다녀갔으므로, 위 물품들이 전부 범행과 관련되어 있다고 보기도 어렵다. 과도를 제외한 나머지 물품들에 관하여는 혈흔반응이 모두 음성으로 나왔으며, 과도에서 어떠한 유전자형도 검출되지 아니하였다. 따라서 이를 범행의 도구라고 단정할 수도 없다.

그날 아침 어떤 남자를 목격하였다는 오민지는 남자가 베이지색 또는 황토색 주름 없는 바지에 밤색 바탕의 가로 줄무늬 반팔 티셔츠를 입고 있었다고 묘사한 반면 배수구에서 발견된 옷가지는 검은색 바지에 검은색 체크무늬 긴팔 와이셔츠로, 색깔이나 모양새가 전혀 다르다. 따라서, 배수로에서 범행 흔적을 은폐하였다는 남자와 목격자들이 본 남자가 동일인이라고 보기 어렵다. 오민지가 법정에서 자신이 목격하였던 남자로 피고인의 사진을 지목했지만, 피고인의 사진을 고르는 데 오랜 시간이 걸렸을 뿐만 아니라 단지 비슷한 사람을 고른 것에 불과하므로, 결국 오민지가 목격한 남자가 피고인이라고 단언할 수도 없다.

설령 김성수와 오민지가 본 남자가 피고인이라고 하더라도, 그 진술 내용은 어떤 남자가 범행 현장에서 얼마 떨어져 있지 않은 지점에 서 있었다는 것, 그 남자가 신문지로 만 무언가 또는 흰색 천으로 감은 무언가를 들고 있었다는 것, 그 남자가 들고 있던 물건에 피 같은 것은 묻어 있지 않았다는 것, 그 남자가 갑자기 사라졌다는 것 정도여서 범인에 관한 직접적인 진술은 되지 못한다."

방청석이 조금 술렁이는 걸 느꼈다. 나는 판결문에서 시선을 떼지 않았다. 이제 문제의 엣지 담배에 관한 판단을 읽을 차례였다. 합의할 때 가장 논쟁이 되었던 부분이다. 조금은 자신이 없기도 하다. 이 부분을 읽지 않으려다가 오히려 오해의 소지가 있을 것 같다는 생각에 낭독을 이어갔다.

"이 사건 범행 현장에 떨어져 있던 엣지 담배 두 점의 존재는 피고인이 피해자의 재물을 강취하고 피해자를 살해하였다는 직접증거가 되지 못한다. 동일한 담배 한 점에서 피고인과 피해자의 타액이 검출된 것이 아니라 한 점에서는 피고인의 타액이, 한 점에서는 피해자의 타액이 각 검출되었을 뿐이므로, 엣지 담배 두 점이 각자 다른 사람이 소지하던 것이었을 가능성이 있다. 피고인이 엣지 담배를 피운 적이 있지만, 피해자 유족들의 진술에 따르면 피해자 또한 엣지 담배를 피웠을 가능성도 있다. 피고인의 타액이 알 수 없는 경위로 묻게 된 위 담배 한 점이 이 사건 범행과 무관하게 범행 장소에 떨어져 있었을 가능성 또한 배제할 수 없다."

방청석이 한층 거세게 웅성거렸다. 왠지 민망한 기분이었다.

잠깐 숨을 돌리고, 나는 주문을 낭독했다.

"피고인은 무죄."

장인혁은 멍하니 고개를 들고 나를 올려다보았다. 명태 같은 눈이라고 생각했다. 마치 자신이 어떤 선고를 받았는지 모르는 것 같았다. 표정에도 아무런 변화가 없었다. 이제는 지체 없이 구치소를 나갈 수 있게 되었다는 상황을 전혀 인식하지 못하는 사람처럼 보였다. 교도관이 어깨를 툭 치며, "갑시다" 하고서야 겨우 발걸음을 뗐다. 법정 밖을 나서는 그의 발걸음은 덜렁거렸고, 표정은 시큰둥했다. 얼굴에는 한 점의 고마움도 떠 있지 않았다.

합의할 때 비록 약간의 논쟁은 있었지만 결론에 도달하는 건 비교적 순조로웠다.

내가 제시한 무죄 의견에 배석판사들은 처음에 강력하게 반발했다. 하지만 합리적 의심 없는 증명에 도달했느냐는 내 의문에 그들이 제기한 유죄설은 추풍낙엽처럼 나가 떨어졌다. 한 명은 끝까지 유죄를 주장했지만, 나머지 한 명이 금세 내 논리에 손을 들어버려 2대 1로 싱겁게 합의가 이루어졌다.

혹시 누군가 물을지 모른다.

내가 정말로 무죄라고 믿느냐고?

직업적 판단을 떠나 생활인으로서 그렇게 믿느냐고?

농담하는가.

그가 범인이다.

다른 무엇일 수 있겠는가.

29
2019년 5월

편지를 받은 건 계절이 무색하게 우울한 구름이 하늘을 뒤덮은 5월의 어느 날이었다.

한수영의 뒤를 이어 부속실에 근무하게 된 박가윤 씨가 오후 느지막이 가져다준 편지봉투에는 보내는 사람이 비었고, 받는 이는 '현민우 님 친전(사신)'으로 되어 있었다. 어떤 예감이 번졌다.

봉투를 뜯으니, 안에 봉투가 하나 더 있었다. '현민우 판사님에게 보내는 개인 서한입니다. 뜯지 말고 직접 전달해주세요'라는 메모와 함께. 혹시라도 사건 관계 서한으로 오인해 총무과에서 봉투를 뜯어버릴까 봐 안배한 모양이다. 예감은 더 강해졌다.

나는 닫힌 방문을 힐끔 보고, 차를 한 모금 들이켜고, 의자를 책상 앞으로 바짝 당겼다.

봉투를 뜯고 편지를 펼쳤다.

붓글씨로 쓴 듯 바르고 깔끔한 글씨체가 먼저 눈에 들어왔다.

부장님 잘 지내셨습니까.

역시.

민지욱이었다.

나는 잠시 편지를 내려놓고 손으로 입을 가렸다.

몇 번 호흡을 하고 마음을 가라앉힌 후 다시 편지를 들었다.

말씀도 드리지 못하고 급하게 사직서를 내고 법원을 떠나버려 죄송하게 생각하고 있습니다. 법원에 있던 다른 어떤 이들에게도 연락을 취하지는 못했습니다. 그래도 부장님만은 사정을 이해해주시겠죠. 저는 예상보다는 아주 잘 지내고 있습니다. 어디서 뭘 하고 있는지는 묻지 말아주십시오. 어떻든 간에 법원에 있을 때 늘 마음을 짓누르던 무거운 짐을 벗고서 이제야 저 자신의 몸에 맞는 옷을 입은 것 같으니까요.

저는 사직서를 내고 저만의 장소에 있으면서도 경찰로부터 소환을 받을지도 모른다는 각오를 하고 있었습니다. 그만한 각오랄까 예상도 없이 한 일은 아니니까요. 반면에 연락이 안 올지도 모른다고도 생각했습니다. 어느 쪽이었을까. 결과는 곧 알 수 있었습니다. 부장님하고 마지막 대화를 나눈 그때로부터 수개월이 흘렀는데도 아무런 연락이 없더군요. 역시 부장님은 경찰에 신고하지 않았던 겁니다.

예상은 했습니다. 아무런 연락도 없고, 앞으로 평온한 생활이 이어지리라 예상되는 이즈음, 사건을 불문에 부치고 없는 듯이 숨겨준 부장님께 모든 것을 말씀드려야겠다는 생각이 들었습니다. 그래서 펜을 들었습니다. 약빠르게 생각한다면 부장님도 김유선에게 협박당한 사실이 있어 구설에 오를 테니 진상을 덮어두었다고 할 수도 있겠습니다. 실례되는 말씀입니다만 실제로도 부장님 마음 안에 그런 부분이 어느 정도 있었을지 모릅니다. 하지만 그렇다고 하더라도 전 알 수 있습니다. 부장님의 마음, 의도가 그것이 다는 아니었다는 걸. 속물적인 기준으로 바라보는 것 이상이 있었고, 그게 진짜 이유였다는 걸 말입니다.

어떻게 제가 함부로 짐작하냐고요? ……그냥 저는 안다고 생각합니다. 어쩌면 부장님도 그렇게 느끼셨는지 모르겠는데, 이 점점 조여가는 시계태엽 같은 법원 조직 안에서 그나마 가장 기질적으로 근접한 분이 아닐까, 저 혼자 그렇게 여기고 있었으니까요. 제가 일상적으로 밋밋한 표정을 짓고 흐릿한 태도를 취하고 있는 건 알고 있습니다만 그 때문에 부장님한테 가졌던 동질감도 표현되지 못한 것 같습니다. 이것이 일방적인 기분만은 아니겠죠? 이 편지는 그래서 쓰게 되었습니다…….

그 사건에 대한 이야기부터 곧장 시작하겠습니다.

김유선 사건.

검찰은 사형을 구형했습니다.

합의할 때 부장님은 유죄, 저는 무죄 의견으로 첨예하게 다투었죠. 정남희 판사가 무죄로 한 표를 던진 덕분에 무죄로 결론이 났고요. 아시다시피 정남희 판사와 저의 무죄 의견은 성격이 달랐습니다. 정 판사는 김유선이 살인을 한 것 같기는 하지만 증거가 완벽하지 못해 무죄라는 거였고, 저는 증거에 따르더라도 김유선은 살인을 하지 않았다는 입장이었습니다. 그래서 무고한 사람을 살인죄로 처벌할 수 없다는 생각에 필사적으로 합의에 임했습니다. 전 부장님이 유죄 심증을 갖고 있다는 걸 알고 있었거든요. 부장님께선 의식 못 하셨겠지만 평소 그 사건을 언급할 때의 말투, 태도, 눈빛, 법정에서의 표현에서 유죄 심증이 뚝뚝 묻어났습니다. 그래서 전 부장님이 유죄 의견을 내실 거라는 거의 확정적인 가정하에, 제가 무고하다고 믿는 이 사람을 무죄로 하기 위해 최선의 준비와 노력을 기울였습니다. 심지어 합의에 들어가기 전 정남희 판사와 대화를 나누면서, 과연 합리적 의심 없는 증명을 넘어섰다고 할 수 있느냐, 법리상으로는 무죄로 갈 수밖에 없지 않느냐는 식으로 말을 흘리면서 원군을 요청하기도 했습니다. 합의에서 저는 부장님의 입장을 무너뜨리기 위해 증거법칙과 법 논리를 일부러 철저하게 물고 늘어졌습니다. 부장님이 아무리 유죄 심증을 갖고 있다 하더라도 판사일 수밖에 없고, 판사로서의 가장 취약점인 증거와 법 논리의 공격에는 결국 두 손을 들 수밖에 없다고 생각했기 때문입니다. 솔직히 되돌아보면 제 마음속에는 증거판단과 법 논리 이전에 어떤 직관적인 사고의 작용으로 김유선은 살인자가 아니라는 판단이 형성되어 있었던 것 같습니다. 제 주장과는 달리 저의 무죄 결론이 그렇게 논리적인 것은 아니었다는 걸 고백해야 할 것 같습니다. 어쩌면 부장님도 마찬가지였겠지만, 법리나 논리 이전에 제 최대의 관심사는 결론이었습니다. 무고한 사람에게 유죄 판결을 내릴까 봐, 그런 판결을 한 재판부에, 판결문에 제 이름이 오르게 될까 봐 노심초사했던 것입니다. 그래서 그렇게까지 밀어붙였습니다. 부장님의 일그러지는 표정을 애써 무시하면서요. 결국 부장님은 더 강권하지 않으시고 저와 정남희 판사의 결론에 동의하셨습니다. 2대 1이니까. 어쩔 수 없으셨겠죠.

그런데 선고 기일에 반전이 있었죠.

부장님은 무기징역을 선고하셨습니다.

합의에 명백히 배치되는 선고였죠.

처음부터 그럴 작정으로 저희에게 유죄 결론을 더 밀어붙이지 않고 타협하셨던 것입니까? 지금도 그것까지는 잘 모르겠습니다. 부장님은 어쩌면 저 이상으로 내면이 복잡한 분이셨던 것 같네요.

어쨌든 그 순간 저는 큰 충격을 받았습니다. 망치로 뒤통수를 얻어맞는 것 같았습니다. 분노가 솟았습니다. 솔직히 말씀드리면 그 순간 마음속으론 격렬하게 부르짖었습니다. 이런 자를 부장이라고! 아니 이 사람은 판사도 아니다! 절대로 가만있지 않겠다. 내가 어떤 불이익을 받더라도 꼭 공론화해서 문제 삼겠다. 그래서 이 판결을 무효로 만들 테다. 내가 설혹 판사를 그만두는 한이 있더라도…… 그 짧은 순간에 온갖 생각이 떠올랐습니다. 물론 겉으로 표시는 나지 않았을 겁니다. 법정에서 어떠한 표정변화나 행동을 취할 수는 없었죠. 포커페이스. 그것만은 제가 잘하는 것이었습니다.

그런데.

분기탱천해 있던 저의 정수리를 또다시 망치로 내려치는 상황이 연이어 발생했습니다.

김유선은 무기징역이 선고되자 만면에 웃음을 지었습니다. 활짝 웃었지요. 아주 활짝.

그리고 법정을 나가며 우리 재판부를 향해 외쳤습니다.

수고하셨습니다! 하고 말이죠.

그 순간은 기억하고 있다. 교도관에 이끌려 출입문 밖으로 사라지던 김유선의 입가에는 비웃음마저 떠올라 있었다. 민지욱의 편지글에 다시 눈길을 주었다.

그 장면을 본 순간, 저는 자리에 앉은 채 돌처럼 굳어버렸습니다. 다시 한번 벼락을 맞은 느낌이었습니다. 그건 강렬한 위화감이었습니다. 부장님의 선고로 흥분했던 머릿속을 단번에 얼음처럼 식혀버렸습니다.

퍼뜩 떠오른 생각은 그거였습니다.

이 여자가 무고하다면 과연 이럴 수 있을까.

억울한 사람이라면, 사형이 아니라 무기징역이 선고되었다고 웃으며 재판부를 향해 수고하셨습니다, 하고 외칠 수 있을까.

으음.

나는 질끈 눈을 감았다 떴다. 이어지는 그의 글을 따라갔다.

만약 김유선이 남자친구를 잃은 것만도 모자라 엉뚱하게 살인범으로 몰려 구속되어 재판까지 받은 사람이라면, 이보다 억울한 일이 있을까요. 분하고 분해서 잠을 설치는 몇 달을 보냈을 겁니다. 통탄스런 나날 속에 가슴이 썩어 문드러졌을 겁니다.

그런데, 사형이 아니라 무기징역이 선고되었다고 웃을 수 있을까요?

무기징역은 '넌 살인자야. 평생 감옥에서 썩어'란 뜻입니다. 그 형을 언도받고서 재판부에 웃으며 수고하셨습니다, 하고 말할 수 있습니까? 아닙니다. 적어도 억울하게 재판을 받은 사람은 절대로 그런 말을 할 수 없습니다. 그런 자가 무고하다는 것은 이준호가 젤리에 목이 막혀 죽었다는 이야기보다 훨씬 믿기지 않습니다.

우리에게 웃으며 '수고'했다고 말한 건, 살인자가 검찰의 사형 구형에 바짝 긴장해 있다가 '무기징역'을 언도받자 목숨은 건졌다는 안도감에 저절로 튀어나온 소리일 수밖에 없습니다.

부장님께는 어떻게 보였는지 모르지만 저는 증거만을 우선시하는, 연역논리의 추종자가 아닙니다. 오히려 증거는 결론을 관철하기 위한 명분이자 빌미였죠. 저는 먼저 김유선이 무죄라고 믿었고, 그래서 무죄 합의를 위해 논리를 구성했습니다. 김유선의 유죄를 믿으면서 그의 석방을 위해 합의에 반대할 이유는 전혀 없습니다. 그땐 그 증거들이 김유선의 무죄를 가리킬 수 있었기에 직관적으로 확신에 가깝게 형성된 저의 무죄 심증에 충실하기 위해 그것을 사용했지만, 그것만이 유일한 결론이 아니란 건 저도 알고 있습니다.

비구폐색의 증거가 없다고 완고하게 밀어붙였지만, 그건 어디까지나 그것이 말해주는 진실의 범위 안에서입니다. 다시 말씀드리지만 김유선이 무죄라고 믿은 허구가 제겐 먼저 성립되었던 것 같습니다. 비구폐색의 증거가 없다는 사실을 사후적으로 얼씨구나 하고 움켜쥔 건지도 모르겠네요.

하지만 눈앞에서 김유선의 환희 섞인 웃음을 보았습니다. 감사의 인사를 들었습니다. 그 사실은 제 머리에 어떤 종을 울렸습니다. 김유선 사건을 접하고 직관적으로 무죄라고 믿었듯, 그 장면을 보고서는 역시 직관적으로 무죄일 리가 없다는, 마치 선언과도 같은 깨달음이 온 겁니다. 그건 무고한 자라면 절대 할 리 없는 행동입니다. 그렇다면 그는 무고한 자가 아닙니다.

물론 이런 종류의 심증은 증거가 되지 못합니다. 하지만 그건 어떤 증거물보다 진실했습니다. 제가 결론에 끼워 맞추기 위해 맘대로 취사선택하고 해석하고 재배치했던 그 증거물들보다요. 때론 심리학의 몽롱한 불빛이 눈에 보이는 물증이나 법리보다 더 많은 진실을 말해줄 때가 있습니다.

저는 비구폐색이나 기도폐색을 따졌지만, 거기에 얽힌 미스터리보다 김유선의 미소 띤 '수고하셨습니다!'가 더욱 이해되지 않았습니다. 그가 사람을 죽이지 않았는데도 목숨을 건 재판을 받은 억울한 사람이라면 말입니다. 사형 구형에 마음 졸이다가 무기형 선고를 받은 순간, 목숨은 건졌다고 안도한 찰나, 인간의 입에서 튀어나온 말입니다. 계산된 말과 행동에는 담을 수 없는 무한한 진실과 사실의 증명력이 그 안에 있었습니다. 그 상황은 수많은 증거, 단지제가 믿고 싶었을 뿐인 그 증거들로는 무너뜨리지 못했던 제 편견을 확실하고 잔인한 방법으로 깨주었습니다.

김유선은 살인자입니다.

전 무죄를 주장했지만 부장님은 합의에 어긋나게 무기징역을 선고하셨지요. 그때 말도 안 되는 일을 한 부장님한테 화가 솟구쳤고 판사로서의 저라는 존재를 깡그리 무시한 부장님한테 온몸으로 항의하려 했습니다. 그런데, 화를 내야 하는데, 바로 이어진 김유선의 그 말을 들은 순간 저는 아무것도 할 수 없었습니다. 김유선은 살인자였습니다. 저는 틀렸고, 말도 안 되는 선고를 해버린 부장님이 옳았습니다.

부장님이 그 순간 저를 힐끗하시더군요. 아마 제 눈치를 보신 것 같았습니다. 강하게 무죄 주장을 펼쳤던 제 반응이 신경 쓰이셨던 거겠죠. 제가 표면적으로 별다른 반응이 없자 조금 안도하시는 눈치였습니다. 실은, 전 그때 이미 김유선의 환희를 엿보고 경악한 상태였기에 부장님한테 화를 내거나 할 상황이 아니었습니다. 물론 그 뒤로도 왜 합의와 다르게 선고하셨는지 따지거나 항의할 의욕 자체를 갖지 못했습니다. 그건 제 실패의 인식과 더불어 영구히 사라졌습니다.

그래도 부장님의 법외적인 고집으로 어쨌든 김유선은 유죄선언을 받고 무기징역에 처해졌습니다. 그걸로 마음의 위안을 삼아야 했습니다. 그런데 사건은 항소되었죠. 그리고 어떻게 된 건지 경위는 모르겠습니다만 고등법원에 소문이 파다하게 퍼졌습니다. 2대 1로 무죄 합의였는데 부장이 일방적으로 무기징역 선고를 해버렸다고. 그 이야기를 듣고서 조심스럽지만, 김유선이 항소심에서 결국 무죄 선고를 받은 건 그 탓이 있지 않았을까 생각이 들었습니다. 무죄 사건을 유죄로 했던 게 드러났을 경우 사상초유의 사태로 법원이 곤란해지는 걸 막기 위한 정책적 고려 말이죠. 아니면 1심 판사 두 사람이 무죄 의견을 냈다는 사실 자체가 항소심의 판단을 흔들었을지도 모르죠. 항소심의 결론은 법률심인 대법원에선 어차피 뒤집어질 수 없었고요. 결국 김유선의 무죄가 확정되고 말았습니다.

그렇다면 결국 살인자 김유선이 풀려난 건 제 탓일 수 있습니다. 그런 생각이 들었습니다. 애당초 제가 무죄 주장을 하지 않았다면 최소 2대 1로 김유선은 유죄 판결을 받았겠죠. 그렇다면 부장이 합의에 반한 선고를 했다는 따위의 소문이 나지 않았을 거고, 고등법원에서 그런 점을 판결에 고려할 필요가 없었을 테고요. 물론 항소심에서는 그런 소문에 개의치 않고 독자적인 논리로 무죄 판결을 했다고 믿고 싶습니다. 하지만, 고려하지 않기에는 너무나 중대하고 흉흉한 소문이지 않겠습니까. 내내 마음에 걸렸습니다. 그렇지 않았을 '가능성'이요. 그리고 그 가능성은 표피적 논리만으로 김유선의 무죄를 밀어붙인 제 탓이었습니다. 저는 살인자를 무죄 방면하는 데에 결정적인 기여를 한 셈이 되어버렸습니다. 다름 아닌 판사가 말이죠. 결국 김유선의 존재, 아니 김유선이 살인을 저지르고도 버젓이 자유롭게 돌아다니고 있다는 사실 그 자체 때문에 저의 존재가, 저의 판사로서의 마지막 남은 자존심이 무너진 것입니다.

대법원 판결이, 즉 김유선 무죄가 확정되고 난 후, 전 오래 생각했습니다. 그 과정을 다 말씀드릴 필요는 없겠지요. 겉으론 멀쩡한 일상이었지만 나름대로는 비틀스 노래처럼, 길고도 구부러진 길이었다는 말씀만은 드릴 수 있을 것 같네요. 전 책임을 지기로 했습니다. 그리고 자존심을 회복하기로 했습니다. 제 잘못을 제가 되돌리고, 마무리를 짓자고 생각했습니다.

그래서 그날 밤 김유선을 찾아갔습니다. 이때 꼭 어떻게 하려는, 이를테면 죽이려는 마음을 갖고 있었던 건 당연히 아니었습니다. 아니, 솔직히 말씀드리면 잘 기억이 나질 않습니다. 극단에 휩싸인 당시의 제 마음이 어떤 거였는지 명확히 말할 수 없다는 게 이상하다고 여기실지 모르지만 지금 생각해봐도 당시 제 마음의 풍경은 마치 김 서린 안경 너머의 세상처럼 뿌옇게 흐려져 있을 뿐입니다. 아무튼 일단은 김유선에게 자백을 권할 생각이었습니다. 확정판결을 받았으니 재판을 다시 받지는 않을 것이다, 다만 당신의 죄를 세상에 밝히라고요. 그녀가 거부하면? 그것까진 미처 생각해보지 않았습니다. 다만, 실없이 그냥 돌아오지는 않을 거라는 예감이 있었다는 것만은 인정해야 할 것 같습니다.

제 차를 몰고 김유선의 집 앞에 가서 그녀를 만났습니다. 저를 금방 알아보더군요.

"이건 또 누구신가?"

저를 보자마자 조롱하듯 내뱉은 첫마디였습니다. '또'라는 말이 좀 이상하게 들렸지만 그때는 넘겼는데, 그게 부장님에 이어 저까지 등장했다는 뜻이란 건 그녀가 부장님을 협박해왔다는 걸 알고야 이해하게 되었습니다.

김유선과 저는 조그만 길가 화단 위에 나란히 앉았습니다. 저는 지금이라도 유죄를 인정하라고 설득했습니다. 물론 그러리라고 기대할 만큼 저도 순진하지는 않았습니다. 거절할 때 어떻게 할지는 생각해보지 않았지만, 그저 제가 어떤 행동을 취하든 그녀에게 기회는 주어야 한다고 생각했습니다.

김유선은 흥, 하며 코웃음을 치고는 제 앞에서 보란 듯이 휴대전화를 꺼내더군요. 즉석에서 남자 두 명과 통화를 했습니다. 법정에서의 모습으로는 상상도 할 수 없을 만큼 돌변한 말투였습니다. 싹싹하고 상냥하고 애교 넘치는, 사랑이 넘치는 대화였습니다. 마지막에는 키스까지 보내더군요.

이 어이없고 어색하기 그지없는 상황을 저는 멍하니 볼 수밖에 없었습니다. 전화를 끊은 김유선은 안색을 싹 바꾸더군요. 오싹했습니다. 악귀, 나찰…… 무엇으로 그때의 그 표정을 표현해야 할까요.

김유선은 그 얼굴로 무언가 이야기를 할 듯한 태도로 머뭇거리다가 퍼뜩 어떤 생각이 났는지 제 휴대전화를 잠깐 달라고 했습니다. 저는 건네주었습니다. 그래야 그녀가 어떤 이야기를 할 것 같아서요. 김유선은 제 휴대전화 표면을 훑어보고는 화단 위에 내려놓았습니다. 녹음을 하지 않나, 확인한 것 같았습니다. 김유선은 그 커다란 입을 열었습니다.

"판사? 젠장맞을."

그 얼음장 같은, 경멸어린 말투를 들으니 소름이 쫙 끼쳤습니다.

"당신 같은 사람들, 시험 때 찍기 좀 잘해서 그 자리 가 있는지 몰라도, 증거가 어떻고 뭐가 어떻고 하품 나오는 소리나 지껄이고 월급 받지? 그게 세상의 전부인 줄 알지? 하하하. 가소로워. 그래봤자 내겐 좆밥이야. 지금 통화한 두 사람 누군지 알아? 목소리 들었으면 알겠지? 남자야. 둘은 서로 몰라. 내가 유일한 여자친구인 줄 알지. 새로 사귀었어. 돈이 있으면 탈탈 털어내고 없으면 또 생명보험이나 알아봐야지. 어때? 이런 걸 원한 거 아녔어? 내가 범인이고 양아치여야 만족할 거 아냐? 얼굴이 하얗게 질리는군. 백면서생님. 날 풀어준 건 결국 당신들인데, 뭘 그리 놀라?"

한껏 비웃고 있었습니다. 자신에게 무기징역을 선고한 재판부의 판사이니, 원한이 맺혔던가 봅니다. 아마 저로서는 드물게도 얼굴이 새파랗게 질려 있지 않았나 싶습니다.

김유선은 몇 마디 더 저주와 조롱을 퍼부었지만 제 귀에는 들어오지 않았습니다. 김유선은 자리에서 일어섰습니다. 그녀는 아마 그때 모욕을 정면으로 얻어맞고도 차분하게 앉아 있을 뿐인 등신 같은 남자의 얼굴을 보았을지 모르겠습니다. 조금의 거리낌도 없이 제게 등을 돌리고 멀어지던, 마지막에 보여준 김유선의 미련 없는 표정을 보면 그런 것 같습니다.

하지만 제 내면에는 격랑이 일고 있었습니다. 다급해졌습니다. 이 악귀 같은 여자를 놓치면 안 된다. 더 많은 희생자가, 살인이 일어날지도 모른다. 아니, 반드시 그럴 것이다. 그런 생각이 차올랐습니다. 전 결심했습니다. 제가 세상에 풀어놓은 악마, 제가 매듭을 짓기로.

법은 제 가치의 최종 목표가 아니었습니다. 부장님도 그러셨겠죠? 제가 추구하는 건 이성, 그리고 알량하지만 저 나름의 정의뿐입니다. 법은 그걸 향해 삐걱삐걱 저어가는 허름한 나룻배에 불과한 존재였습니다. 기슭에 도달하면 버려야 하는 탈것. 법 그 자체를 최후의 가치로 삼고 살아가야 하는, 그런 사람들과 보조를 맞추어야 하는 법원 생활이 제겐 맞지 않는 옷을 입은 듯 불편했습니다. 그 가운데 왠지 부장님만은 저와 비슷하지 않을까, 제 생각을 이해해주지 않을까 하는 생각을 평소에 갖고 있었습니다. 그리고 그 느낌을 부장님도 가지시지 않았을까 조심스럽게 생각해봅니다. 그렇다면 이해하실 수 있을 겁니다. 바로 그 이유입니다.

그래서 전 행동했습니다. 제 이성에, 저만의 정의에 도달하기 위해. 그러지 않고서는 살아갈 의미가 없었습니다. 판사로서가 아니라 인간으로서요. 제가 풀어놓은 악입니다. 그녀로 인해 또 어떤 죄악의 씨앗이 세상에 뿌려질까요, 아니 그건 그 여자 탓이 아니라 저 때문입니다. 해야 했습니다. 제가 램프의 악마, 지니를 풀어놓고 말았습니다. 제가 뚜껑을 닫아야 했습니다. 제가 행동하지 않는다면, 그러지 않는다면, 이후의 저는 회로가 빠진 로봇, 쭉정이, 껍데기에 불과하겠지요. 그래서 했습니다. 차에 올라탄 다음 저와 헤어져 홀로 걸어가는 그녀를 들이받았습니다. 마침 부장님이 그걸 보신 거였고요.

좀 더 솔직히 말씀드려야 할 것 같네요. 어쩌면 이 모든 건 저의 변명일지도 모른다는 것을요. 그땐 믿었습니다. 김유선으로부터 받은 모욕 때문에, 혹은 홧김에는 아니었다고요. 앞에서도 말씀드렸듯이 그녀를 찾아갔을 때는 딱히 어떻게 하겠다는 확실한 계획은 없었으니까요. 그 어떤 때보다 맑게하고 차가운 이성으로 판단했다고 믿어 의심치 않았습니다. 하지만 지금은 자꾸만 그렇지 않았을 수도 있다는 의심이 듭니다. 그때 전 말할 수 없는 모욕감을 받았습니다. 제 일생을 부정당한 기분. 제가 지키려 했던 가치를 김유선은 일회용 컵처럼 짓밟았는데, 그게 과연 제 마음의 결정에 어떤 영향을 미치지 않았는지, 모르겠습니다.

그날 이후 전 경찰의 소환도 받지 않았고, 사표는 운 좋게 조용히 처리되었습니다. 부장님이 어디에도 알리지 않았다는 것이겠죠. 역시 부장님은 제 생각과 다르지 않은 분이셨습니다. 그러기에 이 편지 또한 이 세상에서 저의 이야기를 들어줄 단 한 분일 부장님한테 터놓고 쓸 수 있었다는 것도 알아주시리라 믿습니다……

이어 나에게 보내는 안부 글이 이어졌다. 그는 끝까지 담담했다. 마치 남이 쓴 소설을 적어 보내듯이.

그는 지금 어디에 있을까. 무얼 하고 있는 걸까.

궁금했지만 그것까지는 쓰여 있지 않았다. 아무튼 어딘가 누구의 연락도 닿지 않는 곳에 있는 것 같다. 그가 경찰에 찾아가지 않은 채 은거하고 있는 건 행동에 책임지지 않고 비겁하게 숨으려는 것이 아님을 알고 있다. 해야 할 일을 한 사람에게 죄책감 따위가 있을 리 없다. 그런 사람이 잘못을 고백하고 속죄하는 자수라는 절차를 취하지 않는 것도 당연하다.

문득 떠올랐다.
예전 민지욱의 책장 선반에 놓여 있던 글귀.

매일생한불매향(梅一生寒不賣香)
매화는 일생을 추위 속에 살지만 향기를 팔지 않는다.

민지욱의 편지를 다 읽고도 내가 그다지 놀라지 않고 있다는 걸 깨달았다.
그는 나였으니까. 오래전의 나.
너무나 꼿꼿했던 그의 자존심은 구부러짐을 허락하지 않았다. 그는 무너진 자존심을 안고 사는 대신 살인을 택했다.
씁쓸한 기분에 휩싸였다. 조금은 머쓱하기도 했다. 나는 민지욱이 예전에 알던 그 사람에서 조금 달라졌으니까. 약간 옆으로 옮겨 앉았으니까.
그걸 안다면 민지욱은 어떤 표정을 지을까.
그깟 자존심이 뭐라고.
민지욱, 이 친구야, 왜 그런 바보 같은 생각을.
…….
잠깐 구차한 말들이 떠올랐지만 이내 거품처럼 가라앉아버렸다.

그런 말들은 결국 타인에게 뒤집어씌운 자기변명에 지나지 않았다. 진심으로는, 민지욱에게 한마디도 따지거나 탓하지 못할 것 같았다. 그 대신, 어디에 있든 내가 떠나온 그곳에 서 있을 그를 떠올리며 한없이 착잡한 마음을 곱씹었다.

작가의 말

내 오랜 미스터리 팬들에게는 미안하지만, 이 작품은 추리소설이 아니다. 의외의 범인이나 트릭 같은 건 없다. 굳이 분류하자면 법정소설이라 해야 할 것 같다. 초고를 완성한 건 삼 년 전이었지만 여러 사정이 있어 이번에 출간하게 되었다. 한때는 원고를 버려야 하나 생각도 했었다. 그런데 예상과 달리 법과 재판에 대한 사람들의 관심은 높아만 갔다. 오히려 여러 의미로 지금이 적절한 때인 것 같다.

어떤 재판에서는 시민의 정서와 판사의 결론이 평행선을 달린다. 왜 그 간극이 좁혀지지 않는가. 아니, 좁혀지기는 해야 하는 걸까. 도대체 법원에서는, 판사의 머릿속에서는 어떤 것들이 오가기에 저런 판결이 나오는가. 사실은 나도 오랫동안 궁금했다. 내가 판사였던 시절에도, 상식과 동떨어진 판결이 보도되면 반드시 판결문을 찾아 읽어보았고, 납득하기도 하고 고개를 젓기도 했다. 어쩌면 나는 법원 안에 있을 때도 시민의 눈으로 살고 있었던 것 같다. 작가이면서도 여전히 독자의 눈으로 소설을 쓰듯이.

나는 법률가로서 이런 이야기를 언젠가는 쓰고 싶었다. 법학전서에 나오는 '착한 말씀들' 말고, 이십 년을 법정에서 구르면서 흘러나온 육성을 들려드리고 싶었다. 말하자면 연출된 프로그램이 아니라 연병장에서 통나무 체조를 하고 흙탕물에 나뒹굴면서 터득한 군대의 진짜 쓴맛과 비슷한 것이라고나 할까.

그동안 내 작품은 100퍼센트 픽션이었다. 이번에는 처음으로 실제 사건을 소재로 삼았다. 소설 속 현민우 판사처럼, 비운을 맞이한 그 여성에게 안타까운 마음이 깊이 들었던 것 같다. 하지만 근본적으로는 사건의 바닥에 도사리고 있으면서 대중과 재판 사이를 갈라버리는 애매한 '그것들'에 대해 독자들과 같이 생각해보고 싶었기 때문이다.

재판을 비난하거나 누구를 규탄하거나 현실의 결론을 바꾸려는 의도는 없다. 독자들이 그 사건과 이 작품의 사건을 동일시하기를 원하지도 않는다. 그래서 소재도 '젤리'로 바꾸었고, 당사자들의 성별도 바꾸었다. 결국 이 이야기는 허구다. 진실은 이야기 자체가 아니라 이야기가 전하려는 것에 있다.

어쨌든 간에 판사가 아니었다면 쓰지 못했을 책이다. 또, 판사였으면 출간하지 못했을 책이기도 하다. 이 작품을 썼던 삼 년 전 난 판사였고, 책이 나온 지금은 아니다. 정확히 그렇게 되었다. 이 책을 출간하기 위해 법원을 나온 건 아니지만, 법원을 나와 이 책을 출간할 수 있게 되었으니, 잘 나왔다고 생각한다.

권두에 나오는 수필 〈판사의 하루〉는 필자가 '계간 미스터리'에 실었던 '판사의 하루' 중 일부를 가져온 것임을 말씀드려야 할 것 같다.

이 작품을 쓸 때, 적어도 자료 수집이라는 면에서는 당시 판사라는 나의 또 다른 직업을 활용하지 않았다. 이를테면 판사니까 남들이 쉽게 못 구하는 자료를 얻지 않았을까 여길 수 있지만, 그렇지 않다. 내가 참고로 한 건 그 사건의 판결문과 신문 기사가 전부였다. 시민 누구나 닿을 수 있는 자료다. 그 한도 내에서 글을 썼다. 일종의 공정 경쟁인 셈이다. 실은 이럴 수밖에 없다. 판사라고 해서 다른 사건의 기록에 접근할 수 있는 건 아니니까. 다만, 판결문을 통해 실제 재판을 역으로 재구성하고 논리를 추적할 수 있었던 건 내 직업적 경험 덕분이었던 것 같다.

이 책이 나오기까지 유달리 우여곡절이 많았고, 그만큼 애착이 크다. 묻힐 뻔한 작품을 받아준 비채 편집부에 감사를 드린다. 마지막으로 실제 사건에서 우리가 아는 그 슬픈 운명을 맞았던 여성에게 크나큰 애도의 뜻을 표하고 싶다.

2018년 겨울, 도진기

REASONABLE DOUBT
합리적 의심

합리적 의심

1판 1쇄 발행 2019년 2월 11일 **1판 5쇄 발행** 2024년 7월 26일
지은이 도진기
펴낸이 박강휘
편집 이승희 **디자인** 홍세연

발행처 김영사
주소 경기도 파주시 문발로 197(문발동) 우편번호 10881
등록 1979년 5월 17일(제406-2003-036호)
구입 문의 전화 031)955-3100 **팩스** 031)955-3111
편집부 전화 02)3668-3290 **팩스** 02)745-4827 **전자우편** literature@gimmyoung.com
비채 블로그 blog.naver.com/viche_books
인스타그램 @drviche @viche_editors **트위터** @vichebook
ISBN 978-89-349-8464-1 03810 책값은 뒤표지에 있습니다.

비채는 김영사의 문학 브랜드입니다.